U0669327

# 春华秋实
CHUN HUA QIU SHI

# 全家福·正红旗下
QUAN JIA FU ZHENG HONG QI XIA

老舍 著

民主与建设出版社

·北京·

# 目录
contents

春华秋实

# 序 幕

## （三幕话剧）

## 登场人物

张乐仁——男，二十四岁。青年团员，荣昌铁工厂的工会主席。

周廷焕——男，二十七岁。荣昌厂工会副主席，兼组织委员。

刘常胜——男，二十三四岁。荣昌厂的工人，积极分子，外号叫"大
　　　　　炮"，厂内工会的劳保委员。

梁师傅——男，五十多岁。荣昌厂的生产委员。

马师傅——男，四十三四岁。工头。

吕　斌——男，二十多岁。工人。

姜　二——男，二十七八岁。工人。

老　九——男，工人。

老　四——男，工人。

小　王——男，工人。

赵　山——男，工人。

其他工人——若干名，可多可少。

冯二爷——男，快六十岁。在厂内打杂儿，与厂主有点亲戚关系。

林　辉——男，四十岁。共产党员。检查工作组组长。

平淑文——女，二十一二岁。在某报馆资料室服务，现在参加检查组
　　　　　工作。

检查组其他工作员——三五人，可多可少。

丁翼平——男，四十岁。荣昌厂的厂主。

丁小苹——女，十五岁。丁的爱女，中学生。

李定国——男，五十多岁。荣昌厂的主任会计（先生），是丁的心腹
　　　　　人。他从前作过私塾先生，教过丁翼平。

黄庆元——男，二十七八岁。丁的表弟，荣昌厂的跑外的。

管清波——男，四十一二岁。隆大五金行的经理，丁的好友。

唐子明——男，四十岁左右。天成铁工厂的厂主，生意不大，往往受
　　　　　制于丁。

钱掌柜——男，五十多岁。五金行商人。

王先舟——男，三十岁。跑合的，丁的朋友。

常　妈——女，四十多岁。管清波的"第二家庭"的女仆。

于大璋——男，三十三四岁。机关干部（留用）。

# 第一幕

## 第一场

时　间　一九五一年春。某日下午。

地　点　荣昌厂的经理办公室。

人　物　黄庆元　于大璋　李定国　冯二爷　马师傅　梁师傅　管清
　　　　波　唐子明　钱掌柜　丁翼平　丁小苹　张乐仁　周廷焕
　　　　刘常胜

〔幕启：荣昌铁工厂的经理办公室，布置得不算奢华，可是也
　还相当体面。大写字台一张，是丁翼平的办公桌，桌上有电
　话机，一个他自用的细瓷盖碗和文具、文件，都齐齐整整。
　一套相当讲究的沙发而外，还有小凳、小茶几、衣架等。壁
　上有大画一幅，爱国公约一张。两面有门，中通院内，左通
　会计室。由窗内可见工厂的一角。

〔幕启时台上无人，唯闻打铁声与马达声。

〔黄在前，于在中，李在后，谈着话进来。他们在厂内刚看完
　订做的水车成品。

黄庆元　（故作谦虚）于科长，您看那五十台水车，做得怎么样？您
　　　　还满意吧？请您多提宝贵的意见！

于大璋　（轻轻点头，不便立刻发表绝对肯定的意见）也还，也还不
　　　　错吧。

李定国　请坐吧，于科长！

于大璋　别那么称呼，我不过是个副科长。

李定国　不久您还不高升一步，作正科长吗？（招呼于坐好，而后小
　　　　快步跑到门口）冯二爷！冯二爷！

　　　〔冯从院内答应："来了。"同时，黄向于敬烟，并代点上。

李定国　（向门外说）拿开水来，换换茶叶。（赶快跑回来，轻轻
　　　　地搓着手）于科长，我大胆地说：您自管去找，找遍了全北
　　　　京，要找到同样漂亮的活儿，我们荣昌厂就算丢了人！

黄庆元　按说呢，我们不该专拣乐观的说，叫您以为我们专会宣传。
　　　　您比我跟李先生都更专家，您看见了，那五十台水车，每一
　　　　台都比原来定的规格重着四五斤！

于大璋　我当然看得出来。

黄庆元　我可以代理我们丁经理这么说：您就是告诉我们作低级一
　　　　点，马虎一点，我们也不会！荣昌厂是北京城的老字号了！
　　　　（低头笑着，不卑不亢）

于大璋　这批活儿你们做得确是不坏！可就怕呀，以后……（话被黄
　　　　抢去）

黄庆元　于科长，你自管放心！凭你一句话，我们大家都热诚地托

福！我们丁经理常说，作生意没有不赚钱的，可是不能主观地胡来。我们保证，以后做的活儿要比今天您看见的更加强，更好！以后还求您多分心照顾！

于大璋　你们赶紧把这做好了的五十台交出去，农村里抗旱备荒，急等水车用。

黄庆元　这五十台马上就送去，还没做好的五十台加紧地做，提前完成。要是还再多做，您可早赏个信儿，我们好预备材料！

〔冯提水壶上，换茶叶，沏茶。

于大璋　就那么办吧。（看表，似怀疑表不准确）局子里还有事，我走啦！

李定国　刚沏上茶，您喝碗再走！

于大璋　不喝了，忙得很！还得去开个会！

李定国　很对不起，丁经理没能亲自招待您！我们经理当选了工商联的委员，现在正在工商联开会。

于大璋　（一边走一边说）丁经理既是工商联的委员，就更可靠了！

黄庆元　（陪着于往外走）您别怪我说，他要是品质不可靠，也当选不了工商联的委员。

李定国　（送到门口）慢走！慢走！于科长！再见！

于大璋　再见！（同黄下）

李定国　（欢快地）行了！这批一百台，还许再来五百台呢！

冯二爷　（收拾屋里）他是干什么的？是个官儿吧？倒没有多大的架子！

李定国　他是业务科的副科长呢！

冯二爷　好家伙！要搁在解放前，甭说副科长，就是来一位科员，都得把咱们闹得晕头转向的！

李定国　哼！别再提解放前。一提起来我就打哆嗦！你记得，那时候，就凭丁经理那么大的本事，会拆卖机器零件过日子！

冯二爷　是呀！

李定国　解放了，政府借给咱们款子，跟咱们订活，厂子才又象了样儿。

冯二爷　哪儿去找这么好的政府啊！

李定国　现在，生意越来越好，物价又稳定。

冯二爷　啊，东边的臭沟也填平了，电灯一年到头老亮着，多么好！

〔黄送客回来，很兴奋。

黄庆元　李先生，他主动地吐了口话。

李定国　再订五百台？

黄庆元　也许还多点呢！

冯二爷　那，咱们可得好好地做，好对得起人哪！

黄庆元　忙你的去吧，二大爷！

冯二爷　对，经理太太还叫我给买点东西去呢。（下）

黄庆元　经理是真行！愣会无条件地白做五十台，一个子儿不赚！

李定国　第二批的五十台老丁可就（翻了翻手）……不是吗？

黄庆元　再来五百台，也这么着（也翻了翻手），够全厂子吃半年的，你信不信？

李定国　现在，他又作了工商联的委员，就更吃得开了！

〔马师傅上。

黄庆元　头儿！

马师傅　经理还没回来哪？

李定国　没哪。来，坐一会儿。（递烟）

黄庆元　对，来一根刚才招待客人的好烟。（去看账）

马师傅　（接烟，看看纸烟上的商标）哼，一肚子窝窝头，不配吃这
　　　　么好的烟！（李已给他划了火柴，不好不吸）

李定国　怎么，马师傅，近来手里又紧？省着点呀，别大手大脚地只
　　　　顾今儿个，不顾明天。

马师傅　我一点也不大手大脚。家里人口多，我挣的少，有什么法儿呢？

李定国　马师傅，经理嘱咐过我，分外照顾着你一点。

马师傅　唉！经理对我可真不错！

李定国　经理对谁都不错，你可就是别听人家挑拨。

马师傅　别人是有闲话！

李定国　我没猜错吧？不用说，又是张乐仁说的！

黄庆元　李先生，我是经理的表弟，当然不高兴听人家批评经理。可
　　　　是，张乐仁是工会主席，咱们不便多得罪他。

李定国　是！是！

黄庆元　马师傅，那还没动手的五十台水车，可得赶紧做，人家催下
　　　　来了。

马师傅　是啊！我正要问问碎铁什么时候能来到，我等着用呢。经理
　　　　嘱咐了，头一个五十台要做得顶好，第二个五十台得降低成

本，用碎铁做。

黄庆元　碎铁就来，来到就马上做。

马师傅　还有，要减低成本，连样板都得改一改，我可不敢作主。

黄庆元　待会儿，我们跟经理请示一下，再传达你。

马师傅　就那么办。李先生，要是方便的话，就先支给我俩钱吧。

李定国　下班的时候，你再来吧，顶好别叫大家看见。

马师傅　我知道！先生您多分心啦！

　　　　〔马下，梁上。在门口相遇，没有过话。

梁师傅　（带怒地）庆元！你们是怎么一回事啊？

黄庆元　（也没好气）梁师傅！怎么啦？

梁师傅　料又接不上啦，活儿可得赶着做！

李定国　料马上到，您别着急！

梁师傅　我不能不着急！你说料马上到？仓库里有的是好铁，为什么

　　　　不拿出来？难道要等着坏料吗？

黄庆元　用什么料，都得听经理的交派！用不着您操心！

李定国　得啦，老师傅，您先干点别的不好吗？

梁师傅　做活儿不作兴乱抓，李先生！

　　　　〔外面管清波瓮声瓮气地叫："翼平！翼平！"

黄庆元　（急于支出梁去）有客人来了！待会儿我给您反映，还不行吗？

李定国　对，先歇歇去！

梁师傅　我要爱歇着，还不来催呢！哼！（下）

　　　　〔黄、李迎出去；管、唐上。

李定国　管经理！唐经理！欢迎！欢迎之至！

管清波　李先生，还这么咬文嚼字的，啊，哈哈！

　　　〔钱掌柜稍迟了几步，一劲地咳嗽，上来。

黄庆元　哟！钱老掌柜，您也来啦！

钱掌柜　（先咳嗽了一小阵）没用了！走这么几步就喘不过气来，我
　　　　看我快"驾云前往"了！

管清波　别那么说呀，生意越来越好，怎么能说泄气话呢！

　　　〔大家落坐，黄、李递烟倒茶。

唐子明　丁经理呢，我们来给他道喜！

李定国　他到工商联去开会，大概也快回来了。

管清波　抖啊！工商联的大委员，老丁是真能钻啊！

唐子明　管大哥，这年月讲真本事，不靠钻营！

钱掌柜　就是准我钻营，当上委员，大伙儿开会，我一阵咳嗽，就得
　　　　退席！我呀，完喽！

管清波　老大哥，昨天你可还弄到手一笔俏生意！

钱掌柜　唉，也不能还有一口气，就躺在棺材里不是？（众笑）

　　　〔院内丁喊："小六儿，给车带打打气！"

黄庆元　经理回来了！

丁翼平　（上）喝！都来了！对不起，叫大家受等！

管清波　道喜！道喜！（钱、唐随着道喜）

丁翼平　多一分光荣，多一分责任。以后，还仗着大家多指教，多帮助！

管清波　怎么？作了委员马上就酸溜溜的，跟李先生一样了？

李定国　我说不过您，管经理！叫经理陪着您吧，我忙我的去！失陪！失陪！（入会计室）

管清波　据我看哪，你作了委员，倒该多照顾照顾我们！

丁翼平　清波，你可要看明白，作委员是为了给人民服务，我得尽力为大家办事，至少得做到对公家私人都有利。

唐子明　这话对！

管清波　别，别尽自耍官腔吧！

丁翼平　这一点不是官腔，完全是掏心窝子的话。你就说，为什么咱们的生意都这么好？还不是因为咱们的政府好！那么，我们怎能只顾自己，不帮着政府做点事呢？（见黄要说话）庆元，你要告诉我什么？先说吧，说完好忙你的去。

黄庆元　于大璋科长来过了。

丁翼平　他看过咱们的活儿了？

黄庆元　看过了。叫咱们赶紧把那五十台送去。他还说……（话被丁截住）

丁翼平　马上送！你跟马师傅再细细地看一遍，别叫人家检验出一点儿毛病来！

黄衣元　是啦！（下）

管清波　于大璋？哪个于大璋？干钩于，斜玉旁的璋？作副科长？他还是我的亲戚呢！他的二姥姥是我的……

丁翼平　真的！那，你得求他多照应我点呀！

管清波　准行！你可也得照应我，别再打官话！

丁翼平　什么话呢，彼此照应！公、私都要照顾到！我问你，王先舟给我买了碎铁没有？我急等着用！

管清波　先舟很卖力气，各处都跑到了，已经凑足了数儿！

丁翼平　好，他为我出力，他自己也有好处。告诉他，买到手里的赶紧送来，再继续收买，有多少要多少！

管清波　丁经理的吩咐，谁敢不遵呢！唐子明好啦，该说说咱们干什么来了吧？

钱掌柜　是啊！翼平，今天晚上我们庆祝你作了委员，大家一块儿喝喝酒！

丁翼平　那可不行！我请你们！朋友们赏脸来道喜，我难道还不该招待招待吗？

唐子明　都是老朋友喽，就别客气了吧！晚上七点钟在德胜馆见，好不好？

管清波　老唐，你是堂堂铁工厂的经理，就知道德胜馆吗？我说泰丰楼，谁爱去不去！

唐子明　好，好，俗语说得好："常将有日思无日，莫到无时盼有时！"

管清波　看你这个小气劲！

钱掌柜　好啦，七点见，泰丰楼！我先得回去吃点咳嗽药，好多喝点酒！（起立）

丁翼平　那么，过两天我再回请。（见大家都立起来）等一等，我还有点事跟大家商量一下。刚才呀，我在工商联认了五千万元抗美援朝的捐献。这并不是因为我是委员，所以特别地讨

好。我这是表现自己的一点爱国心！我们的生意、性命、财产都受着国家的保护，国家的事也就是咱们自己的事。（拿出捐献簿子）

唐子明　丁经理，你用不着多交代。日本军队跟国民党怎么祸害咱们，我都记得。我的厂子虽然不大，我可也要尽力而为，我捐献一千万！（往簿上写）

丁翼平　不少！要是能多一点更好！你呢，清波？

管清波　我？你的事我能不捧场吗？

丁翼平　这不是我个人的私事，是国家安危的大事！再说，自从志愿军出国，咱们的生意就更多了，不也是实话吗？

管清波　我刚刚布置了小月亮门九号的小楼，花了不少钱，手里不宽绰！嗯，我也来一千万！（写）老丁，老唐，你们看明白了，钱要花在明处，你们开着铁工厂，我可只有个小小的五金行！

丁翼平　钱掌柜，你老人家呢？

钱掌柜　我又要发喘，我先回家吃点药去！吃完药，我细细搂搂账，再说！

管清波　老掌柜，钱可是带不到棺材里去啊！

钱掌柜　这象话吗？

丁翼平　按说，您开着大五金行，这里数您老人家手里硬，您至少也得跟我一样，也认五千万！

钱掌柜　我是外强中干。不信，你问问你嫂子去！得啦，我也不少拿，干脆一句，五百万！

丁翼平　我不能强迫您，您可也要再想想去！

钱掌柜　好吧，咱们泰丰楼见。喝酒的时候可别再谈这个事！

唐子明　七点见，丁经理！（同管、钱下）

丁翼平　（送至门口）待会儿见了！

　　〔李上。

李定国　经理，黄庆元告诉了您没有，于科长吐了个口话，还要再多
　　　　订水车。

丁翼平　他大概刚要说，我把话抢了过去。当着那群人，干吗说咱们
　　　　自己家里的事？庆元还是不老练，没心眼！

　　〔冯端脸水上，放好脸盆，即收拾茶具等。

李定国　刚才马师傅说，要是省点本钱，水车的样板可得改一改，您
　　　　看怎样？

丁翼平　（一边擦脸，一边说）冯二爷，我自己收拾我的桌子，你去
　　　　吧！（冯下）斟酌着办。别太难看了就行。待会儿我亲自嘱
　　　　咐他。

李定国　马师傅手里又不松通，您看可以给他加点工钱吧？他家里人
　　　　口倒是真多。

丁翼平　不便单给他一个人加工资，招别人不愿意。叫他长支着用
　　　　吧，赶到有特别用钱的时候，你再偷偷地塞给他点。（自己
　　　　收拾桌子）

李定国　经理，您可真想得周到！（下）

〔小苹跑上。

丁小苹　爸爸!

丁翼平　怎么回来啦?

丁小苹　今儿是星期六，您都忘啦! 爸，刚才我和同学上大华看电影去了。看完，我就到您这儿来了，还没到后边看妈妈去呢。

丁翼平　什么片子，好不好啊? （一边打算盘一边问）

丁小苹　是《丹娘》，好极了! 我们大伙都哭了!

丁翼平　哭了? 这孩子，看电影，哭什么? 真是替古人担忧!

丁小苹　爸，您真是! 您一点也不懂! 丹娘真是一个可爱的姑娘! 她是那样地热爱自己的祖国: 敌人打来了，她就离开了妈妈，参加游击队! 她是那么勇敢，凡是人们能做的事，她都能做。敌人抓住了她，用火烧她，剥了衣服，推到大雪地里冻她。那么苦，她都没有叫唤一声，因为她想到了自己的祖国就忘了自己!

丁翼平　好，看完了就算了，别紧自想!

丁小苹　我怎么能不想呢? 看完了电影，我一直地想着丹娘，我怎么样才能和她比呢? 她才比我大三岁，我也有这样一个可爱的祖国，可是我为它做了些什么呢!

丁翼平　傻孩子，傻孩子! 你不是已经很好了吗? 不要想的太多了! 想多了会伤身体! 你这么爱国，爸真高兴!

丁小苹　我总觉得丹娘没死，她还活着! 爸，您说，我们志愿军不也和丹娘一样的英勇吗?

丁翼平　对，爸爸也和你一样的爱国，爸爸也参加了抗美援朝，刚才

　　　　　我捐献了五千万，你知道吗？

丁小苹　真的呀！

丁翼平　爸爸还会骗你呀！（拿出捐献簿）你看，你看！

丁小苹　那，你刚一听到抗美援朝的时候，眉毛可皱起这么高，担心
　　　　生意不好做。

丁翼平　那，那，爸爸反正是爱国的。在要解放的时候，好些作买卖
　　　　的人怕共产党，只有我相信共产党的办法好，有发展，你看
　　　　现在怎么样？爸爸的眼光不错吧？

丁小苹　得了吧，爸爸！你那时候还想到台湾去呢！飞机票都买了。

丁翼平　到底我还是把飞机票退了，没去呀！唉，在国民党手底下卖
　　　　机器零件的日子过够了，你爸爸开的是铁工厂，不是零件拍
　　　　卖行呀！

丁小苹　真的！爸爸现在的生活过的多好呀！我们应该尽一切力量把
　　　　祖国建设得更好，更美丽！

丁翼平　谁说不是这样呢？爸爸办这个厂子，费了多少力气，经过多
　　　　少困难，现在才可以好好地搞了！小苹，我还想买炼钢炉，
　　　　赶明儿北京用的钢，都会是我们厂子里出的，你看爸爸的贡
　　　　献大不大？好孩子，我就有你这么一个女儿，好好念书，学
　　　　本事，赶明儿帮助爸爸办事业，这不也是替国家效劳吗？

丁小苹　不，现在我还不决定将来怎么做，赶到祖国需要我做什么的
　　　　时候我就做什么。我不能只顾自己，不顾国家！

丁翼平　小鬼！爱国也不能忘了爸爸呀！好了，好了，到后边看看妈

妈去，叫她给你做点好吃的东西！

〔下班的钟声响。

丁小苹　下班了。走，一块儿走！

丁翼平　我外边有个约会，不回家吃饭了。

丁小苹　爸，你怎么老在外边吃馆子呀！

丁翼平　对了，小苹！我还没告诉你，我今天当选了工商联的委员。大家给我道喜，请我吃饭。

丁小苹　作了委员更应该多为大家做事啦！

丁翼平　快回去吧！快回去吧！妈妈想你呢！

丁小苹　爸，那我走啦！……（往外跑）

〔张乐仁、周廷焕、刘常胜上，与苹在门外彼此相呼一下。苹下。

丁翼平　乐仁，你们来了？有什么事？来，抽根好烟儿！

张乐仁　不啦！我们代表工会，提出点要求。

丁翼平　说吧，大家商量商量。

张乐仁　我们每天做十一个钟头的工，看能不能缩短半点钟，晚上好上夜校学习文化。

丁翼平　好哇！我愿意大家都热心去学习。可是有一样，厂子里的活越来越多，订活都有限期，到时候交不上不行，怎么能缩短工时呢？这不合实际！

刘常胜　这顶合实际，我们现在都一天干两天的活，你知道！

周廷焕　我们那么积极干活，你也得想想我们支持得了吗！减点工时，倒能更多出活！

丁翼平　这不是支持得了支持不了的问题，倒是爱国不爱国的问题！

刘常胜　什么？我们积极生产就为的是爱国！

丁翼平　你听着，老刘。你看，就拿水车说吧，农村里抗旱备荒，急
　　　　等着用……

张乐仁　为抗旱备荒，我们才拚命赶做水车！我们上夜校学习，正为
　　　　是搞好增产！

丁翼平　不过……你们的头一件事总还是应当多干活儿。你们是工
　　　　人，不是学生！

周廷焕　我们是工人，是新国家的工人！我们应当学习，多多学习！

丁翼平　慢慢地再说吧！还有什么别的事情？

张乐仁　大家要求，伙食要改好一点。这几个月，你不是不知道，我
　　　　们一个月出两个月的活。可是，伙食已然很苦，绝不该又时
　　　　常吃馊的、凉的，弄得大家时常生病。

刘常胜　窝窝头不是象砖头一样硬，就是半生不熟，生了病就耽误生
　　　　产，对谁都没好处！

丁翼平　等我调查调查，一定想个办法。

周廷焕　这跟大家的身体和生产都有顶大的关系，马上办才好！你不
　　　　是怕我们耽误了做活吗？

丁翼平　我也怪忙的！可是我……要不然先这么办，我跟你们工会干
　　　　部另开一桌饭，天天在一块儿吃。

刘常胜　那成什么话呢？我们不能不管大家，只图自己吃口好的。

张乐仁　工会干部是给大家办事的，我们那么办，还象什么工会干部呢！

丁翼平　别误会了我，我跟你们天天在一块儿吃饭，为是好随时地集思广益，搜集你们的意见，也可以随时解决问题，并没有别的意思。你们不愿意呢，就算了！我还要马上出去，咱们明天细谈吧。

张乐仁　改善伙食用不着细谈。你可以马上去看看，我们吃的是什么！

丁翼平　我嘱咐他们，不准再有馊的、凉的！至于改善伙食，可得慢慢地来！你看，我刚才为抗美援朝捐献了五千万，马上就改善伙食，不是叫我有点为难吗？老刘，你看，一下子就是五千万，连你也不能再说我不办好事吧？

刘常胜　为抗美援朝捐献是我们工人带的头！

周廷焕　我们费力气增产，也是为了抗美援朝！

丁翼平　明天再说吧！我马上就要出去！

张乐仁　明天继续谈！老刘，咱们走！

刘常胜　明天我们准来！（同张、周下）

　　　　〔电话铃声。

丁翼平　（接电话）喂，荣昌厂。……我就是丁翼平。……您是于科长，刚才失迎，对不起！……是！是！是！……再做一千台水车？……是！您看，刚才管清波来看我，敢情他是您的亲戚。都是熟人，我更得好好地做活儿了。我保证做得好，保证……是，明天早上九点我一定来，签订合同！明天见！（放下电话，愣了一会儿。微笑，挽袖子跃跃欲试）一千台！一千台！

　　　　　　　　　　　　　　　　　　　　——第一场终

## 第二场

时　间　前场后十数日，星期日清早。

地　点　工人宿舍的小院里。

人　物　周廷焕　梁师傅　老九　马师傅　老四　刘常胜　吕斌
　　　　姜二　张乐仁　小王　赵山

　　〔幕启：荣昌厂的工人宿舍有好几个小院子，这是其中的一
　　　个。姜二等住在这里。

　　〔姜二屋的屋门短了一扇。院中放着两条板凳。檐下放着一个
　　　小铁炉，上面坐着一把铁壶。〔周廷焕正扫院子。

　　〔墙角有一丛紫丁香，盛开。望过去，远处是天坛的祈年殿。

　　〔梁师傅走进来。

梁师傅　廷焕！

周廷焕　噢，梁师傅！

梁师傅　大星期天的，你一个人在这儿扫院子干吗？

周廷焕　您还不知道？姜二夜里受了伤！

梁师傅　（惊）什么？怎么受的伤！

周廷焕　昨儿晚上，姜二加夜班，正往炉子里续碎铁哪，铁水爆起
　　　　来，把眼睛碰了！

梁师傅　碎铁，碎铁，又是碎铁！碎铁里什么乱七八糟的东西都有，事前也没挑一挑？

周廷焕　可不是，马师傅净想买经理的好，不让挑，一个劲的穷催："快着，快着！"

梁师傅　（看屋门短了一扇）抬走了的？很重吧？

周廷焕　血流的挺多！谁也看不出来，到底是轻伤重伤。

梁师傅　嘿！你们怎么不叫我一声呢？看我不中用啊？

周廷焕　不是！吕斌说的，不用去惊动您了，黑灯下火的！

梁师傅　你们这伙年轻的，嘴上无毛，办事不牢！遇见这种事，应该找个有胡子的来出出主意！现在怎样啦？

周廷焕　还在医院哪！这会儿还不回来，急得我已经扫了两遍院子了！

梁师傅　（看各屋）他们呢？

周廷焕　都跟了去啦！让我在家里好跟经理借点钱。您看，快九点了，经理还不起来，急得我直在这儿转磨！

梁师傅　你在这儿看着，我上医院！

周廷焕　您就别再跑一趟了。要去，是我去！

　　〔老九匆匆进来。

梁师傅　老九，姜二怎么样了？

老　九　不要紧了！万幸，差这么一点，没炸着眼珠子！（入室）

梁师傅　谢天谢地！真要是炸瞎了啊……他妈的！（沉静了一会坐下）我说，廷焕，你也忙了一宿啦！该吃点什么去！

周廷焕　就快吃饭，不用去了。您是没看见啊，姜二满脸都是血！

"大炮"啊，急得黄豆大的汗珠子劈嗒吧嗒往下掉！

梁师傅　那有不着急的吗？我问你，上医院没钱怎么行啊？

周廷焕　（看九出来）还不睡会儿？老九！

老　九　我还得上业余艺术学校哪，已经误了一个钟头！一个星期才
　　　　上一次！我走啦！老周，我那儿还有点茶叶，给梁师傅沏一
　　　　壶！（跑下）

周廷焕　（追）老九，给我请假吧，我去也是白去，心里乱透了！

老　九　（在院外）是啦！

周廷焕　（要入九室去拿茶叶）我先沏壶茶。

梁师傅　（发急）你先说，钱到底怎么样？（又后悔了）你先沏茶
　　　　吧！我不渴，你大概渴啦！

周廷焕　好吧。（进九室内）

梁师傅　（掏烟袋，自言自语地）事情不简单！不简单！

周廷焕　（手心上托着茶叶）什么不简单哪？

梁师傅　你看，最近这批水车的活，催的那么紧，净逼着咱们加班加
　　　　点，可是都用碎铁做，这事儿还简单！

周廷焕　哼！

　　　　〔马师傅往院内探头。周进姜二屋去拿茶壶。

马师傅　哦，梁师傅在这儿哪？姜二怎样啦？

梁师傅　你应当知道，叫他多掺碎铁的是你！

马师傅　那可不能那么说，经理的交派，我有什么主意呢？他给什么
　　　　料，咱们做什么活！

梁师傅　哼！你我做活儿多年，什么料出什么货，你会不知道！

周廷焕　（提着茶壶出来）要是专出赖货，这算哪道工厂呢！

梁师傅　马师傅，我告诉你句好话！我们现在是翻了身的工人，应当知道自尊自重！

马师傅　翻了身？翻多少回身，咱们也得给经理干活！别都跟我报委屈，厂子不是我的！我说，廷焕，姜二要是用钱，告诉我一声，我可以跟经理说去！

梁师傅　他会自己去，就不劳驾啦！

周廷焕　夜里，我跟吕斌去砸经理的门，要点钱好上医院；院子里喊了一声："走！有什么事，早上再说！"

梁师傅　等到早上，姜二也许一辈子残废了！

马师傅　梁师傅，我是好心好意，说话别老带刺儿！

梁师傅　有拿工人不当人的，还拦得住我说话带刺儿吗？

马师傅　得，我不跟老大哥斗嘴皮子，回头见！（要走，又故意买好）梁师傅，我那儿熬好了小米粥，不来喝一碗？

梁师傅　不啦！

马师傅　回见！（下）

梁师傅　哼！这个家伙，就是他闹的大家不团结！廷焕，你刚才说，钱没借着，到底怎么办的？

周廷焕　还不是大家伙凑了点！一时一刻不能耽误，也不知道够不够？

梁师傅　那你也——你这小伙子，怪不得不出去吃点东西！（掏钱）来，零的给你，整的给姜二！

周廷焕 整的你自己交给他吧!

梁师傅 不能把好心眼挂在鼻子上,专为别人看!你拿着,去,喝碗豆浆去!

周廷焕 (接钱)也好,我喝碗去。茶行啦,您喝吧!(下)

梁师傅 你快去吧!(倒茶,望着祈年殿)

〔老四拿着绳子、杠子进来。招呼:"梁师傅!"

梁师傅 姜二呢?老四!

老 四 回来了,在后边呢。(放下东西)

梁师傅 怎么不抬回他来?

老 四 他不叫抬嘛!您坐着,我睡会儿去!(入室)

〔刘常胜扛着门板,吕斌扶着姜二,姜眼上裹着纱布。

梁师傅 姜二!姜二!

姜 二 (勉强地微笑)不要紧了,梁师傅!一块红铁打歪了一点,没打在眼珠子上!(要坐下)

刘常胜 躺躺去吧!

梁师傅 听话,躺下去!

姜 二 我在这儿坐一会儿,真不要紧了,真的!(坐下)

梁师傅 (倒茶)来,先喝口热的,吃什么不吃!

姜 二 (吸了口茶)不想吃!

梁师傅 吕斌,找茶碗去!你们也喝口!

吕 斌 好嘛!

刘常胜 好家伙,抬他上医院去,我这么棒的人,会直打哆嗦!直把我急坏了！

姜　二　这点小事，叫大伙着这么大的急！

吕　斌　小事？你要落了残废，谁管？

姜　二　别的倒还不要紧，我就是不放心我的妹妹。我省吃俭用，供给她上技术学校，盼着她能去开矿啊，采石油啊，真给国家做点事！好家伙，我要是瞎了……

吕　斌　你要是瞎了，咱们跟经理没完！

刘常胜　半夜里叫经理的门，连理都不理！

姜　二　谁能象咱们弟兄呢？

梁师傅　那还用说，当经理的跟咱们是两路人！

吕　斌　就是咱们里头，也有不向着自己人的，就说那位吧（指房后），昨儿夜里咱们闹翻了天，他干脆不管！

梁师傅　他刚才露了露头，卖了点假人情，我给了他几句！

姜　二　不用抱怨别人啦，总是我该倒霉！

刘常胜　老姜，你这个老实头，受了伤还说自己倒霉！我明天去跟经理算账！

姜　二　那不必！别为了我的事，给你自己找麻烦！

刘常胜　我才不怕！

梁师傅　姜二，好好地睡一觉去吧！

姜　二　（立起）累了大伙一宿……

刘常胜　别多费话，走！（搀姜入室）

吕　斌　梁师傅，我心里真别扭！

梁师傅　谁不别扭啊。

吕　斌　我还不光是为了姜二这件事！

梁师傅　啊？

吕　斌　我是说，我们流了那么多的汗，卖了那么大的力气，看见活儿就忘了命。可是，人家那儿一劲儿说，倒碎铁，倒碎铁！他妈的，净弄点子碎铁能做出什么好活儿来？咱们的汗白流了，力气白费了，死了也白死！

〔周廷焕同张乐仁上，张夹着书和笔记本，刘从室内出。

张乐仁　姜二呢？姜二呢？

周廷焕　姜二！

梁师傅　先叫他忍会吧，刚躺下。

姜　二　（在室内叫）乐仁哪？

张乐仁　是我！（跑进去）

梁师傅　乐仁也刚知道？

周廷焕　夜里他没在家，今个一清早上了业余艺术学校。刚才我一告诉他，你看他这个急劲儿！（入姜室）

刘常胜　（出来）夜里真缺乐仁这么一把手！你看我急得干转磨，老周是慢条斯理儿，老吕急得蹦跳，你看这个乱劲儿！

张乐仁　（与周前后出来）真是！（愤恨地呆立）

〔小王上，用帽子盛着些鸡蛋，双手托着。

小　王　姜二怎么样了？告诉他别着急，有咱们大家伙儿呢！

张乐仁　刚躺下，让他歇会吧！

小　王　这个交给你吧！（交鸡蛋给张）

刘常胜　待会儿吧！（由张手中接过鸡蛋，送入姜室内）

小　王　不啦！还有事！（下）

张乐仁　明儿个咱们都上班，谁招呼着他呢？

周廷焕　我去动员几个家属，天天要有人来给他做点可口的东西！

张乐仁　就交给你啦！（对别人）老周啊，办这号事行！

　　　　〔赵山进来。

赵　山　姜二这会儿怎么样了？

刘常胜　（出来）行啦，不会出大毛病啦，他刚躺下。

周廷焕　你也一晚上没睡了，该去休息会儿！

赵　山　反正也快吃饭了，我告诉大伙儿去！

张乐仁　叫大伙儿都放心吧！

赵　山　是啦。（下）

张乐仁　钱凑的够用不够？

吕　斌　只花了点挂号费。大夫说了，既是工人，到区上弄个证明，可以不要手术费！

周廷焕　（掏钱）得啦，梁师傅，您拿着吧！

梁师傅　留着，给他弄点吃的什么的！

周廷焕　其实您也不松通。

梁师傅　我比你们都强，我老婆子还一个劲儿让我回家呢。可是，我舍不得我的活儿，一天不干活，就五脊子六兽的！

吕　斌　我也是那样，回乡下去住一两天还挺新鲜，到第三天头上两手就痒痒，非回来不可！

张乐仁　不管咱们到哪儿，总忘不了干活！

周廷焕　哼，做出一样漂亮活儿，真好象生了个胖娃娃那么高兴！

吕　斌　你就看理发的吧，他推个头就好象绣一朵花，这么瞧瞧，那么看看，非做满意了不拉倒；你催他快着点，他就不高兴！

梁师傅　可是，近来咱们的活越来越不象样儿啦！姜二还不是因为倒碎铁受的伤！

张乐仁　咱们厂子近来做的活呀，叫我心里扎得慌！在解放前……

梁师傅　别提解放前！

张乐仁　我是说条件那么坏，咱们还希望做出好活儿来。现在呢，咱们知道是给谁做的活儿，为什么干活儿，所以一个人当两个人用，一天做出两天的活儿，咱们是工人嘛！可是……

吕　斌　我刚才说过了，咱们白费心，掌柜的一句话，全完！咱们要往好里做，掌柜的要往坏里做！

周廷焕　你看，我一拿有砂眼的东西叫马师傅看，他就说抹点铅粉，这不成了骗子手吗？

张乐仁　这是利用咱们的工作热情，给掌柜的多赚钱，咱们一劲儿劳动，他一个劲儿破坏！

刘常胜　姜二可常说，交得上活交不上是经理的事，他叫咱们怎么做就怎么做，反正咱们没坏了良心！

张乐仁　这话不能这么说，姜二没想对！

梁师傅　不是嘛，我一看咱们做的活，我心里就堵得慌！

刘常胜　咱们可怎么办呢？

周廷焕　咱们现在最大的缺点就是工会不健全，拿不出劲头儿来！

吕　斌　丁翼平破坏工会嘛，谁要一入工会，他就乱吓唬谁！

周廷焕　哼，老怕丢了饭碗！说了归齐，还是有人老觉着是给经理干
　　　　活，吃经理的饭！

张乐仁　对！根儿就在这里。咱们知道了这个道理还不够，要让大家
　　　　伙都知道才行！大伙儿都明白过来，就能有力量！梁师傅，
　　　　您说对不对？

　　　〔梁师傅看着远处的祈年殿。

梁师傅　（*出神地*）啊？

　　众　您干吗哪？

梁师傅　啊！你们瞧那个（*指祈年殿*），我管那叫活儿，那么美，那
　　　　么结实，在那儿站几百年，老那么美，那么结实！

张乐仁　祈年殿，是真美！可是，咱们现在能用机器，应当做出比那
　　　　更美更结实的活儿来！

周廷焕　不大老容易，凭丁翼平那个赚钱劲儿，咱们白费力气，做不
　　　　出好活来！

吕　斌　真！咱们工人翻了身，就愣让丁翼平治的做不出好活来吗？

刘常胜　我看，这号事也长不了！

梁师傅　长不了！我常想，咱们有毛主席，一定能做出比祈年殿还美
　　　　的活来！

张乐仁　这话说到根上来了！丁翼平那么胡来，毛主席能答应吗？

刘常胜　毛主席怎能知道呢?

吕　斌　他老人家事情太多了，怕没工夫管这些事吧?

张乐仁　毛主席会管，你们瞧着，早晚有那么一天!

——第二场终

## 第三场

时　间　前场后一个月左右。某日晚间。

地　点　管清波的"第二家庭"，楼上。

人　物　常妈　管清波　王先舟　于大璋　丁翼平　唐子明　钱掌柜

〔幕启：楼上一间小客厅，收拾得非常庸俗、阔绰，有点象昔日的高等妓院。看见这屋子，就可以知道这里不大能有正派的人与正派的事。两面有门。

〔这是管清波的"第二家庭"。管清波与丁翼平常常和他们的朋友们在这里聚会，商议"要事"，也顺手儿吃吃喝喝。今天又是他们聚会的日子。

〔幕还未启，有男女欢笑的声音，大家都在内室里玩牌。幕启，空场。内室的男女通场继续欢笑。少顷，电话铃响，常妈上。

（接电话）喂……小月亮门九号。……您贵姓? ……等一等，我给您看看。（到内室门口）管经理，管经理，电话!

〔管清波手里拿着两张扑克牌出来。

管清波　谁呀？

常　妈　丁经理。

〔室内有女人声音："清波，该你出牌啦！"常下。

管清波　（向室内）等一等！（接电话）喂，翼平啊？怎么还不来
　　　　呀？大家伙儿都等着你来玩玩呢！

〔室内女人又催："老管，你快着呀！"

管清波　（捂上机口）等一等！（再打电话）什么？……于大璋？他
　　　　没有来。……噢，你约他九点钟上这儿见面？（看表）现在
　　　　已经过了几分钟……

〔室内女人又催，同时王先舟上。

管清波　（向王）来啦？给你，（把手中的牌递给他）你先替我玩去。

王先舟　好吧！（接牌入内室）

管清波　（再接电话）不是，不是于大璋，是王先舟来了。……好，
　　　　于大璋要是先来到，叫他等等你。好，我一定叫他等你；你
　　　　就快来吧！（门铃响）大家都等着你呢，没有你不热闹啊！
　　　　好，待会儿见！（挂上电话，要往内室走）

〔常领于上。

常　妈　管经理，于先生来了。

管清波　（亲热地）大璋！快来，坐下！常妈，沏茶去！（常下）丁
　　　　翼平刚刚来了电话，叫你在这儿等他一会儿，他马上就来。

于大璋　（看室内）清波，你行啊！小客厅收拾得多么象样！我常想
　　　　来看看你，可是……你知道在机关里做事的有多么忙！

管清波　连我都一天到晚脚后跟打后脑勺嘛，不用说你啦！你近来还

　　　　过得怪好的吧？

于大璋　对付着冻不着饿不着就是了，哪能象你这么舒服！

管清波　人哪，不为名，就为利。你可是有名呢。

于大璋　嗯，现在还能作副科长，也总算不容易！

管清波　大璋，你有本事，脑筋活，心眼快，才参加了几天，就当了

　　　　副科长；勤巴结着点，赶明儿还不是科长处长？好好干吧！

于大璋　（笑，掏烟）来吧，尝我一根不大好的烟吧！

管清波　（看了看烟）到我这儿啦，我不能叫你吃这样的烟！常妈，

　　　　拿烟来呀！

　　　〔常托着漆盘上。盘上有一筒三炮台烟、茶具，与糖果四碟，

　　　　说："来喽！"管先把烟拿过来。常摆上两碟糖果，倒茶，

　　　　而后把两碟糖果送入内室。

管清波　来枝炮台吧！（递烟）

于大璋　（笑了笑）常在街上看见它，可老没跟它发生关系了！（吸

　　　　了一口）到底好烟是好烟！

管清波　有工夫就上这儿来玩玩。别的没有，好烟好茶还缺不了你的！

于大璋　（慨叹地）可是，没工夫啊，工作太忙！拿一份儿薪水，做

　　　　两个人的事。上班以外，还得学习，好多会都得参加，负责

　　　　任嘛，就不得清闲。

管清波　是呀，都不容易！就拿我来说吧，生意是比从前好啦，可是

　　　　柜上那些店员，今儿一个意见，明儿一个要求，好象铺子不

是我的，掌柜的倒得听别人的吩咐！

〔室内有女人声。

于大璋　大嫂子倒好哇？我看看她去！（要立起来）

管清波　等等，大璋！她不住这里！

于大璋　（听笑声）那么……（恍然大悟）噢！我的脑筋太不灵活
　　　　了！该死！

管清波　有工夫就常来玩玩，可别对亲戚们给我宣传！

于大璋　你叫我拉老婆舌头去，我也没工夫哪！唉，你真有办法！

〔丁匆匆上。

丁翼平　于科长，对不起，叫你受等！

于大璋　我也刚刚来到。

管清波　都不是外人，就别这样客气了，叫人听着怪难过的！

丁翼平　我找老邱去了，要不然也不会迟到。

管清波　他不是刚由香港回来？

丁翼平　是呀！你看，于科长……

管清波　在这儿，就叫他大璋吧，显着亲热，不是吗？

丁翼平　你们俩是亲戚，可以随便称呼。我可得叫科长。什么话呢，
　　　　我的事儿得请科长帮忙，随时地指示呀！

于大璋　（被捧得很舒服）不要说指示，只说帮忙吧！

丁翼平　于科长前者跟我说，香港的手表便宜，我托老邱带了一个
　　　　来。（掏出美丽的表盒）于科长，你看，真正瑞士造，自动
　　　　上弦，不生锈，不怕水，不进灰土！

于大璋　（接过表盒，端详，管也看）表是真好！

管清波　老邱还有没有？我也想要一个！

于大璋　好！（把表盒递回）

丁翼平　（假装一愣）你是怎么回事？于科长！

于大璋　表的确好，我手里一时可是不宽绰！

丁翼平　（故意作生气的样子）于科长，你既是清波的亲戚，又是我
　　　　的朋友，我可没拿你当作外人，你怎这么看不起我呢！

于大璋　我怎能白要东西呢？绝对不能！

丁翼平　我特意托老邱给你带来的，我送不起，还垫不起这点钱吗？
　　　　你几时有钱，几时还我，咱们自己朋友还过不着这点有无相
　　　　通吗？

管清波　按理说呢，老丁也送得起这么一个表，你也受之无愧。现在
　　　　他先垫上钱，你再慢慢地还他，就更象自己朋友了！你的那
　　　　个破表没准儿，起码该擦擦油泥！

于大璋　这，这……

丁翼平　把这个老东西（指旧表）交给我，我去给收拾一下！戴上这
　　　　个新的，不至于再耽误了事情，这最要紧！作科长，会议是
　　　　多的，一来一迟到，才合不着呢！

于大璋　（收下表）哪有这么办的呢？

丁翼平　不再提，不再提这点小事了！把旧的给我！

于大璋　那就更不好意思了！

管清波　一事不烦二主。丁翼平就是这么热心肠！（过去把表摘下

来，递给丁）

丁翼平　清波了解我；我没有别的好处，就是交朋友永远真心实意！
　　　　不再提这点小事了！

〔稍静。

于大璋　丁经理，你打电话约我到这儿来，有什么事谈呢？

丁翼平　（作忽然想起状）哦，于科长，我又预备好了三百台水车，
　　　　您看这回怎么个交法呢？

于大璋　还照上一批的交法。

丁翼平　我是实心眼的人，愿意把事情都先交代清楚。这三百台因为
　　　　局子里催得紧，厂子里加夜班还赶不来，又雇了些临时工。
　　　　外边雇来的人，技术不能一边齐，水车又不是很简单的东
　　　　西，做的活就保不住有粗糙的地方。我既怕过了期限，耽误
　　　　了抗旱备荒的大事，又怕活儿潦草一点，对不起您的照顾！

管清波　现在做活真不容易！上边催得紧，下边不顶用，掌柜的两头
　　　　受气！

于大璋　（沉思）是啊，我很了解你的困难，丁经理。只要按照合同
　　　　办事，我想……

丁翼平　那没问题，绝对结实，能用！我决不能把废品交上去，对不
　　　　起人！您作事多年，能体谅我们；遇上个没有经验的新干部
　　　　可就费了事：哪怕铁活上有个小砂眼，木活上有个小疖子，
　　　　他都叫我们返工，我们就非赔钱不可！

于大璋　当然喽，我不是毫无经验的人，不能叫你赔了钱！不过这是

抗旱备荒的事，也不能马虎了，不然……我也不好交代。

管清波　大璋，你放心，老丁办事向来有把握，绝不能让你交不上去。什么话呢？朋友交情要紧！老丁，大璋可是我的至亲，你回去把成品好好检查一下，可别让大璋为了难。

丁翼平　那还用你说吗？没错！于科长，您放宽心吧！

于大璋　嗯，好吧，清波既然说到这儿，我想丁经理也会注意，只要做得结实，即或有点小小不言的，我想，倒也没多大关系。

丁翼平　这我就放心了！告诉您，为这点活，我日夜揪心扒肝的！

管清波　放心吧，有大璋这样通达的人，到时候给你解释一两句，你一定不至于赔钱！

丁翼平　于科长，我从心里佩服您！

管清波　那用不着交代，就凭他是我的亲戚就够了。咱们是知己，大璋也得是你的知己！你们还有事商量没有？到屋里玩玩去？

于大璋　不啦！我得早点回去睡觉。睡迟了，明天早上起不来；学习迟到，显着怪不合适的！

丁翼平　那，我们就不必勉强了吧。管大哥，我星期六晚上借这儿请客，好不好？请于科长在这儿玩一晚上，星期天晚起点不要紧。叫常妈给雇辆三轮去吧。

于大璋　别雇车！我坐惯了电车。

管清波　哼，上班下班的时候，电车可挤得够呛！

丁翼平　于科长，你应当来辆自行车。

于大璋　自行车确是方便！

丁翼平　正凑巧，我那儿有一辆半新的，搁着没人骑，先借给您骑吧。

于大璋　你自己呢？

丁翼平　我？太胖了，骑不动车了！好吧，明天我派人给您送去。

于大璋　哪有那么办的呢？

丁翼平　您又来了不是？我是真情实意交朋友！

管清波　把东西搁坏了，不如借给朋友用用！

丁翼平　明天我去交活，有我说不圆到的地方，科长可多帮帮忙！我
　　　　再请示请示：做完了这一批，还可能再多做吗？

于大璋　也许可能，抗旱备荒不是一两千台水车能解决的事。

丁翼平　于科长，您可得多照顾点！这路活儿我已经做熟了，保证能
　　　　做得又快又合规格。

于大璋　不过，下次可能采取投标的办法。

丁翼平　那，即使没有什么利润，我也得把标争到手里。为抗旱备荒
　　　　服务，我当仁不让！定了投标的办法，你早通知我一声。

于大璋　你留神看报，我再提醒你一声。好，再见！

管清波　大璋，别忘了星期六晚上到这儿来！

于大璋　看吧，有工夫一定来。别送！别送！（下）

　　　　〔丁、管送到门口，于拦阻，即不送。

管清波　常妈！送于科长出去！

丁翼平　大璋这个人倒怪好的！又能干，又机灵！

管清波　解放前，他的事情挺不错，也爱讲个排场。这二年没能常来
　　　　往，他太忙。

丁翼平　他在局子里也颇拿事呢！

管清波　解放不几个月，他跟我说过：科长是老干部，不懂业务，把事情都交给他。薪水拿的不少，他大手大脚地花惯了，总是紧紧巴巴的，你还没看见他那个样？

丁翼平　这么办好不好？我这儿开好了一张支票，当着面不好意思交给他，你替我交给他吧！（掏出支票）

管清波　（接支票）干吗这么忙啊！

丁翼平　（不解地）怎么？

管清波　你先把水车送去再说，别把他胃口惯大了，以后就不好办了！

丁翼平　清波，真有你的，亏了你们还是亲戚呢！

管清波　哎——亲是亲，财是财！

丁翼平　那，标底的事呢？

管清波　等见着报，有了信，再送去钱也不晚。咱们是不见兔子不撒鹰！（把支票收入袋中）

丁翼平　好，这件事我听你的了。把支票给我吧！

管清波　我先拿着不好吗？

丁翼平　怎么？要炸我的酱吗？

管清波　就凭刚才那一场，我给你捧得多么严？还不值这俩钱？

丁翼平　（大笑）

管清波　（大笑，交回支票）

丁翼平　（接支票，放好）谈谈咱们的事吧，我让你弄的钢板铁料，你弄了没有？

管清波　我怎么没弄？我是想，弄来要是没出路，压着本钱可不大上算！

丁翼平　你怎么知道没有出路？

管清波　我听你的！有什么好消息吗？

丁翼平　先来瓶白兰地吧？一边喝着，一边谈。

管清波　那容易！（去开柜橱，拿酒和杯子）

　　　〔王赢了钱，从内室出来。

管清波　还没打开哪，你难道就闻见了味儿？（开瓶）

王先舟　只要是白兰地，不用开瓶子，我就能闻见！

丁翼平　算了吧！说点正经的。我的碎铁还不够用，你怎么这两天又
　　　　泄了劲儿呢？

王先舟　（先喝了一大口酒）哪儿呀，老二添了个男孩子，他忙，我
　　　　这个作伯伯的还不给张罗着点吗？

丁翼平　别忘了，连你们老二到税局子去作事，还是我的力量！

王先舟　那我怎能忘了呢？得啦，他能常给您出个主意，少交点税，
　　　　也得算报恩哪！您吩咐吧，我完全听您的指挥！

丁翼平　碎铁照常收，你还得上趟天津。

王先舟　干吗去？

丁翼平　老唐来了没有？

管清波　早来了。

丁翼平　叫他一声。

　　　〔王到内室门叫："唐经理，出来，喝一杯！"

唐子明　（出来）刚起了一手好牌！丁经理，有什么好消息？

丁翼平　屋里还有谁?

管清波　小兵小将的一群呢! 不用叫他们了吧?

丁翼平　也好，咱们弟兄谈谈吧。朋友们，咱们要有一笔大生意作，
　　　　大家都要好好地准备! (大家倾耳静听，连王先舟也顾不得
　　　　喝酒了) 我得到了消息，(大家的嘴唇微动，不出声地说:
　　　　"消息。") 后勤部有好大一笔洋镐铁锨，马上就要做!
　　　　(故意地不往下说了)

管清波　谁去应这好大一笔生意呢? 要不要投标呢? 要投标，咱们得
　　　　想法子摸摸底!

王先舟　丁经理，您去应这笔生意?

丁翼平　(轻拍胸膛) 帮助政府办事，我不能落在后头!

管清波　噢! 对呀! 你是加工定货委员会的主任委员!

王先舟　我明白了! 干吗我得上天津! 我去，叫我上上海我也去!

丁翼平　要是用加工定货委员会的名义，我接受全部的委托，就省了
　　　　政府的事! 为了这个，我们得赶紧组织一下。

管清波　我明白了，在签订合同之前，我们要设法抬一抬铁料的价
　　　　格，这对于我们有利。

唐子明　管大哥，年月不同了，咱们可别只顾私，不顾公。

管清波　什么年月不同了，咱们马上收买北京的铁板跟钢料! 要掉了
　　　　脑袋不过碗大的疤瘌!

丁翼平　北京一处的还怕不够。先舟，你上天津，把能买到的都买进来。

王先舟　给我钱，我马上走! 把材料收进来之后，我们到处吹风，说

市上缺货，价钱就得浮悠浮悠地往上涨。

丁翼平　涨价是当然的，用不着你说明。先舟，看天津不行，打个电话来，赶紧上济南，或东北！

王先舟　为咱们大家的事，上新疆我也去！

丁翼平　老唐，你调查一下，看哪几个厂子能做多少活，咱们心里好有个数儿。别等合同拿下来，咱们到时候交不了活。对公家的定货，我们得争取提前交工！

唐子明　那行！丁大哥，我愿意多有活儿做，可是咱们也得小心点！

管清波　老唐，你是又要吃又怕烫！等我们赚了钱，你可别看着眼馋！

唐子明　我要小心，可也不能把财神爷往外推！

管清波　这不结啦！放开胆子，好处无穷无尽！翼平，款子怎样？

丁翼平　我有办法，银行会借给我！

唐子明　怎么把天津或者东北的料运来呢？

丁翼平　那我也有办法！

管清波　得，这咱们就没的着急了！咱们没有翼平可真不行！他就是咱们的脑子！他看得远，看得准！

丁翼平　先舟，你别再泄劲儿！

王先舟　我……

丁翼平　你怎样？有什么说什么吧！

王先舟　我……

丁翼平　我一向拿你当自己朋友看待，还不说实话？

王先舟　这两天哪，钱掌柜已经动手收买铁料呢！

丁翼平　你帮他来着？怪不得这两天你不来看我呢！

王先舟　不是！不是！我是愿意两面不得罪人！

丁翼平　他干吗收买铁料？难道比我先得到了消息？那不能啊！你知道不知道？

王先舟　我只知道，他给老方的铁厂添了资本，老方应下一笔活来。

丁翼平　什么活？

王先舟　一批仓库里的铁活。

丁翼平　啊！那笔活本来是我先知道的，因为油水不大，我告诉大家沉着一点，合理地抬抬标价，倒叫老方钻了空子！这是破坏团结！清波，钱老头子来不来？

管清波　也许来，这儿有吃有喝的。

丁翼平　打电话，叫他来！

　　　　〔门铃响。

管清波　也许就是他！

丁翼平　子明，先舟，你们还玩牌去。见着他，什么也甭提！先舟，你要是再脚踩两只船，可别怪我……

王先舟　我起誓，从此不敢！

丁翼平　老唐，你呢？

唐子明　只要大哥有把握，我不敢不听您的话！（同王入内室）

管清波　对钱老头子，到必要的时候，我会拿出野蛮的劲儿来！

丁翼平　那倒不必！有理讲倒人！我们跟他说说理！

　　　　〔钱缓缓地上，丁躲开点。

管清波　（假装客气）嗬，老大哥，我还以为您不来了呢，刚要给您打电话。来，先喝一杯吧！（递酒）

钱掌柜　我呀，舍命陪君子，不能不来！

管清波　这两天又弄了"黄"的没有？

钱掌柜　那，你比我的手快呀！

丁翼平　（过来）有什么别的消息没有？

钱掌柜　翼平！病病歪歪的，懒得出门，没听见什么。

丁翼平　听说老方弄到一笔生意。

钱掌柜　是吗？

丁翼平　还有人给他撑腰，给他添资本。

钱掌柜　谁呢？

丁翼平　谁？你！

钱掌柜　这是哪来的话呢？

丁翼平　听着，以前，你跟老管是对头。多亏了我从中说和，你们俩才不打对仗，彼此都得了好处。是这么一回事不是？

钱掌柜　是！

丁翼平　后来，管大哥这儿收拾好了，我提议大家时常在这儿碰碰头。五金、营造、木料、铁工，行行有人。大家说好，一致合作，什么事彼此都不瞒着，是这样不是？

钱掌柜　是！

丁翼平　那么，为什么你背着老管，大量收买钢料，又叫老方钻我的空子，而且从我手里挖去王先舟？

管清波　你这么大年纪了，我不好意思跟你耍硬的，可是也别招急了我！

丁翼平　你想想，是大家合作，凡事有个计划好呢？还是各干各的好？大家一条心，咱们就能应下大笔生意；一个人干，既不能大量生产，对公对私就全没好处，不是劳而无功吗？

钱掌柜　我……

丁翼平　难道你想叫老方跟我对立吗，休想！我有能力去签订几十亿几百亿的生意，他能吗？我分给他活儿做，他就有饭吃；我不照顾他，他就得瞪着眼睛发楞！你帮助他，你的钱就放了秃尾巴鹰！

钱掌柜　翼平，翼平，你也听我说两句。老方啊，总觉得听你的指挥，怪委屈的！

丁翼平　胳臂拧不过大腿去，我的眼光远，本事大，他就得听我的！

钱掌柜　你听着呀。我呢，老怕一口气不来，就呜呼哀哉。所以一听他花说柳说，我就投了资；想乘着还没断气，多抓弄几个。这是实话，请你原谅！

丁翼平　您要看明白了：现而今作什么都得有组织，有计划，有统一的指挥。个人的力量有限，包不了大生意。管大哥，你记得老方的电话号码吗？

管清波　知道。叫他来一趟？

钱掌柜　（阻止）不用啦，明天我跟他请你们喝喝酒。

丁翼平　您想明白了，还是大家团结起来好？

钱掌柜　好嘛，你一下子能弄百十亿的生意，我还敢跟你碰吗？

丁翼平　钱掌柜，您说了实话。你所见者小，只看自己，不顾全面。
　　　　从此，你要体会公私兼顾的精神才是！

钱掌柜　你说的对！对！

丁翼平　（极得意地）你们听咱丁翼平的话吧！照着我的办法往下干，
　　　　咱们必定会万事亨通，所向无敌！（举杯）来，碰碰杯吧！


——幕闭

# 第二幕

## 第一场

时　间　一九五二年一月，将要过春节的时候。某日晚饭前。

地　点　荣昌铁工厂的工会办公室。

人　物　周廷焕　姜二　刘常胜　梁师傅　黄庆元　张乐仁　吕斌

　　〔幕启：荣昌厂工会的办公室，屋子不大，有一张长桌，两条
　　　板凳和三四个小凳。现在，张乐仁和周廷焕都住在这里，靠
　　　墙有两张小床。

　　〔周廷焕正聚精会神地写信。远处有广播"五反"的声音，因
　　　有风，隐约可闻。

　　〔墙上有小黑板，上写"五反"。

　　〔姜二进来。


姜　二　老周，街上啊，可闹得热闹啦，到处都贴上"五反"的标
　　　语！你听，这广播！

周廷焕　行啦，咱们加劲地干吧！

姜　二　　可是你熬了一天一宿了，不差嘛的该歇一会儿吧！

周廷焕　我不困，睡也睡不着，满脑子都是"五反"！话又说回来，大家都一样，从昨儿开完了会谁也没闲着，我更不能休息了。就拿"大炮"说吧，昨儿个一听说要找工人们回来参加"五反"斗经理，他立刻自报奋勇，住在西郊的人归他一个人"包圆"！这么冷的天，大北风一劲儿呼呼地刮，骑着车子跑西郊，你瞧这个干劲儿多么大。

姜　二　　那可真是！他怎么这时候还不回来，我怪不放心的！

周廷焕　大概昨儿没跑完，夜里不定睡在谁家了！

姜　二　　信写完了没有？

周廷焕　快了，就剩下写信封了！丁翼平多坏，他知道要搞"五反"，就提前放假，打发工人都回家，他寻思这样就可以逃避"五反"啦！

姜　二　　可是呀，他们接到了信，准能放下年不过，就回来吗？一年到头就过这么一回年呀！

周廷焕　我想没什么问题！大伙儿一听是这么件要紧的事，年可以不过，准能赶回来，老姜你看是不是？

姜　二　　我呀，老周，昨儿个开完了会，细细地想过了，老觉着还有个事儿绕不开扣儿。

周廷焕　（关心地）什么事？

姜　二　　你看我是这么想，厂子是经理的，现在大家伙搞经理，不也得搞垮了厂子吗？厂子垮了，咱们上哪儿做活吃饭去呢？

周廷焕　老姜，你没想对！咱们工人凭力气本事，并不靠资本家吃饭！"五反"斗的是资本家那些犯法的行为，并不是要把厂子搞垮了。

姜　二　噢！是这么一回事。我弄壶水去。（提壶往外走，正碰上刘常胜进来）

〔刘满面尘土，推着自行车，进来。

姜　二　老刘！回来啦？

周廷焕　老刘！怎么样？跑完了没有？

刘常胜　跑完了！（抓起桌上的茶壶就要喝）

姜　二　别喝凉茶，等我弄水去！（下）

刘常胜　（还是喝了口凉茶）张乐仁上哪儿去啦？

周廷焕　到区工会去开会，这早晚也该回来了。你夜里怎么没回来？

刘常胜　昨天我跑完了西郊，就奔南苑，天已经黑了。风大，车灯也点不着，摸着黑儿走。一没留神，连人带车都摔到河里去了。

周廷焕　没摔坏了吗？

刘常胜　多亏河里的冰冻得结实，光把裤子撕破了一块。晚上，我住在老范家里了。今儿个摸着黑起来，奔了东郊，总算都跑完了。

周廷焕　吃了点东西没有？弄点什么吃吧？（要走）

刘常胜　不用！我有要紧的事告诉你！你就说，经理多么坏，他给工人都去了信，叫他们过完了元宵节再回来，这不是明明地耍花招儿，想叫工人过了"五反"的热劲再回厂子吗？（掏出一张通知交给周）你看，这是他的信！（坐下，看报）看看，各界人民积极参加"五反"，棒！

周廷焕　（看信）这就是破坏"五反"嘛！嗯，咱们给大家伙的信

　　　　上，得加上一句，说破了丁翼平的花招，叫大家别上他的

　　　　当！（即往信上加话）

刘常胜　城外的工人有回来的没有？

周廷焕　小王跟老九昨个夜里就赶回来了！今个早晨又回来几个！

　　　　〔门外姜二喊："梁师傅！你回来了！"提着水壶跑进来。

姜　二　梁师傅回来了！（把水壶放在炉上）

　　　　〔梁扛着铺盖卷上。

周廷焕　梁师傅！梁师傅！

梁师傅　（放下铺盖）老刘，你昨天辛苦了！

周廷焕　他也刚刚进门，把裤子摔破了一块！

梁师傅　摔坏了没有？老刘你走后啊，我马上就要来。老婆子、闺

　　　　女、女婿，都不准我走。好容易把他们说服了，小外孙子又不

　　　　答应，哭着喊着地不放我，我只好今天吃过晌饭才跑出来！

周廷焕　梁师傅你回来的这么快，好极了，准能在老师傅里头起个带

　　　　头作用。

梁师傅　我还告诉你们个新鲜事儿，（从身上掏出一张纸）你们瞧瞧

　　　　这个，老刘刚走，我就接到它了。

周廷焕　这不是，老刘也带回来一张。

梁师傅　我越想越不对，工会催着快回来，掌柜的让过了元宵节再回

　　　　来。我呀，我听工会的。

刘常胜　梁师傅，您算对了，高！

周廷焕　平日嘛，我们要求缩短点工时，晚上好去学文化，丁翼平不
　　　　但连半点钟都不肯减，倒一次又一次地延长时间，现在他又
　　　　心疼起咱们来了，叫咱们越晚回来越好！

梁师傅　往年老师傅过"破五"回来就扣工薪，徒弟就卷铺盖！今年
　　　　怎么一下子他就这么大方起来了呢？告诉告诉我，"五反"
　　　　怎么个搞法？

周廷焕　张乐仁一会儿就回来，他会详详细细地告诉咱们。梁师傅，
　　　　先烤烤火，休息一下。

梁师傅　我先放下铺盖去。

刘常胜　一块儿走，我去看看回来的人！咱们一块儿再聊聊。

　　　　〔替梁扛起铺盖。

姜　二　我也去。（同梁、刘下）

　　　　〔周廷焕独自还往信上加言语，黄庆元在门口往里探头。

周廷焕　谁呀？谁？

黄庆元　我！（搭讪着进来）张乐仁出去啦？

周廷焕　（冷淡地）出去了！

黄庆元　好，待会儿见！（下）

周廷焕　（自言自语地）这个家伙，找张乐仁干吗？（将信一一地放
　　　　信封内，封口）

　　　　〔张乐仁推着自行车进来。

张乐仁　有人回来没有？老周！

周廷焕　回来好几个了。梁师傅刚进门。"大炮"也回来了，这是他带回来的。（把刘带回来的丁经理给工人们的通知递给张）

张乐仁　（看通知）怎么？正月十六开工？

周廷焕　我已经在这些信里加了话，拆穿丁翼平的花招。

张乐仁　好，你做得对！

周廷焕　会开得怎么样？

张乐仁　可带劲啦！市里还派人讲了话，说：市节约检查委员会三天的工夫就接到了两千多封检举奸商的信！现在检查组也派出来了！

周廷焕　也能上咱们这儿来吗？

张乐仁　那可不知道！不管来不来，咱们先得带头动起来！

周廷焕　怎么动啊？人还没来齐哪。

张乐仁　区分会指示咱们，一面继续把工人们都找回来，一面就着现有的人先成立骨干小组，马上找资本家违法的材料。你看骨干小组该有哪几个人？"大炮"总得算一个吧？

周廷焕　刘"大炮"当然算一个！梁师傅行吧？

张乐仁　行！加上你、我，四了。再想想！

周廷焕　姜二怎么样？刚才他可是说，怕厂子搞垮了，没地方做活儿吃饭去，我给他进行了解释。

张乐仁　姜二谨慎小心，人很可靠，只要思想搞通了，他就能积极工作。骨干小组里可以有他，你看呢？

周廷焕　我同意。

张乐仁　这就五个了。就现有的人挑选，恐怕就是咱们五个最顶用。

别忙，再想想！可惜吕斌还没回来，他要是在这儿，可顶大
用了！

周廷焕　他回家结婚去了，哪能马上回来呢？

张乐仁　你给他的信发了没有？

周廷焕　这不是刚写好，还没发哪。没什么事啦？（拿起信，要走）

张乐仁　送信回来，顺手儿把区里的指示跟梁师傅、刘"大炮"、姜
二说一下，叫大家来，抓早儿开个会。

周廷焕　好吧！（下）

张乐仁　（哼着工人团结有力量的歌，去倒点水喝）

〔黄庆元上。

黄庆元　乐仁，你刚回来吧？

张乐仁　刚回来。有什么事？

黄庆元　我来热诚地慰问你！

张乐仁　慰问我？为什么？

黄庆元　你看，辛苦了一年，到了年根底下还工作，真是无比的积
极，还不值得慰问？告诉我，听说你还要把回了家的人都找
回来，这明确吗？

张乐仁　你想呢？

黄庆元　我？我还没严格地考虑过。

张乐仁　你看，我们把大家找回来参加"五反"，应该不应该？

黄庆元　我是这么看，大家一年忙到头，应当在家里好好地过个年！

张乐仁　"五反"运动比过年更重要！

黄庆元　也对！在厂子里也能过年，大家热热闹闹地过一下，过了大年初五再搞"五反"也还不迟。

张乐仁　这是你的意见，还是经理的？

黄庆元　经理倒是很关心大家，想送给大家足够的猪肉白菜，包饺子吃。后天不就是大年三十了吗？

张乐仁　这倒很有意思！以前工会代表大家，屡次向经理提出改善伙食的意见，经理总是爱理不理的；现在又忽然关心起大家来了！（严厉地）你告诉丁翼平去，我们工人自己会包饺子过年，并且要用积极参加"五反"的实际行动迎接春节！还告诉他，不必先费心张罗我们过年，他应当老老实实地交代自己的违法行为！

黄庆元　（很窘）经理也是，也是一番好意，经理很希望跟你谈一谈呢！凡事总要彼此商量，才有前途！

　　　　〔刘、姜、周、梁先后上。

刘常胜　表老爷，什么风把你吹来了？

黄庆元　别开玩笑，老刘！

刘常胜　谁开玩笑，你难道不是经理的表弟吗！

黄庆元　得！得！（向张）你考虑考虑，跟经理谈谈去！（搭讪着溜出去）

梁师傅　乐仁！

张乐仁　梁师傅回来了！家里都好哇？

梁师傅　好！这两天把你累坏了吧？

张乐仁　没什么！

刘常胜　乐仁，刚才黄庆元干吗来了？

张乐仁　哈！他说今年过年，经理请咱们吃饺子。

刘常胜　哼，咱们一年到头老吃半生不熟的窝窝头，喝的是苦井水，
　　　　要求他改善一下伙食，他连理都不理，这会儿又请咱们吃饺子
　　　　啦，甭听那一套！我要闻一闻他的饺子味儿，叫我拉肚子！

梁师傅　我老梁眼睛里不藏沙子，看得一清二白，告诉他少在咱们面
　　　　前撒迷魂药！

姜　二　对！

张乐仁　他这是打马虎眼，麻痹我们大伙儿，假充好人，想混过这一
　　　　关去！

刘常胜　咱们工人就是实打实，他要是这么想，就弄错了，没那个便宜！

张乐仁　大家想想他心里要是没病，干什么这么心虚呢！咱们一年
　　　　到头拚命地干活儿，就是为了搞好咱们国家的生产，可是他
　　　　呢，光图赚钱，把咱们的劳动都给糟蹋了！

周廷焕　咱们出那么多汗，合着都给他干了！

张乐仁　当初咱们就觉着不对劲儿，可是没看到奸商捣鬼，对国家有
　　　　多大的危害。刚才我在区上开会，听了不少奸商干的坏事。
　　　　妈的，奸商搞"五毒"都搞到咱们志愿军头上来了。武汉有
　　　　一家奸商，用脏土堆里捡来的烂棉花做救急包，叫咱们志愿
　　　　军同志们不该残废的残废了，不该牺牲的牺牲了！

刘常胜　暗害志愿军？这不是汉奸吗？

张乐仁　象这类事到处都有！

刘常胜　他妈的！

张乐仁　大家想一想，象抗美援朝这样的活儿，奸商们都敢捣鬼，旁的活儿就更甭提了！

周廷焕　咱们厂子打解放到现在，也做了不少公家的活儿，那批铁锨洋镐还是给部队做的！

张乐仁　老周大概已经告诉了大家，现在回厂的工人还不太多，可是咱们几个人马上就得带头行动起来，成立个骨干小组，去搜集丁翼平违法的材料。象什么偷工减料，贿赂干部，偷税漏税，大家开动脑筋，一样样的仔细刨根，没有想不起来的。

梁师傅　（思索）嗯！偷工减料的事儿瞒不了咱们，可是马师傅顶知根。

姜　二　马师傅人家是工头，老勾着丁翼平，怎会说出实话来呢？

刘常胜　不说？不说就斗他！

周廷焕　贿赂干部、偷税漏税这些材料可得费脑筋，咱们不摸底呀！

刘常胜　这还不现成！找李定国、黄庆元他们俩，没错！

姜　二　这话对！可是他们老跟丁翼平一个鼻子眼儿出气儿呀！

刘常胜　先斗他们三个！

周廷焕　等等！考虑一下！同时斗三个人，咱们有那么大的力量吗？

张乐仁　大家可注意，"五反"的目标可是资本家。

刘常胜　知道！可是……

　　　　〔吕斌扛着铺盖卷上。

梁师傅　吕斌！吕斌回来啦！

众　　吕斌，吕斌！

吕　斌　你们都在这儿哪！（扔下铺盖）

周廷焕　刚给你发了信，你怎么就来了？

吕　斌　在家里一天也呆不住了，简直要把人气死！

刘常胜　喝！刚娶了新媳妇，两口子就闹别扭了？

吕　斌　"大炮"，少说废话！

周廷焕　什么事，这么大的火儿呀？

吕　斌　我还能不火吗？搁谁，谁也受不了！

刘常胜　到底怎么了？快说吧！我告诉你，我们正忙着把大家伙叫回
　　　　来跟经理算账呢！

吕　斌　不为他我还不回来呢！

张乐仁　怎么回事？你说说！

吕　斌　我们家里今年旱得厉害，小苗都快干死了。政府号召挖井
　　　　抗旱。我们六家子合伙贷了一台水车。可没使几天哪，水车
　　　　就坏了，眼巴巴地看着小苗干死在地里了。急得乡亲们干跺
　　　　脚。我六叔抱着水车哭啊！要不是政府帮助，铲了小苗，重
　　　　新种别的，下半年就都断了粮！我回到家里，大伙说，吕斌
　　　　你懂行，给修修吧！我一看哪！齿轮都不合槽，牙都打掉
　　　　了。轴是球铁做的。老乡们一使呀，一转一"秃噜"，根本
　　　　扯不上水来。你们说，这还怎么收拾！我心里直冒火，"这
　　　　是哪个浑蛋厂子做的这种坑人的活儿！"再看哪，哼，就是
　　　　咱们厂子的，上边还有荣昌铁工厂的牌号呢！你们想，我还

怎能在家里呆？我非问问丁翼平不可，为什么拿该回炉的废品，硬往外交，坑害人！

〔大家沉默。

刘常胜　偷工减料，这是凭据呀！

梁师傅　做水车的时候，我明知道仓库里有好料，可是我去要的时候，黄庆元倒说："用什么料都得听经理的交派！"

姜　二　（站起）我跟他没完，丁翼平偷工减料差点把我的眼睛给崩瞎了，要不是大家伙……咳，从前就知道干活，他让怎么做，咱怎么做，总觉着"交的上交不上"是丁翼平的事。我们家里也是庄稼人，我咂摸得出这个滋味，庄稼人靠的就是庄稼，弄台坏水车把庄稼毁了，要搁在解放前，没有政府的帮助，别说哭了，卖儿卖女，投河觅井的事都会闹出来。丁翼平的心真狠！

周廷焕　这么稀糟的活儿是怎么交出去的？他要是没给人家干部好处，人家怎么能收？头一批一千台完了，还来个第二批，听说还投了标，咱们细细想想，怎么那么巧，标底会落在丁翼平手里？

刘常胜　诡病大啦！一句话，跟丁翼平干！

吕　斌　不行，我找丁翼平去！

张乐仁　（拦住吕）等等！你来得正好，你带来的事更好！（推吕坐下）姜二那天从医院回来，咱们在那儿聊，你不是怕毛主席没工夫管咱们的事吗？现在，毛主席管了。毛主席出了好主意，号召咱们搞"五反"。"五反"就是跟资本家算这些账！（向大家）吕斌家里这台水车的事，让我们更明白了，奸商们干的这些缺德事是怎么坑害人的。一台坏水车就有六家人受害，一千台，两千台，得有多少老乡受害！全国的水车多了，要都是坏的，那还怎么生产？怎么建设？这对国家的损失有多大！再说，老乡们一看咱们工人做的水车就是那么糟糕，那还怎么相信咱们工人阶级能领导？咱们跟农民弟兄还怎么团结？照这样下去行不行？要不行怎么办？

刘常胜　一句话，斗争！

周廷焕　把工友们组织起来，开动脑筋，跟他算细账！

梁师傅　等工友们都回来，把吕斌这个事好好地跟大家宣传宣传！

姜　二　冲着我脸上的这块疤，我把我知道的一五一十都给他抖落出来！

张乐仁　对，大家说的都对！我们就是要这样实打实地跟他干！打退资产阶级的猖狂进攻！区上的同志们说过了，我们这回"不全胜，不收兵"！

众　　好！

张乐仁　好！现在咱们商量一下怎么分工！


——第一场终

第二场

时　间　前场半点钟后。

地　点　丁翼平的办公室，同第一幕第一场。

人　物　丁翼平　李定国　黄庆元　冯二爷　丁小苹　张乐仁　吕斌

　　　　刘常胜　马师傅　林辉　平淑文　检查组人员和工人们

　　　〔幕启：丁翼平正与李定国、黄庆元谈话。

黄庆元　（向丁报告）不但他们不肯走，还动员已经回家的马上回
　　　　来，而且已经回来不少，连梁师傅也回来了。

丁翼平　你对张乐仁说了没有，我要请他们过年？

黄庆元　说了！

丁翼平　他说什么？

黄庆元　他说的可很情绪！他说：工人们会包饺子过年，用不着经理
　　　　费心；经理顶好老老实实地坦白自己的问题。

丁翼平　（冷笑）我也不劳他费心！我已经在工商联坦白了两次，
　　　　没有再可坦白的了！对政府，我一向热诚地拥护。对抗美援
　　　　朝，我领着头捐献。我自信没有对不起政府的地方。

李定国　是啊！你一捐就是五千万，当时连我都不很了解，以为你有
　　　　点过分积极。这个，工人们难道没看见吗？

丁翼平　李先生，我们可不能说工人们不该积极参加"五反"，那是政府的号召。怕只怕他们闹出偏差，影响到生产！

李定国　经理的心里是真敞亮！

丁翼平　我相信平日对工人们不错；容或呢，因为我口直心快，难免有得罪人的地方，工人里也难说没有以怨报德的人；我们都不得不提防着点！

黄庆元　这么说，表哥觉得你的事情并不严重？

丁翼平　沉着应付，没有什么了不起的！

黄庆元　工人们一哄起来，可就不容易应付！表哥，他们大家伙儿的劲头可很大！

丁翼平　怎么？难道你……

李定国　丁经理已经布置得很周密，我想不至于出什么大岔子！

丁翼平　到底是李先生！李先生，你这几天可太辛苦了！要不是你，谁能把账上的问题都连夜地赶完？大年底下的，连家都不回！这种因公忘私的精神，我非常的佩服！（*说着掏出一沓子钞票来给李*）马上就过年，总得给大人孩子们添补点衣裳鞋袜的；我的一点小意思！

李定国　年过不过有什么要紧，厂子里的事比过年重要得多。你照顾我这么多年了，我怎能……（*不肯接受钞票*）

丁翼平　咱们还闹客气吗？拿着！拿着！（*将票子塞入李的手中*）我就是这么个人：对朋友，我能尽多少力就尽多少！

李定国　那么，我谢谢了！经理！

丁翼平　庆元，这两天可得在厂子里盯着点，不能三心二意！我已经

　　　　给姑妈送去钱、米面、猪肉白菜，你放心吧！

黄庆元　妈妈一个人也吃不了那么些东西！

丁翼平　我替你尽孝啊！见着工人，你要给他们讲明白了：有厂子，

　　　　有大家的饭吃；厂子垮了，大家倒霉。他们谁有困难，趁着

　　　　过年，该送钱的送钱，该送东西的送东西。我们的手得大方

　　　　一点。为这个用钱，你跟李先生核计、开账，别因小失大！

李定国　这个我们俩会办，准保叫您满意！

丁翼平　庆元，你还得嘱咐马师傅一下，叫他沉住了气，不要乱说

　　　　话。他平日得罪了不少人，现在他得处处小心谨慎。

黄庆元　刚才我去找张乐仁，碰见了马师傅。他说他要到乡下躲躲

　　　　去，省得在这里招麻烦。

丁翼平　（想了想）躲躲去也好。可是，他的家就在城里，躲到哪儿

　　　　去呢？

黄庆元　这儿只有他的老婆孩子，老家还在乡下呢。

丁翼平　好，就叫他回老家吧，过了年听信儿再回来。叫他放心，咱

　　　　们会照顾他的老婆孩子。你告诉他去！

黄庆元　是啦！（下）

　　　〔丁慢慢地来回走，有意无意地打开收音机，听广播："……

　　　　我们要合作的是反帝、反封建、反官僚资本主义的资产阶

　　　　级，是遵守共同纲领的资产阶级。我们不许资产阶级方面有

　　　　勾引干部、施行贿赂种种的反动思想和行为。我们要坚决打

退资产阶级的猖狂进攻！'打退资产阶级的猖狂进攻！'
（众喊）……"丁听不下去，关上收音机。

丁翼平　（独白）难哪！难！起初，我怕共产党。解放后，看到共产党进城，保护工商业的政策，我还半信半疑。后来，政府派干部来了解厂子里的困难，公家来加工定货，银行贷给我款子，我才完全看明白了共产党真是言行一致。干部们呢，不少乡下人，怪好说话的，天时地利加上人和，我就施展开了本事。厂子一天比一天发达，我也就越来越相信这个政府！可谁知道，政府忽然号召搞"五反"，说什么打退资产阶级的猖狂进攻。作生意就得想办法多赚点钱，天经地义，怎么能算是进攻呢？

李定国　就是说！真不容易明白！我看哪——可不知道对不对——也许是要接收各工厂，都归官办吧？

丁翼平　那倒干脆！交出厂子，省心！办个工厂要费多少精气神啊！

李定国　听说，这次"五反"要搞得很严呢！

丁翼平　共产党办事，除了不说，说了就必办得彻底！昨天八区开大会，当场逮捕了两个违法户！

李定国　我的天！咱们这儿危险不危险哟？

丁翼平　甭担心！有我在这儿，没问题！我自信有点聪明，想得周到。只要咱们自己人里别出岔子，就不要紧！

李定国　但愿如此！

丁翼平　怎么？李先生你也……

李定国　没有！没有！对您，我是一秉忠心！

丁翼平　不要害怕，李先生！只要咱们平安地过去这一关，我还得多
　　　　借重你，请你作副经理呢！你这么帮忙我，我十分感激，不
　　　　能叫你白受累！

李定国　经理的抬爱！我挣着你的薪水，该当给你出力！

丁翼平　（沉默一会儿）我叫你交给冯二爷的东西，你交了吗？

李定国　还没交给他。

丁翼平　赶快交给他吧！怎这么不起劲呢？

李定国　好，我马上办！（到门口叫）冯二爷！冯二爷！

　　　〔冯应声进来。

冯二爷　要开水吗？我提一壶去！

丁翼平　不要开水。李先生跟你有话说。

李定国　冯二爷，这儿来！（入会计室，冯随下）

　　　〔丁楞了一会，打电话。

丁翼平　喂，管清波在吗？……我是丁翼平。……喂，清波吗？你怎
　　　　么样啊？……什么？……不象话！告诉你，你得交代一点问
　　　　题！一声不响可不行！……什么？关张？更不象话了！报不
　　　　下来歇业！我问你，于大璋怎么样了？……没消息？……他
　　　　老婆给送衣裳去，都不准见面？那不糟了吗？……好吧，你
　　　　勤打听着点！再见！（放下电话机，发楞）

　　　〔冯由会计室出来，手中拿着个白布包儿。丁仍发楞，没理会
　　　　他；冯把包儿藏入怀中，往外走。丁小苹跑进来，冯点了点

头，匆匆地出去。

丁小苹　爸！

丁翼平　（吓了一跳）啊？（看明白是小苹）你呀！……放假啦？

丁小苹　明天放起。今天，我不放心，回来看看。

丁翼平　不放心什么呀？

丁小苹　学校里请了工人和店员作了报告，告诉我们好多好多资本
　　　　家施放"五毒"的罪恶行为，我们都非常地气愤！报纸上也
　　　　登出来：奸商用臭牛肉做罐头，烂棉花做救急包，暗害我们
　　　　的最可爱的人，我们同学都咬牙切齿，下决心积极参加"五
　　　　反"运动，打退资产阶级的猖狂进攻！

丁翼平　（机械地）猖犯进攻！

丁小苹　我呀，知道了这些事情之后，就怕起来！

丁翼平　（勉强微笑）你怕什么呢？

丁小苹　爸，你也是资本家呀！

丁翼平　资本家也不都一样！

丁小苹　我一想起那些可恨的奸商，也就想起爸爸来！

丁翼平　干吗那么想呢？

丁小苹　我就想：我爸爸要是跟他们一样，我可怎么办呢？

丁翼平　小苹！小苹！不要再那么想！

丁小苹　我倒愿意不再想，可是不行！那个想法老追着我，叫我苦
　　　　痛，睡不着觉！

丁翼平　小孩子人家，何必这么心重呢！

丁小苹　到现在，我可是明白了！

丁翼平　想明白你不该那么怀疑自己的父亲？

丁小苹　不是！我想明白了，我爸爸要是犯了"五毒"行为，又拒不
　　　　坦白，我就不承认他——是爸爸了！

丁翼平　小苹，你知道爸爸很爱你！

丁小苹　我也爱爸爸！

丁翼平　那你应该相信我，我没有什么问题。

丁小苹　你以前不是说过你爱国吗？就是有一点问题，也应该老老实
　　　　实地向政府坦白！

丁翼平　我的问题，已经去工商联坦白两次了！

丁小苹　是真的？

丁翼平　你看，我还骗自己的女儿吗？

　　　　〔张乐仁上。

丁翼平　乐仁！来，坐下！

张乐仁　黄庆元告诉我，你要跟我谈一谈。

丁翼平　对了，听说工会把工人都找回来参加"五反"，我很赞成！
　　　　我虽然已经在工商联坦白了两次，可是难保还有些小问题，
　　　　没有想起来，希望大家，特别是你，替我想一想，提醒我一
　　　　声，我好再去交代；既要交代，就须彻底！咱们是老东老
　　　　伙，一家人，什么问题都该从内部解决，不要闹出事来，叫
　　　　别人看笑话！

张乐仁　丁经理！你的态度还很不老实啊！

丁翼平　怎么？

张乐仁　在最近几天，（掏出丁发的通知）你对工人还耍花招，通知大家过了元宵节再回来。工人们知道跟谁是一家人，跟谁不是一家人，你的花招麻痹不了我们！

丁小苹　（急）爸……

丁翼平　我要是不老实，干吗在工商联带头儿坦白？

张乐仁　坦白一些鸡毛蒜皮的小事，不解决问题！政府跟工人在一起，绝对不许任何违法资本家混过关去！

〔电话铃响，丁接电话。

丁翼平　喂！唐子明啊！啊！……什么？……钱掌柜那儿已经……哦……啊……你要……那随你的便吧！再见！

〔丁放下电话，张和小苹都在看着他，丁躲开他们的视线。

丁翼平　（过了一会儿，和缓地）乐仁，你一向很能干，我也十分重看你，希望你在这时候多多地帮助我。我们厂子里的事，大家都有责任；有什么事，大家商量着办，别把界限划得那么清楚。

张乐仁　丁翼平，界限我们要划得顶清楚，一点不能含糊。厂子里的事，我们是有责任，我们的责任就是帮助政府检查你的"五毒"行为！

丁翼平　（怒）你既然这么说，那好吧，反正我心里没病，谁也不怕！

丁小苹　（大声地）爸爸你骗人！

丁翼平　（大声地）小孩子，别胡说！

丁小苹　（愤怒地）你应该彻底坦白！

　　　　〔稍静。

丁翼平　（不语）

张乐仁　丁翼平，你应该听你女儿的话！

丁小苹　（坚决地）爸爸！我决定在你没有坦白之前，不再见你！（下）

　　　　〔外面有人吵嚷。刘常胜与吕斌拉着马师傅进来找张乐仁。

刘常胜　老张，工会叫大家回来，参加"五反"，他倒要偷跑。我跟
　　　　老吕把他抓回来了，你说怎么办！

马师傅　我下乡看看老人们，有什么不对的？我既没有偷谁的抢谁
　　　　的，这么拉拉扯扯的象什么话呢？

吕　斌　象什么话？你自己想想吧！

张乐仁　马师傅，"五反"是顶重要的事，您怎能不参加呢？

马师傅　我回老家也有要紧的事！

张乐仁　那，你也该告诉我们一声，大家商量商量，为什么偷偷地跑
　　　　出去呢？您是老师傅，得给大家作个好榜样啊！

丁翼平　据我看，马师傅既然有事，也可以回去。

刘常胜　你少说话！他要走，也许是你的主意！

张乐仁　老刘，用不着起急！

刘常胜　好，你说怎么办？

马师傅　怎么办？我要回家，就回家！

张乐仁　马师傅，一定要走呢，谁也拦不住您；您自己想想，这么一
　　　　走，不就有点破坏团结的意思吗？

马师傅　我可担不起破坏团结!

张乐仁　那么，就别走啦! 毛主席号召的，咱们能不响应吗?

丁翼平　马师傅，你不走也好，我正准备请大家过年呢! 往年，我请
　　　　大家，大家都回了家，请不上。今年，大家伙都在这儿，机
　　　　会难得，倒要热热闹闹地过一过!

刘常胜　搞"五反"要紧，我们顾不得过年!

丁翼平　两样都顾着，并不冲突! 并不冲突! 大家伙在一起喝喝酒，
　　　　划划拳，够多么一团和气!

吕　斌　平日为什么不一团和气呢? 一团和气? 我是为跟你算账回来的!

丁翼平　（微怒）不要这么说话，好不好?

　　　　〔正在吵闹，外面有打门声，大家静下来。冯二爷在院中应
　　　　声："来了! 来了!"

张乐仁　马师傅，"大炮"是直脾气，不会说话。您还能为赌一口
　　　　气，就耽误了大事吗?

马师傅　乐仁，冲着你，我可以不走!

　　　　〔屋门外有人问："丁经理在不在?"张迎出去。

　　　　〔黄庆元跑上。

黄庆元　检查组到了!

　　　　〔林辉领着检查组进来。许多工人跟进来。

张乐仁　（指丁）他是这里的经理。

林　辉　你是这里的经理，丁翼平?

　　　　〔丁点头。林把介绍信递给丁，丁紧张地看信。

林　辉　（向大家）根据检举的材料，丁翼平有严重违法的行为。

　　　　（向丁）我代表北京市人民政府来检查这个厂子！

丁翼平　欢迎！欢迎同志们！（鞠躬）


　　　　　　　　　　　　　　　　　　——幕急下

# 第三幕

时　间　前幕的数日后，晚间。

地　点　同一幕一场，现在是检查组的办公室。

人　物　平淑文　冯二爷　林辉　李定国　刘常胜　丁小苹　张乐仁

梁师傅　马师傅　丁翼平　黄庆元　唐子明

〔幕启：平淑文整理文件，拿起一件文件入会计室。冯二爷拿
　着白布包儿（二幕二场李定国交给他的）进来，很勇敢地向
　前走。可是，忽然又立住，把白布包儿藏在背后，呆立。

〔平出来。

平淑文　二大爷，您还没歇着哪？

冯二爷　没，没哪！

平淑文　有什么事吗？

冯二爷　啊，我看看你们要开水不要？

平淑文　上了岁数，该早点歇着，我们自己会张罗自己。

冯二爷　我问你一句话！

平淑文　说吧，二大爷！

冯二爷　我要是得罪了丁翼平，还能在这儿干活吗？

〔林辉从会计室出来。

林　辉　淑文同志……

冯二爷　（一惊）哟！（布包掉在地上，包袱摔开，露出账本来，赶紧去拾）

林　辉　几本账？怎么回事呀？

冯二爷　豁出去了，给您！（递账）豁出去了！

林　辉　（接账）到底是怎么一回事？

冯二爷　在你们还没来以前，李定国交给我的，嘱咐我埋起去！我呀，为难透了！埋起去，对不起你们！不埋，怕得罪了丁翼平！

林　辉　可是您还是拿出来了！

冯二爷　这几天听你们所说所讲，都是爱国的大道理，我没法不拿出来！丁翼平爱要我不要，反正我要对得起良心！

林　辉　好！自管放心，二大爷！你做得对，做得好，丁翼平不敢怎样了你！

冯二爷　是啊！我怎么想，怎么不是味儿！好家伙，帮助他欺骗政府，哪儿行呢？

林　辉　你老人家歇歇去吧，我保存着这几本账！甭发愁，您正派，没人敢欺负您！

冯二爷　唉！唉！我都听你的！

林　辉　二大爷，您去告诉李定国一声，我想跟他谈一谈。

冯二爷　是啦！（下）

平淑文　这个老头儿可真不错！林组长，今个晚上再多加点劲儿，大概差不多了，这（指账本）不是又多了一份材料吗？

林　辉　嗯！我先细细地看看去！（拿账入室）

〔电话铃响。

平淑文　（接电话）喂，你哪里？……区联络组呀？……林组长？等一等。（放下电话，到会计室门口）老林，区联络组的电话。

〔林应声出来，接电话。

林　辉　喂！老韩吗？我是林辉。……我们已经请示过节委会办公室，准备今天晚上努力一下，估计有突破的可能！昨天的经过很好，他开始交代较比重大的问题。……我已经跟唐子明谈过话了，待会儿他可以来看丁翼平；丁翼平可能进一步地认识政府的宽大政策，不再迟疑。……李定国已经被争取过来，说出不少材料。……后账还没有下落，希望今天能得到。……是的，条件是比较成熟了，你的意见呢？……好，就这么办。有问题再及时地联系。（挂上电话）

平淑文　今儿晚上可以按照计划进行吧？

林　辉　原定八点开会，现在有唐子明来，就再迟一点吧。

平淑文　工人们可都知道八点开会。

林　辉　给大家解释一下吧，做这种事儿得有耐心！你告诉张乐仁一声去。

平淑文　对，我就去。（下）

〔李定国上。

李定国　林组长，您找我？

林　辉　李先生，坐下！（给李倒茶）李先生，这两天心里痛快了
　　　　吧？能回到工人的队伍来，不是件小事，值得高兴。

李定国　我说实话，现在我心里真敞亮了，见了人也敢抬头啦。组长
　　　　刚一到这里的时候，我是满怀心腹事，尽在不言中；生怕一
　　　　开口，得罪了丁翼平，丢了饭碗，一家大小没办法。哼，一
　　　　夜一夜地我在床上折腾！真乃是辗转反侧，睡不着觉，心口
　　　　窝干辣辣地发疼！

林　辉　现在，大家一致地希望你多尽点力，揭穿了丁翼平的罪行，
　　　　为人民立功！

李定国　（低声地）他坦白的怎么样啦？

林　辉　由昨天起，才开始交代较比重大的问题，还不完全老实！

李定国　他的心眼多极了，自从一闹"五反"，他就花言巧语地叫
　　　　我给他造假账，把我搞得象个贼似的。要不是工人们劝导我
　　　　呀，我得一辈子老作他的狗腿子！

林　辉　李先生，给你点东西看看！

李定国　什么呀？

林　辉　（入室取冯二爷交出的账，出来）这个！

李定国　（看）这……这是假的！

林　辉　我看这也是假的！

李定国　本来是假的！您怎么看出来的？

林　辉　你看，纸角上一点也不毛，没有翻弄过，还不是新造的！他

特意叫冯二爷给埋起去，好叫我们一找到，就信以为真！

李定国　您可真有眼力！他叫我告诉冯二爷，埋到容易找到的地方，好骗你们。（苦痛地）这是假的，也是我给他造的！（呆立）

林　辉　（把账送回室内，出来）你可没告诉过我，李先生。

李定国　我，我怕多弄出一份假账来，我多丢一份人哪！

林　辉　那份真账到底在哪儿呢？李先生，这是你立功的好机会。

李定国　这话对！凭您的本事，就是天书也瞒不了您！我告诉过您，我真不知道后账在哪里。是这么回事：丁翼平的确是由我手里把那套后账拿走的。我记得清清楚楚，掌灯以后，工人下了班，他用一块蓝包袱皮，把四本账包得紧紧的，带了走。他放在哪儿，我可就不知道了！（忽然想起，声音放低）还有，他还有个红皮的小本子，比后账还要紧！

林　辉　什么小本子？

李定国　凡是账面上没有的，都记在那个小本儿上。（愣了一会儿）唉！我可掏出这块心病去了！

林　辉　有话窝在心里，的确是块病！李先生，待会儿他要是还不肯交代，我可得请你来跟他对质一下！

李定国　（欲语又止，有为难的神气）

林　辉　李先生，有难处自管说出来；咱们现在是一家人了！

李定国　不便跟他面对面说吧？他厉害，我斗不过他！

林　辉　怕他反咬你一口吗？他不敢，他没理由反咬你！

李定国　（仍不语）

林　辉　（猜透）莫不是他给了你什么好处！那也是他的错儿！他也给了黄庆元、马师傅好处，他们俩还是积极地搞他呀。李先生，我想对了没有？

李定国　（点头）

林　辉　李先生，那是资本家抗拒"五反"、陷害别人的坏招术，所以政府规定：凡是资本家贿赂职员的款子，职员交代出来，都不追还！

李定国　政府是真圣明！真圣明！我没脸，我收过他的钱！

林　辉　你不丢脸！那根本是他陷害你。

李定国　是啊！他老叫我做缺德的事：挑拨工人，破坏他们的团结，造假账……临完，给了我一百五十万，我就……唉！

林　辉　李先生，不必再难过，你现在已经认识清楚丁翼平是什么人，好嘛，跟他干嘛！你已经站到工人这边来，有工人有政府给你撑腰，你还怕什么呢？

　　〔刘常胜匆匆进来。

刘常胜　林组长！（看见李，犹豫了一下）

林　辉　有什么说的？说吧，老刘！

刘常胜　我代表小王、老九他们来求求你！

林　辉　求求我？怎么忽然跟我闹起客气来了？

刘常胜　我们都快急死了！

林　辉　坐下！坐下！干吗那么着急！

刘常胜　我不坐！组长，就凭昨天张乐仁跟我，还有你自己，对丁翼平那么掰开揉碎地启发，他还是不听话。

林　辉　今天他交来一些真材料！

刘常胜　一些反正不是全部吧？我们提议，干干脆脆把他送交法院！凭他犯的罪过，该送法院不该？

李定国　（点头）该！

刘常胜　咱们要是没斗争他，教育他，那是咱们不对。咱们已经快把嘴唇说破了，快把腿跑细了，咱们弄到那么多材料，他还拒不坦白，不送法院，留着他干吗呢？

林　辉　咱们不是今个晚上开会吗？

刘常胜　原定八点，又改晚了点。我们由吃过午饭，就都搓拳磨掌，盼着天黑了好冲锋。可是又往后推了，多叫我们着急呢？

林　辉　多忍一会儿吧，老刘！"五反"运动是要肃清资本家的违法行为，不是要消灭资本家，所以我们必得很细致地去做，不能单凭轰轰烈烈的出气思想。那会叫运动受到损失。咱们斗争他，是为了教育他、改造他，怎可以粗心大意，随便把人家送法院呢？待一会儿唐子明来，情形必定又会有进展，所以迟一点开会。

刘常胜　（怒气稍敛）他要是还不坦白呢？

林　辉　那是他执迷不悟，我们一定请求政府依法惩办。

刘常胜　万一，他马上就都交代了呢？

林　辉　（笑了）那不更好了吗？你怕是那么一来，就摸不着斗争的机会了，是不是？

刘常胜 （也笑了）都叫你猜透了！

李定国 林组长，我先报告：我跟他当面对质！

　　　〔丁小苹上。

丁小苹 林组长，我来啦！

林　辉 小苹来啦？等一等啊。老刘，你好好地去给他们解释一下。李先生，你也歇歇去吧。

刘常胜 走吧，李先生。（往外走，又站住）组长，别计较我呀！性子急，老考虑得不够！

林　辉 没人计较你，老刘！

　　　〔刘同李下。平上。

平淑文 小苹来啦？（入会计室）

丁小苹 来啦！

林　辉 小苹，家里怎样了？

丁小苹 我来告诉你个好消息，后账啊大概是在家里呢。

林　辉 怎么看出来的？

丁小苹 我一着急，要翻我妈妈的箱子，厉玖同志拦住了我。

林　辉 她做的对！对妈妈应当说服，别乱搜查呀！

丁小苹 虽然没搜，我可火啦，跟妈妈吵起来，招得妈妈说："小苹，你难道要毁了你的亲爸爸吗？"你听，这不是她知道后账在家里的口气吗？

林　辉 小苹，你判断的对！你赶紧回去，告诉妈妈：唐子明坦白了，得到了宽大，待一会儿来看你爸爸。看你妈妈怎样。你还可以告诉她：她交出账来，就算你爸爸自己交出来的。再看她怎样。

丁小苹　好，我马上回去。

林　辉　要给她翻来覆去地讲明白道理，千万不要起急！还有，你父亲有个红皮的小本子，是最要紧的东西。你要留神！

丁小苹　是啦，我得多动动脑筋！

林　辉　对！多动脑筋，少发脾气！

丁小苹　一发脾气，脑筋就不动了！我爸爸怎么样了？

林　辉　昨天你劝他，他受了点感动，你还得加劲儿哟！咱们要既有耐心，又要坚决！

丁小苹　对！（下）

林　辉　淑文，来汇报一下数目字吧，抓紧时间！

平淑文　（出来，看单子）偷税漏税一亿一千二百万，没添没减。偷工减料增加到十二亿七千五百万。

林　辉　包括他今天坦白的两笔？

平淑文　对了。我想，这还不是全面。要知道他违法的全部精确数字，就非把后账追出来不可！

林　辉　对！行贿呢？

平淑文　连手表、钢笔、自行车都算上，总计是九千三百万，可是他只交代了六千三百万。

林　辉　于大璋的那笔呢？

平淑文　今天下半天才交代，算在里边了。他今天说的数目都相当正确。

〔张乐仁和梁师傅、马师傅上。

林　辉　怎么样啊？乐仁！

张乐仁　你自己看吧，这不是两位老师傅一块儿来了吗？

林　辉　两位老师傅，你们坐坐，我这就完事。淑文，还有什么？

平淑文　至于盗窃国家资财，包括他套购的，以次料顶好料的，以及收买的赃物，总计是八亿三千三百二十万——这个数字恐怕比实际情形还差得多！

林　辉　好，把这张单子给我。今个晚上，我们非把后账拿到手不可！

平淑文　对！

林　辉　你去叫丁经理来一趟。

平淑文　好！（下）

林　辉　（对张）待会儿丁翼平来了，你先跟他谈谈。（对马）马师傅，你已经交出那么多材料来，立了功！

马师傅　我交材料？说实话，我是怕大家伙斗我！直到今天，我才从心眼里头明白过来！多亏了乐仁，把梁师傅拉到我家里去，心对心地一谈，要不然哪，我心里还会绕着个大疙瘩！

梁师傅　我平日老看不起你，没想到应该掰开揉碎地劝你！

马师傅　我要说的是这个：为了点小便宜，我替丁翼平催着大家伙马马虎虎地赶活，做出那么多坏东西来，还叫姜二他们受了伤，我简直忘了我是工人！这个呀，叫我心里扎得慌！

林　辉　丁翼平要是不引诱你，你决不会那样！

马师傅　是呀！这一回要不是你跟张乐仁那么教育我呀，我还不知

道什么时候才能归队呢！得啦，把话说出来，我心里痛快点

啦！翻了身的工人就得象翻了身的样儿，不是吗？

林　辉　行了，马师傅，这就叫提高了政治觉悟！

　　　　〔平上。

平淑文　林组长，丁经理来了！（入室）

梁师傅　我们走吧。（同马往外走）

　　　　〔丁上，与梁遇在门口，未过话。丁进来，又与马相遇。

丁翼平　（惊异）马师傅……你好吗？

马师傅　有什么不好的？我告诉你吧，我归了队！平日你挑拨离间，

　　　　弄得大伙儿不团结。以后，没那回事啦！（下）

林　辉　乐仁，你再好好地帮助帮助丁经理，跟他谈谈。（入室）

张乐仁　（坐在丁的对面，相视不语）

丁翼平　唉！

张乐仁　谈谈吧，丁经理！

丁翼平　我不知道如何是好啦！

张乐仁　看见马师傅归了队，你心里发慌，是不是？

丁翼平　我，我不慌，我已经交代了不少问题！

张乐仁　最重要的问题，你可还没说！

丁翼平　我交代的是重要问题！

张乐仁　你没有！你只盘算二百万的事儿比一百万的重要，所以老考

　　　　虑哪个该说，哪个不该说，没从根本上看问题。

丁翼平　没从根本上看问题？

张乐仁　嗯！你到今天还不承认犯了罪，所以老一百万二百万的往外挤，不是真有了觉悟，彻底交代一切！

丁翼平　乐仁，我不过是赚了点钱，我并没偷没抢！

张乐仁　你没象明火路劫那么偷、抢，可是你比他们更厉害！

丁翼平　怎能那样呢？

张乐仁　你知道吕斌干吗回来的？

丁翼平　他……

张乐仁　他家里用的水车就是你出主意偷工减料做的。你口口声声地说，为了抗旱备荒赶任务，你的水车可是拿到乡下就坏了，耽误了生产，叫农民再重新下一回种子！你听明白了，铲去小苗，又下一回种！损失有多么大！你敢说你没有罪行？

丁翼平　（闻所未闻，惊慌）吕，吕斌说的？

张乐仁　他就是为这件事才赶回来的！还有多少多少老乡要跟你算账呢！

丁翼平　（头上已出了汗）我没想到！

张乐仁　你只顾自己赚钱，不管害了多少人！

〔吕斌匆匆上。

张乐仁　吕斌，回来啦？会开得怎么样？

吕　斌　可好啦！到的人很多！

张乐仁　管清波怎样？

吕　斌　管清波叫法院抓走啦！

丁翼平　（惊）什……（只说出这一个字，又故作镇定）

吕　斌　（不看丁，仍对张说）大家那么跟他说理，讲政策，他死不开口，拒不坦白！

张乐仁　他自己执迷不悟，谁想救他也救不了！

吕　斌　（忽然转向丁）丁翼平，我得跟你说说理！

丁翼平　（慌）林组长！林组长！您出来！

林　辉　（应声出来）丁经理，干什么？

丁翼平　我交代问题！

林　辉　什么问题？

丁翼平　水车的！水车的！

林　辉　你已经交代了怎么掺的碎铁。

丁翼平　那还不够！我要都说出来！

林　辉　我早就知道那不够！再多想一想吧，省得老随时补充。

吕　斌　丁翼平，（往前扑，被张拦住）丁翼平，你要还敢不老老实
　　　　实地交代，你小心点！

林　辉　乐仁，你同吕斌到后边去，叫吕斌给大家作个报告，好不好？

张乐仁　好，吕斌咱们走！（拉吕下）

林　辉　丁经理，你多想一想。有什么要交代的，可以写出来，那儿
　　　　有纸有笔！（入会计室）

丁翼平　（自言自语）管清波……管清波……

　　　　〔黄庆元同唐子明上。

黄庆元　（到内室门口）林组长，唐经理来了！

林　辉　（在室内）好！

丁翼平　子明！子明！

林　辉　（出来）唐经理，进来谈谈！

唐子明　是！（同林入室）

丁翼平　（看黄要走）庆元，唐子明干吗来了？

黄庆元　不知道！组长叫他来的。（要走）

丁翼平　庆元，你这两天干什么呢？

黄庆元　参加学习，积极搞"五反"，忙得很！

丁翼平　你搞哪门子"五反"？

黄庆元　我是工人嘛，怎能不搞"五反"？

丁翼平　你怎么能是工人呢？

黄庆元　职员也是工人！乍一听，连我自己也吓了一跳；现在，越想
　　　　越是味儿！

丁翼平　你也搞我？

黄庆元　谁有违法的行为，谁是对象！

丁翼平　你忘恩负义！忘了我提拔你的好处！

黄庆元　林组长叫我看明白了你怎么把我引诱坏了！

丁翼平　你，你出去！

黄庆元　留我，我也不在这儿，还得整理材料去呢！

丁翼平　什么材料？

黄庆元　你的违法行为的！喊！（下）

丁翼平　我完了！完了！连个小跑外的都造了反！

　　　〔林同唐走出来。

林　辉　唐经理，你坦白得很好，得到了宽大！

唐子明　可不是嘛！由半违法户改成了基本守法户，我感激政府！

林　辉　政府是怎么说，怎么办！你还检举了别人，立了功！

唐子明　是呀！我既明白了自己的错处，就不能不帮助政府指出别人的弊病！

林　辉　好，你跟丁经理谈一谈吧。

唐子明　您忙您的去，我们俩谈一谈！

林　辉　待会儿见！（入会计室）

丁翼平　（低声）你检举了别人？

唐子明　对！

丁翼平　也检举了我？

唐子明　对了！

丁翼平　在这二三年里，朋友里谁给你的帮助最多？

唐子明　那还用问吗？

丁翼平　你可检举了我！那还算朋友吗？

唐子明　话不是这么讲！甭说小月亮门九号那个小集团，就是比咱们再大多少倍的也顶不住"五反"运动！

丁翼平　你只管把自己洗刷干净了，不管别人！

唐子明　现在我不是看你来了吗？

丁翼平　你就不想想，日后大家还怎么见面？

唐子明　大家都改好了，也就没什么不好见面的了。

丁翼平　也不想想，你拆我的台，我就不会拆你的台！我也会检举你！

唐子明　我彻底坦白了，用不着你再检举我！这不是谁拆谁的台的事，坐窝儿咱们就不该有小月亮门九号那一套！丁大哥，我是来劝你，叫你看清楚：以前咱们做错了，现在咱们得改邪归正！

丁翼平　你仿佛倒怪得意的！

唐子明　我并不那样，我是真心感激政府！凭我所作所为，圈我一年二年，并不委屈我！可是，我一坦白，政府马上宽大！丁大哥，你要能这样，政府也照样办，我劝你别再跟政府叫劲儿！

丁翼平　我不是你！

唐子明　谁都一样！你看，连王先舟那么滑头滑脑的，都已经坦白了，而且上了天津，去检举那里的人，争取立功！只有老管抗拒到底，他可就入了法院！咱们这么多年的交情，我决不会给你出坏主意！

丁翼平　你看政府真能宽大？

唐子明　那要是假的，我怎么能上这儿来呢？

丁翼平　嗯……

唐子明　老丁，你细细琢磨琢磨我的话！

丁翼平　……

唐子明　老丁，我可要走啦！林组长！我走啦！

林　辉　（出来）唐经理，你辛苦了！

唐子明　政府教育明白了我，我还能怕辛苦点吗？好，我改天来请教！

林　辉　继续检举别人，别泄劲！

唐子明　我一定那么办！（下）

林　辉　（送唐至门口，回来）丁经理，看见了唐子明，你还不相信我的话吗？从他身上，你可以看见坦白从宽的政策！从管清波身上，你又可以看出抗拒从严！

丁翼平　林组长，我彻底交代问题！

林　辉　是不是要交出后账？

丁翼平　对！后账啊，我叫李定国交给冯二爷……

林　辉　等等！淑文同志，把那几本账拿来。

平淑文　（拿账出来）给你。（回去）

林　辉　就是这几本吧？

丁翼平　（慌，搭讪）是！是！

林　辉　冯二爷已经交给了我，他也受了教育！

丁翼平　也好，很好！

林　辉　好？这也是假的！什么时候了，你还想……

丁翼平　我，我胡涂！

林　辉　你不胡涂！你自信绝顶聪明！你佩服自己的能干，怎能想你给国家造成多么大的损失呢？你佩服自己布置得好，根本就不想政府的政策，也没看清检查组跟工人的力量……你用加工定货委员会主任委员的名义，假公济私，组织了一群奸商共同作弊，你还口口声声说这是"公私兼顾"。你的那个"公"是什么"公"呢？那只是以你为中心的，你们几个违法资本家的"公"。便宜是你的，损失都是国家和人民的，这就是你的"公私兼顾"。所有这些你想过吗？没有想过。

要是想过，你就不会到现在还玩花样！

丁翼平　我该死，我有罪！林组长，我有个最后的请求！

林　辉　什么事？

丁翼平　请允许我给家里布置一下！

林　辉　干吗？家里不是很好吗？

丁翼平　您看，唐子明的买卖比我的小！

林　辉　你是什么意思？口欧！你是说你的罪行比唐子明的多，政府
　　　　饶得了他，饶不了你？你没法不坦白了，可是怕坦白了还得
　　　　下狱，是吧？

丁翼平　恐怕是要那样！

林　辉　你还是不完全相信政府的政策！

丁翼平　我知道我的罪名有多大！

林　辉　你怎可以光害怕，不想争取宽大呢？唐子明检举了别人，你
　　　　为什么不那么做呢？那叫戴罪图功！

丁翼平　对了！您说得对！我只顾了忧虑，忘了希望！可是，可是……

林　辉　还有什么顾虑？说吧！看清楚了，我是代表政府来执行政策的。

丁翼平　我感激！我说实话：我怕卖了我的厂子，也不够交罚款的！

林　辉　你又忘了宽大！政府说了没收你的厂子没有？

丁翼平　没有！

林　辉　政府说了你得变卖了工厂赔款？

丁翼平　也没有！

林　辉　那么，为什么你不信任政府，先表现自己的悔过自新，而后

服从政府的处理呢？

丁翼平　我呀，只顾了发愁，愁得我只看见了监狱、罚款、没出路！我这么想：该判我五年徒刑，宽大了，减到三年；就说二年吧；等将来我出来，厂子也完了，人也完了，我怎么活下去呢？

林　辉　我问你，咱们的国家是什么样的国家？

丁翼平　新民主主义的国家。

林　辉　要不要建设？

丁翼平　要！

林　辉　在建设里，你的工厂有用没用？

丁翼平　有！有！

林　辉　在建设里，你的厂子有用，可是你施放"五毒"破坏建设，行不行？

丁翼平　不行！

林　辉　好啦，你自己想想吧！

丁翼平　（低头思索）

林　辉　想明白没有？你是不是应当坦白罪行，痛改前非，好好地搞生产？

丁翼平　只要给我机会！给我机会，我一定痛改前非！

林　辉　机会不能凭空掉下来，你得自己去争取！你的后账怎样？

丁翼平　要交出来！我写个字条，马上取去！（写）

林　辉　淑文同志！

平淑文　（由会计室出来）干什么？组长！

林　辉　等等!

丁翼平　（写完）给你!

林　辉　（对平）交给丁太太，取回四本账!

平淑文　（喜）是啦! （下）

林　辉　我要的是你由李定国手里拿去的，用蓝包袱皮裹着，交给你
　　　　太太的，那四本账!

丁翼平　啊? 您全知道?

林　辉　当然! 我等着你自己交出来! 政府要仁至义尽，我就那么执行!

丁翼平　李定国也……

林　辉　他准备跟你当面对质!

丁翼平　那不必了! 不必了!

林　辉　你看，凡是受了你的引诱欺骗的，全受了教育，明白过来!
　　　　你还有什么顾虑?

　　　　〔平同小苹跑上，小苹拿着蓝布包儿。

丁小苹　是这个吧?

丁翼平　是! 是! （打开包袱）组长，您看，四本!

林　辉　好!

丁小苹　还有什么该交出来的?

丁翼平　没什么啦!

丁小苹　再想想! 再想!

丁翼平　我……

丁小苹　你还有个红皮小本子，对不对?

丁翼平　啊——对!

丁小苹　为什么不交出来呢?

丁翼平　我忘了!

丁小苹　一会儿也没忘! 你还是没想通!

丁翼平　我想通了!

丁小苹　怎么想通了?

丁翼平　我, 我不该做那些记在小本上的事!

丁小苹　爸! 这你才说了真话!

丁翼平　去, 跟你妈妈要来!

丁小苹　妈妈已经给了我! (掏小本) 给你! 你交给林组长, 告诉林

　　　　组长, 这是你的……

林　辉　施放"五毒"的纪录!

丁翼平　林组长, 我交出我的"五毒"纪录! 我请求政府给我应得的

　　　　处理!

林　辉　把你自己的和别人的坏事都坦白出来, 你会得到宽大!

——幕闭

# 尾 声

时　间　一九五二年秋初，某日中午。

地　点　荣昌厂院内。

人　物　梁师傅　马师傅　姜二　刘常胜　张乐仁　吕斌　老九　周
　　　　廷焕　老四　小王　李定国　黄庆元　丁小苹　丁翼平　冯
　　　　二爷　林辉　工人若干名，可多可少

〔幕启：这是午饭后，工人们休息的时候。

〔院内有一个大葡萄架，架下有工人们做的石凳、石台，大
　家可以在这儿喝喝茶，下下象棋。架旁有工人们摆起来的小
　假山，上边有些小草、小花。架旁墙上有壁报。离葡萄架远
　些，地上杂放着已做成的铁活和一些材料。

〔左边是车间，右边是经理室，这是大家往来必经之路。

〔梁师傅和马师傅在石台左右坐着，讨论如何改造一件机器。
　姜二立着旁听。

梁师傅　老马，你看我这个主意行不行？

马师傅　我看有门儿，梁师傅！

梁师傅　　（立）我去把它画出来。

姜　二　　老师傅，刚吃完饭，就动脑筋啊？

梁师傅　　为了增产嘛！要不是"五反"运动，咱们怎能把七步犁试

　　　　　制成功了呢？这不是件小事！前几天陈列在物资交流展览会

　　　　　上，马上就有人定了货。

姜　二　　真露脸！这可不象那一批水车那么丢人了！

梁师傅　　是呀！可是，经理才应下一万件定活来，说什么怕设备不

　　　　　够！我要再多改造几部旧机器，堵上他的嘴！马师傅，你说

　　　　　是不是？

马师傅　　对！可是呀，咱们太热心改造机器什么的，是不是有点象勾

　　　　　着经理似的呢？机器是经理的呀！

梁师傅　　不会有人那么说！你心里还是绕着那些小问题儿，忘了大

　　　　　事！我问你，给乡下造又结实又好用的新式犁，让老乡们多

　　　　　打粮食棉花，好不好？

马师傅　　当然好！我知道！

梁师傅　　咱们为好好做，多做，这新农具，去改造机器，正是当家作

　　　　　主的好样子，怎么能是勾着经理呢？

马师傅　　哼！我又想到岔路上去了！

梁师傅　　谁想差了，大家伙就帮他改正！得，我去画个图，待会儿你

　　　　　给看看！

马师傅　　行！我在这儿等！

梁师傅　　我就来！（下）

姜　二　这老头子是真带劲！

马师傅　他的劲还来得那么正，不象我的心里老那么嘀嘀咕咕的！

　　　　〔刘常胜匆上。

姜　二　"大炮"，来，下盘儿棋吧？

刘常胜　一脑瓜子的事，顾不得下棋！

姜　二　你呀，一干活儿就拚命，一不干活就乱想问题！

刘常胜　哼，心里乱透了！我到外边溜溜去！（往外走）

　　　　〔张乐仁上。

张乐仁　"大炮"你猜我遇见谁了？

刘常胜　谁爱管！

张乐仁　你听着！我遇见了林辉同志！

　众　　真的？

马师傅　他怎么样？

张乐仁　他调到咱们这儿区委会来了，领导私营工厂，待会儿就来看
　　　　咱们怎么造成的七步犁！

刘常胜　林辉同志都知道了咱们的七步犁？那太棒了！乐仁，我问你……

　　　　〔吕斌和老九上，老九手中拿着吕的家信，吕往回抢它。

老　九　乐仁，吕斌接到家信，说他媳妇秋天生娃娃！

张乐仁　嘿，吕斌，你有根！

马师傅　唉，生个大胖小子吧！

刘常胜　生个大胖姑娘也一样！马师傅，别太封建了！吕斌，我给你
　　　　道喜！

吕　斌　还没生下来，道什么喜？

刘常胜　性子急，先道下喜放着！吕斌，你得请客！

吕　斌　我先赶紧把材料搬进去，搁在手底下，省得上了班出来进去的，浪费时间！走哇，老九！（同九走向那堆材料去）

马师傅　我也找梁师傅去，帮他找那个窍门！（下）

张乐仁　姜二，来，杀一盘？

刘常胜　乐仁，我问你，象咱们这么积极干活，到底为什么呢？（拉张，不许下棋）

张乐仁　为了增产！你知道，你最积极！

刘常胜　我是积极，可是积极完了，还不是叫经理赚钱？

张乐仁　这个问题，你已经问了我好几次了！我给你解释过：咱们积极生产，并不光为了经理得利润，也为了国家的经济建设。再说，现在有咱们监督着，经理也不能象"五反"以前那么胡来了！

刘常胜　不胡来，反正他还不能不赚钱！

张乐仁　他是赚钱！要不然，他还开工厂干吗？

刘常胜　这么想的不光是我一个人。好，我现在不跟你争，等林辉同志来了，我问问他！

张乐仁　得，行！

　　〔周廷焕同老四上，老四手中拿着三张大字报。周接过一张往墙上贴。

刘常胜　什么呀？（过去看报）

老　四　　（念）"物资交流展览会前天成交：荣昌厂包做七步犁一万

　　　　　　　部，天成厂七千部。"

刘常胜　　天成记不是唐子明那儿吗？他那儿的人比咱们少啊！

周廷焕　　按说，唐子明要是能做七千，咱们至少还不做三万？

老　四　　老周，厂房这两张，我一个人贴去吧。（下）

姜　二　　我看他已经应下来一万部，就不错，总比没有强啊！

刘常胜　　姜二，你总是这样！

姜　二　　怎么？我又不对了？

刘常胜　　你太容易满足，不跟你说了！来，杀一盘！（拉姜下棋）

张乐仁　　廷焕，我看咱们得好好跟经理谈谈，先叫他多应七步犁。我

　　　　　　是这么想：活儿杂，就乱七八糟。真要现在应下几万部来，

　　　　　　长期干一种活，就非好好按计划办事不可。这么一来，咱们

　　　　　　监督生产不也方便了？准保既能增产，质量又强！

周廷焕　　在劳资协商会议上，不光要跟他好好谈谈，还得跟他详详细

　　　　　　细地订劳资合同！

刘常胜　　吃马！

姜　二　　打你的车！

刘常胜　　那不行，我不走这一步！

周廷焕　　真想上唐子明那儿看看去，看他是怎么搞的！

张乐仁　　唐子明不但当初坦白的早，坦白的好，"五反"以后经营信

　　　　　　心也高，诸事都跟工人商量！

　　　　　〔梁拿着张纸，同马上。

梁师傅　你们聊什么呢?

周廷焕　我们正说，怎么让经理多应七步犁的活。

〔吕斌搬完了材料，擦着汗，回来。

梁师傅　好主意! 你看，我这个主意要是能行啊，做犁上的导轮轴就
　　　　能增产三倍!

姜　二　将军! (刘走一步) 再将!

刘常胜　不来了! 咱们看梁师傅琢磨出个什么好主意。

梁师傅　你看，这儿加把刀……

吕　斌　梁师傅，你真行! 我一做农具，就一眼看着红火苗，一眼看
　　　　着绿庄稼!

姜　二　那行吗?

吕　斌　这是个比方。咱们做新式农具，为的是乡下多出粮食。咱们
　　　　做得结实好用，乡下地里就多出金子!

刘常胜　这又是个比方，姜二!

姜　二　这回我听明白了! 咱们得好好做，别象水车似的，一用就坏了!

马师傅　梁师傅，给我，我再细瞧瞧! (接过纸)

梁师傅　来，铺在这儿。(同马坐石台旁，讨论)

〔李定国拿着新讲义夹子，往外走。

周廷焕　李先生，真下了决心，去学成本会计?

李定国　下了决心! 人家梁师傅岁数并不比我小，还日夜地找窍门; 全
　　　　厂的人谁不热心增产，我怎么不该卖点力气，去学新东西呢?

周廷焕　行，李先生! 可要是经理拿不出劲头来，光咱们卖力气也不灵!

李定国　经理呀，心里倒是总有点不痛快！

刘常胜　他不痛快？我还更不痛快呢！

周廷焕　李先生，他干吗不痛快？

李定国　你看，应点活得跟大家商议，不顺眼的人也不能轰出去，他
　　　　不能跟先前那样随心如意啦！

张乐仁　李先生，你怎么不劝劝导导他呢？

李定国　而今对你们我敢说话。对他呀，就怕"话不投机半句多"！

张乐仁　李先生，你应该提醒他：劳资协商会议就是为商量事的。厂
　　　　子是他的，事情可是大家的！谁的意见对，就该听谁的。

李定国　我总觉得你们去说有力量！不过，以后我也学着张嘴，不说
　　　　十句吧，也得说那么两三句！

　　　〔黄庆元胸前佩着物资交流展览会的工作证，匆匆进来。

黄庆元　李先生，我刚由会上来，还没吃饭。看，积极不积极？

李定国　快吃去吧，给你留着菜哪！（下）

黄庆元　乐仁，先得告诉你一声，咱们可能再应下三万五千台七步犁来！

张乐仁　是吗？

姜　二　好哇！我们都愿意做这路活儿！

黄庆元　乐仁，你催他一板，别叫他放手！

张乐仁　对，我去打电话问问！（跑下）

黄庆元　好！我得先吃饭去；吃完饭，还得到车站去接一批代表！

吕　斌　那你就快吃去吧！

黄庆元　五分钟我把饭吃完，骑上车三分钟到车站，由车站五分钟赶

回天坛，积极的高潮！（下）

刘常胜　这家伙，满嘴新名词，专用在错地方！

周廷焕　也别说，人家可是真有进步！

　　　　〔小王跑上。

小　王　咱们得了爱国卫生运动的锦旗，老吴拿回来的！还不看看去？老吴还要传达几句话呢！老刘，你的功劳不小！（下）

刘常胜　（又高兴了）凭我一晚上打三百多蚊子，还不得锦旗！看看去！（跑下）

吕　斌　带劲！咱们什么事都带头！老周，走！（同周下）

　　　　〔大家都走开，梁、马也立起来，但仍讨论图样。小苹进来。

马师傅　行啦，差不多了！

梁师傅　看看机器去！

丁小苹　梁师傅，马师傅，你们的手怎那么巧啊？

梁师傅　这又是哪一句啊？小苹！

丁小苹　我参观去了，看见了你们做的七步犁！摆在那儿，那么漂亮，多——少人围着看，你们多光荣！

梁师傅　那不光靠手哟！还得靠这个（指脑）跟这个（指心）！

丁小苹　对了！

梁师傅　怎么对了？说说！

丁小苹　（伸手）这是劳动。

梁师傅　对！

丁小苹　（指脑）这是智慧！（指心）这是——热情！对不对？

梁师傅　有点聪明，小苹！

马师傅　你信服我们工人了吧？

丁小苹　怎能不信服呢？解放才三年，你们就做出那么多工业品来，
　　　　赶明儿个再有一个五年计划，两个五年计划，中国不就真正
　　　　工业化了吗？梁师傅，我呀立下个志愿，初中一毕业，就去
　　　　学工业！

马师傅　好帮助你爸爸搞工厂？

丁小苹　不是！我去学开矿！我要跟你们一样，用自己的手生产出东
　　　　西来！

梁师傅　有出息！好，你在这儿玩，我们俩到车间看看机器，再改改
　　　　这个图样！

丁小苹　我也跟你们去！（梁、马在前，她在后，向车间走）

　　　〔丁翼平自外来，看见小苹的后影。

丁翼平　小苹，看见乐仁没有？

丁小苹　没有！

丁翼平　你干什么去？

丁小苹　我看机器去！（下）

　　　〔丁往里走，正碰上黄庆元出来。

黄庆元　经理，事儿办得怎样了？

丁翼平　你看见乐仁没有？

黄庆元　他正给你打电话呢。（下）

　　　〔张乐仁上。

张乐仁　回来啦？正给你打电话。那三万五千台应下来没有？

丁翼平　我特意赶回来细问问你。你看设备不成问题？

张乐仁　经理你知道我们会改造旧机器。我们要没改好一部分老机
　　　　器，七步犁还不会试制成功。你好象还差一点经营的信心！

丁翼平　我有信心！我有！你们都高兴做这路活？

张乐仁　大家一致要求给农民服务。

丁翼平　我实话实说，做这路活的规格是那么严，万一做不好呢！

张乐仁　规格非那么严不可！你保证料好，我们保证活儿好！

丁翼平　嗯！那么……

张乐仁　应下三五万件来，咱们就有了生产计划，比乱抓活做强的多。

丁翼平　是呀……

张乐仁　你不必顾虑利润，我们多找窍门，找出一个就省多少工，就
　　　　能减低成本。再能不停工待料，就没有浪费。人家唐子明的
　　　　厂子就是这么搞的，他并不少赚钱！

丁翼平　我得跟他学学！

张乐仁　再说，政府还帮助工厂解决困难！

丁翼平　我知道。好，我先去应下那三万五千件活来！

　　　　〔梁、马由车间回来。

张乐仁　看，吃过饭休息的这会儿，两位老师傅还动脑筋呢！

梁师傅　经理，我保证七步犁一开工，导轮轴就能增产三倍！你还不
　　　　高兴吗？

马师傅　改造机器这路事儿，梁师傅卖多大力气，我卖多大力气！

丁翼平　两位老师傅，我佩服你们这股子干劲！

马师傅　光佩服我们还不行啊，你也得把劲儿都拿出来呀！

丁翼平　看你们这么干，我含糊不了！

〔冯二爷跑上。

冯二爷　你们猜谁来了？

张乐仁　是林辉同志吧？

冯二爷　对！

丁翼平　林组长？在哪儿哪？

冯二爷　在前面跟大家说话呢！

丁翼平　（往外跑）林组长！

〔大家往外迎，周延焕等同林往里走。

张乐仁　林辉同志，大伙儿都等着你呢！

丁翼平　林组长！林组长！我早想给您道谢去，可找不到您！

林　辉　现在别叫我组长啦，丁经理！生意很好吧？

丁翼平　生意还不错！我马上就到展览会去，应一批活。您在哪儿

　　　　哪？我明天看您去，详细谈谈！

林　辉　我在区委会，你可以随时找我去。

丁翼平　好，我走啦！（要走）噢！忘了让您抽烟！

刘常胜　你快走吧！我这儿有！（抽烟）

丁翼平　再见！（下）

林　辉　自从离开同志们，时常想念大家，来，都坐下，谈谈吧！

冯二爷　林组长，您坐着，我给您沏茶去！

林　辉　别张罗我！

刘常胜　（递烟）老林，你看怎样？

林　辉　（看大家）什么怎样？（众笑）

刘常胜　说错了，你可以驳我；要叫我看哪，"五反"运动也没有胜
　　　　利到哪儿去！

林　辉　乐仁，老刘是怎么回事？

张乐仁　是这么一回事："五反"以后，丁经理不是不赚钱，可总觉
　　　　着不大痛快。"大炮"又要一个跟头折出十万八千里，心里
　　　　也不大痛快！你给他说说吧！

林　辉　丁经理在"五反"以前很痛快！可痛快出毛病来了。我们现
　　　　在就是要随时矫正他那个想怎么干就怎么干的想法！那是让
　　　　中国走向资本主义的想法！

周廷焕　决不能走那条路！

刘常胜　可又为什么不一下子改成社会主义呢？

吕　斌　我也那么想。

张乐仁　吕斌，你媳妇要生小孩，不足月行不行？

姜　二　那，准出毛病！

林　辉　咱们得一步一步地走过去，不能一下子跳进去；一跳就也会
　　　　出毛病！

刘常胜　我看哪，你要是能来作经理，才可我的心！

林　辉　我来作经理，你出资本哪？（众笑）老刘，我们要跟资本
　　　　家合作，可不能让他们胡来。我们不允许资本家再犯"五

毒"，可又要照顾到他们的合理利润。他们有困难，政府还帮忙解决。这样，才能健康地发展，稳步前进！

刘常胜　好家伙，这得绕多少弯儿呀！

林　辉　道路是弯曲的，前途是光明的！不管绕多少弯子，河水总得流到海里去！对吧？

吕　斌　那可费点事！

林　辉　老吕，为了国家，咱们能怕费事吗？资本家必须有经营的信心，咱们必须监督生产，一件活儿也不许打马虎眼。他们有了利润，就该增加工人福利，多添机器什么的……

刘常胜　行了，老林！我心里绕过点弯儿来了！我还得细细琢磨琢磨去！

〔小苹由车间出来。

梁师傅　小苹，你看谁来了！

丁小苹　林辉同志！林辉同志！（要握手，看见手上有黑泥，又缩回去）哟！弄了两手黑！

林　辉　你干什么去了？

丁小苹　我看机器去了，越看越有意思！我已经跟它们发生了感情！多嗜我也能用机器做出东西来，那才美呢！

林　辉　对，你看他们，造出那么出色的七步犁来，多么美！

张乐仁　老林，你不是要了解试制七步犁的过程吗？

林　辉　是呀！

张乐仁　来看看我们怎么改造的机器，怎么找到的窍门吧！

林　辉　对！

周廷焕　（抢着说）林辉同志，我们现在团结得好，工会有了力量，绝不象你头一次看见我们的那个样子了！

吕　斌　你看，马师傅现在真卖力气找窍门！

马师傅　那是梁师傅的功劳！

张乐仁　大家伙积极干活，学习也带劲！

梁师傅　我们向来爱干活，现在干得更有劲儿了！

林　辉　老刘，难道这不都是"五反"运动的胜利吗？

梁师傅　我说是！是！

刘常胜　老林，你说的对，我咂摸出点味儿来了！

林　辉　你并没想错，你的性子太急，想偏了点！

吕　斌　别说他性子急，我也差不多！

刘常胜　我是"大炮"，你是"二炮"！（众笑）

梁师傅　我敢说，做了三十多年的工人，我老头子没有象今天这么高兴过！

林　辉　梁师傅，你今天高兴，明天会比今天更高兴，因为呀……

丁小苹　我知道，明天更美丽啊！

林　辉　对，明天更美丽！

　　　　〔上班铃声。

张乐仁　上班了！老林，到车间看看去！

林　辉　走！

　　　　〔机器响起来，大家欢笑着走向车间。

——全剧终

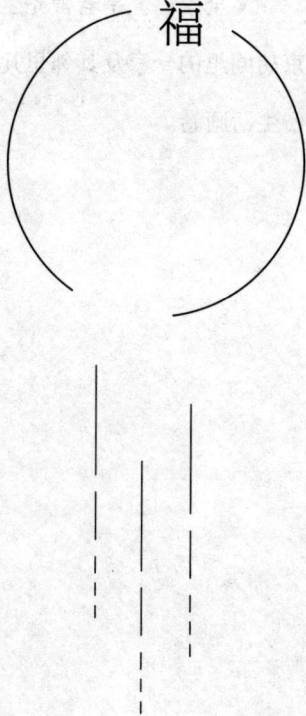

全家福

# 导　言

　　《全家福》是老舍先生创作的一部三幕七场话剧，全剧围绕着北京胡同里的一家及其邻里几代人的悲欢离合，向人们展示出了一幅世俗生活画卷。

# 序 幕

（三幕七场话剧）

## 人物表

诸所长——男，三十岁左右，党员，某派出所所长。

平海燕——女，二十四岁，团员，民警。

刘超云——男，二十多岁，民警。

李珍桂——女，四十七八岁，街道积极分子。王仁利之妻，李天祥的
　　　　　继母，原名王桂珍。

李天祥——男，二十七岁，复员军人。

王仁利——男，五十来岁，运输工人。王秀竹与王新英的父亲。

王仁德——男，四十多岁，仁利之弟，莲花峰人民公社的炊事员。

王秀竹——女，二十五岁，工人。

王新英——男，二十岁，学生。

丁　宏——男，二十六岁，工人，秀竹的未婚夫。

沈维义——男，十九岁，新英的学友，团员。

林三嫂——女，三十岁，与李珍桂同院住。

井奶奶——女，八十岁，与李珍桂同院住。

于　壮——男，二十多岁，民警。

唐大哥——男，三十多岁，工人。

唐大嫂——女，三十岁，唐大哥之妻。

# 第一幕

## 第一场

时　间　一九五八年初春，早晨。

地　点　北京某胡同内。

人　物　平海燕　王仁利　李珍桂　林三嫂　井奶奶　刘超云　诸所
　　　　长　李天祥

　　〔幕启：某胡同的一株大树下，树叶刚出芽。平海燕立，王仁
　　　利倚树而坐。

平海燕　怎样啦？大叔！

王仁利　行了，不要紧啦！

平海燕　我陪您到医院去看看吧？

王仁利　不用！不用！刚才我心里一阵闹得慌，现在过去了！好姑
　　　　娘，好同志，甭管我啦！我再定定神，就可以去上班！

平海燕　那我可不放心！您要是不愿意上医院，我把您送回家去，然
　　　　后打电话给您请半天假吧？

王仁利　别，别请假！工作正紧张，我哪能动不动就请假呢？（立）

平海燕　那么，我去给您找点开水，喝完再走？

王仁利　也不用，好同志！唉！同志，你知道吗？在解放前，我专受
　　　　警察的气！

平海燕　您从前……

王仁利　卖力气吃饭，什么都干过，也蹬过三轮儿。哼，一想起当年
　　　　的警察，再看看今天的警察，真，真是一言难尽！我受过多
　　　　少欺侮啊！

平海燕　您受的那些气呀，我也赶上了个尾巴！

王仁利　你比我幸福多了，姑娘！我呀，并不比那时候街面上的任何
　　　　人特别坏，可也不特别好，没做过对社会有好处的事！一想
　　　　起来，我心里就发愧！

平海燕　那时候您就恨旧社会！

王仁利　同志，那时候我没有那么高的觉悟！我只能偷偷摸摸地出个
　　　　坏主意，报复一下！

平海燕　您举个例子吧！

王仁利　啊——在北京沦陷时期，人人得给日本兵行礼！有一天我故
　　　　意慢行礼。日本兵好揍了我一顿。后来，我拉上一个喝醉了
　　　　的日本兵，我也好好地揍了他一顿！

平海燕　大叔，您有根！

王仁利　别叫我脸上发烧了吧，同志，我有什么根哪？我没做过什么
　　　　对人有益的事！

平海燕　您现在可是挺好啊！

王仁利　现在我要是再不要强，还算个人吗？北京一解放啊，救了我
　　　　的命！

平海燕　您现在是……

王仁利　去年还蹬三轮，现在是运输工人了。

平海燕　家里的日子过得还好吧？

王仁利　很好！很好！

平海燕　家里都有什么人哪？

王仁利　（回答不上来）有……啊，有……同志，谢谢你，我行啦，
　　　　赶紧去上班！（欲走）

　　　〔李珍桂上。

平海燕　大叔，我陪您走几步吧！（同王走）

王仁利　同志，同志！你回去吧，回去吧，我真行啦！

平海燕　我跟您走几步，看看您是不是真行啦！

王仁利　好，你看！（大步走，平随下）

李珍桂　（呆呆地看着王的背影）他？他？他上这儿干吗来啦！莫非……

平海燕　（回来）李大妈，我问您上哪儿去？您干吗直勾勾地发愣啊？

李珍桂　（不愿意回答）啊，啊，我上车站接我的儿子天祥去！他复
　　　　员了，回来住几天，然后到工厂搞生产去。

平海燕　天祥就回来？那可真好！

李珍桂　是呀！我说，刚才那个人，你认识吗？

平海燕　不认识。他走着走着直晃悠，我把他搀到树下边坐了一会

儿。我问他家里有什么人，他好像不愿意说。李珍桂不愿意说……

平海燕　哟！我忘了告诉他，我们替人民寻亲觅友。难道他把家里的人丢啦？解放前那些年，天下大乱，有多少人家丢了亲人！

李珍桂　还不光丢了啊，我的好姑娘！卖儿卖女的事多得很呢！那个人不住在咱们这溜儿吧？

平海燕　我没问他在哪儿住，他不像是咱们这一区的。

李珍桂　也没问他姓什么吗？

平海燕　问啦，他姓王，从前是蹬三轮的，现在是运输工人。

李珍桂　噢……

平海燕　怎么啦？李大妈！

李珍桂　没，没什么！我既做街道工作，就得关心别人哪！

平海燕　在您当治保委员以前，您就爱帮助别人！

李珍桂　你真会鼓励我！好，我快走吧！

平海燕　我给您叫辆三轮吧？

李珍桂　不用！我会坐电车去，一会儿就到！噢，再告诉你一件事，小平！我们院子的林三嫂，前些日子，不是逛厂甸把孩子丢了，叫小刘同志给找回来了吗？

平海燕　是呀，林三嫂三十好几了，还像个孩子，拉拉忽忽的！

李珍桂　从那天起，她积极起来，进步的还真不坏哩！咱们都得给她打气，对不对？

平海燕　对！我马上看看她去！您快走吧，大妈！

李珍桂　我马上走！一会儿就回来，我想准有大汽车送我们！（下）

〔林三嫂挑着水桶出来。

平海燕　三嫂！挑水去呀？

林三嫂　是呀，我挑，省得又麻烦你们的小刘同志啊！

平海燕　哼，恐怕小刘不见得高兴！

林三嫂　他不高兴，我们可全高兴了呢！李大妈，我，还有全院的人都说了：咱们院子里这么多人，可是天天小刘同志来给井老奶奶挑水，说不过去！今天由我开个头儿，我抓早去挑，挑满了缸！

平海燕　三嫂你真行！

林三嫂　好嘛，就专凭小刘同志给我找着了孩子，我也得卖卖力气！你看我多么马虎呀，净管自己看这个看那个，会把小虎儿给丢了！

平海燕　好在不会真丢了！

林三嫂　那不是因为你们真负责任吗？好家伙，别说真丢了，丢一会儿还差点把我急死呢！

平海燕　三嫂，把孩子送到托儿所去，您也出去找点工作，跃进一下，不好吗？

林三嫂　是呀，我也想过啦，在家里跃进不起来呀！

平海燕　对！得出去加入个什么组织！

林三嫂　可是呀，就怕老林不愿意！

平海燕　请李大妈劝劝他呀！大伙儿不是都愿意听李大妈的话吗？

林三嫂　对!

　　　〔井奶奶出来。

平海燕　老奶奶，您好哇? 好几天没看见您啦!

井奶奶　（开玩笑地）你这个姑娘不想着老奶奶嘛! 看人家刘同志，
　　　　林三嫂，真跟我的亲儿女一样!

平海燕　论岁数，我得是您的孙女，老奶奶!

井奶奶　哎! 你们真叫我这老婆子心里痛快啊! 八十岁了，没想到你
　　　　们对我都这么好，叫我还想再活八十! 三嫂啊，挑半桶吧，
　　　　我一个人喝不了那么多水!

林三嫂　半桶哪行呢? 小刘同志待会儿一看，缸没满，他准得又去挑!

井奶奶　真是的，谁见过当巡捕的给老街坊挑水呢?

林三嫂　老太太，现在不叫当巡捕的，叫人民警察!

井奶奶　我知道啊! 可是，五十年前的话呀说着顺嘴儿!

平海燕　老奶奶，您也不光说五十年前的话，对眼前的事也挺关心的!

井奶奶　真会说话呀! 你的话就好比玫瑰花儿张开了嘴儿，一股子香
　　　　味儿钻到我心里去! 嗯，嗯，我得告诉你：李大妈呀，刚才
　　　　上车站接儿子去了。

平海燕　是呀，我刚刚碰见了她，她高高兴兴的!

井奶奶　高高兴兴的? 在她出门之前，我去让她喝一碗我刚沏好了的
　　　　茶。她呀，在屋里掉眼泪呢!

林三嫂　掉眼泪? 那不像李大妈呀! 她是咱们这儿的积极分子，不管
　　　　风里雨里，什么事都走到前面，没皱过眉，干吗掉眼泪呢?

难道她不爱她的儿子天祥吗？

井奶奶　三嫂，你可千万别乱说！她搬到这儿来的时候，老伴儿已经死啦，她只带着天祥，母子俩呀寸步不离，别提多么亲热啦！

平海燕　您没问过李大妈，她的老伴是谁，从哪儿搬来的？

井奶奶　问过，她只说是由城外头搬来的，别的呀，什么也不说！

平海燕　城外头还有什么亲戚吗？

井奶奶　天祥告诉我，他还有个叔叔！

林三嫂　说也奇怪，这几年了，咱们谁也没见过这个叔叔！

井奶奶　三嫂，我可不准你刨根问底地去问李大妈！你的嘴笨，说话没有分寸！

平海燕　对，三嫂，老奶奶想的对！咱们都愿意帮助人，可别叫人家觉得不好受！

林三嫂　哎！我就是个爆竹筒子！好，我多干事儿，少说话！可是老奶奶也爱发脾气，不像李大妈那么有耐心，会说服人！

井奶奶　反正我比你强点！

平海燕　老奶奶，您想，李大妈干吗掉眼泪呢？

井奶奶　我猜呀，莫非她还有儿女，所以一听说天祥回来，勾起来伤心？

平海燕　嗯！您想的有点意思！老奶奶，您得下点功夫，随机应变地问问李大妈和天祥。咱们不能袖手旁观，看着别人掉眼泪呀！

林三嫂　哼，我就不掉眼泪。遇见难事，我哇哇地哭！（看见刘超云来了）哟！小刘同志来了，我快跑！（跑下）

刘超云　（赶过来）老奶奶，这是怎么回事？您叫林三嫂给挑水啦？

井奶奶　哪是我的主意呀，她自己要去！得啦，谁挑不一样啊，反正我老婆子沾了大伙儿的光！

〔诸所长走来。

诸所长　井奶奶！您好啊？

井奶奶　好啊！诸所长！来，说会儿话吧！

诸所长　不啦，我有事！小平，你回去查一查拣来的失物，有到期上交的赶紧交上去，我一会儿就回来！老奶奶，再见！（下）

平海燕　我就去，所长！老奶奶，过两天，天长点儿，我来给您拆洗被子！

井奶奶　那就更不敢当啦！再说，李大妈已经定下了，你说晚啦，好姑娘！

刘超云　小平，你去吧，我招呼着老奶奶！

平海燕　老奶奶，再见！有什么事只管叫我们做，我们都是您的儿女！（下）

井奶奶　哎！哎！（望着平的背影）多么体面的姑娘啊！从前哪，我见着穿制服的就躲到远远的去；现在，我越看你们就越爱你们，你们简直都像鲜花似的那么叫人爱看！

刘超云　老奶奶，别夸奖我们了吧！我们的工作并没都做好！我们哪，大多数都年纪轻，嘴上无毛，办事不牢！

井奶奶　你呀，小伙子，谦虚的有点过火！给我挑水的是你，给林三嫂找到孩子的也是你！那天，为救火，你还受了点伤！

刘超云　那……那都算不了什么！

井奶奶　算不了什么？你不明白呀，我们这上了年纪的人，从前遇见的净是惨事儿！现在呀，你们叫我这黄土埋了半截的老婆子心里老热乎乎的！

〔林三嫂挑水回来。

林三嫂　哟！刘同志，还在这儿哪？

刘超云　专等跟你换肩儿呢，三嫂！我来！（抢水桶）

林三嫂　别抢！不把水倒在缸里，不能算我完成任务呀！

井奶奶　三嫂啊，叫他挑进去吧！要不然，你再丢了孩子，他可不管找啦！

林三嫂　老奶奶，您也学会拿我开心啦？（把水桶让给刘）

井奶奶　活到老学到老嘛！（笑）

〔胡同口外有大汽车停住声，众人告别声。

林三嫂　大概是天祥回来了！真快！（迎过去）

〔李天祥扛着行李，同妈妈上。

林三嫂　大兄弟，天祥！回来啦？

李天祥　回来喽！你好哇？三嫂！老奶奶，您更硬朗啦！（放下行李）

井奶奶　唉！我大概永远死不了啦！近来连伤风咳嗽都跟我请了假喽！好孩子，你，你简直像个小老虎嘛！

李珍桂　老奶奶，他不光是身体好啊，还学了文化，已经是初中毕业的程度啦！

井奶奶　文武双全，横是快做元帅了！

李天祥　我复员了，老奶奶，做不了元帅！

李珍桂　天祥过两天就下工厂，我看他做个劳动模范，倒有把握！

刘超云　（出来，仍挑着桶）天祥！天祥同志！（伸出手去）

李天祥　（握手）超云！服务的劲儿还是这么大！（就手儿接过水桶去）

刘超云　怎么回事？

李天祥　怎么回事？有复员军人的地方，叫你去挑水，听说过吗？

井奶奶　别挑喽！谁也别去！我的肚子装不下四桶水！

刘超云　这回不是给您挑，是给林三嫂！

林三嫂　给我挑？

刘超云　啊！你只顾了老奶奶，不看看自己的缸！

林三嫂　我的缸空啦？

刘超云　大概从昨天就空了！

林三嫂　嘿！要是开个竞赛大会，比比谁马虎呀，我准得头奖！

〔众大笑。

（幕）

## 第二场

时　间　前场后一日，星期日清早。

地　点　某公园内幽静的一角。

人　物　丁宏　王秀竹　王新英　沈维义

〔幕启：某公园极为幽静的一角，王秀竹愁苦地坐在一块大石上，丁宏无可奈何地来回走，手里拿着张报纸。

丁　宏　秀竹，上月评比，你的工作成绩很出色，照这样下去，不久就能做个先进工作者，你应该更积极，高兴嘛！

王秀竹　是，我是要积极。只有忘我地劳动，我才能报答党跟毛主席的大恩大德。

丁　宏　这就对了。秀竹，事情要一样一样地解决，不能一下子把所有的事都摆出来，弄得什么也解决不了！

王秀竹　唉！

丁　宏　秀竹，别发愁！别的事能不能很快地解决，你我都不知道。可是，你准知道再加把劲儿，就能做个先进工作者，你也准知道我真心爱你！

王秀竹　丁宏，我真感激你，能够爱我这么一个人！

丁　宏　难道只是感激？

王秀竹　我，我也爱你！

丁　宏　这不结啦，还不赶快结婚，等什么呢？

王秀竹　正是因为我爱你，所以我才叫你再想一想。你工作积极，为人正直，有眼睛的好姑娘都会喜欢你，你何必非抓住我不放手呢？我，我，十三岁就……

丁　宏　为什么老记着那段历史呢？是那个可恨的旧社会把你推进火坑里去的，不是你自己的过错！

王秀竹　可是，可是，进过火坑的女人一辈子也忘不了那回事！一想起来，我就浑身乱颤，手脚出凉汗！

丁　宏　（坐在她旁边，温柔地）秀竹，亲爱的，勇敢点，勇敢点！不再想那个，想现在，想将来！你看，今天你已经是个好工人，病治好了，有了文化，谁问你过去的事呢？你再加加油，明天就可能做个劳动模范！你应当比谁都高兴，干吗发愁落泪呢？

王秀竹　（有了点笑容）丁宏，你多么好哇！假如我没经过那回事，清清白白地遇见你，我们的爱情该多么干净美丽啊！

丁　宏　看，你还是没解开扣儿！咱们现在的爱情就干净，就美丽！我建议咱们下星期天就结婚，不能再等！

王秀竹　再稍等等吧！要是咱们能够找到我的妈，叫你的父母和我娘看着咱们结婚，有多么好啊！

丁　宏　咱们不是没有找啊，找不到可有什么办法呢？寻人广告登了不止一次，可是……谁知道她老人家……

王秀竹　别乱猜吧！要说死呀，我应当是头一个！病死，打死，折磨死，都很现成，我既没死，叫党给救活，我就相信妈也必定还活着呢！

丁　宏　咱们先结婚，也不妨碍寻找妈妈呀！

王秀竹　她老人家一定也正找我！谁知道她掉了多少眼泪，伤过多少次心呢！对啦，还是先找到妈妈！要是咱们光顾自己的幸福，可叫老人家天天掉眼泪，咱们不是太自私了吗？想想看，一家子先团圆了，咱们再结婚，不是喜上加喜吗？

丁　宏　好，我听你的话！可是，上哪儿找去呢？怎么找呢？

王秀竹　先找我的弟弟！他年轻，不会像老人那么容易……

丁　宏　那就赶快再登寻人广告吧！

王秀竹　对！可是，谁知道弟弟改了名字没有呢？他也不知道我现在

　　　　叫王秀竹呀！

丁　宏　就用你的小名好啦。小名叫什么？

王秀竹　叫招弟儿。我的确招来了弟弟，可是又把他丢了！

丁　宏　唉，那年月，够多么惨哪！

王秀竹　（出神地回忆）当初啊，我也就十来岁吧，老拿弟弟当个

　　　　活洋娃娃，给他梳小辫儿，（丁宏一边听一边翻阅报纸）给

　　　　他眉毛中间点红点儿，他老实极了，我怎么摆弄他，他也不

　　　　着急！我一给他梳小辫儿，我们就一齐唱：小小子，坐门墩

　　　　儿，哭着喊着要媳妇儿，要媳妇干吗呀？点灯说话儿，吹灯

　　　　做伴儿，明儿早晨起来梳小辫儿！（泣）

丁　宏　秀竹！看，看这里！怎么？又哭啦？别哭！别哭！看这段

　　　　新闻！（指报）这儿说：母子失散了二十年，叫人民警察给

　　　　找到了！他们既然能替别人找到妈妈，也就能找到咱们的妈

　　　　妈！告诉我，老人家在解放前是住在北京吗？

王秀竹　也是，也不是！

丁　宏　怎么也是也不是呢？

王秀竹　爸爸妈妈原住在北京，可是日本兵在这儿的时候，混不下去

了，爸爸上了张家口。从那以后，我就再也没看见爸爸！据

说，他死在那里！

丁　宏　不管怎么说，人民警察准有办法！走，咱们马上到派出所去！

王秀竹　我，我不敢去！

丁　宏　这是什么话？你知道今天的人民警察都是多么可爱！

王秀竹　不是！你没明白我的意思！一提起那段历史，我就光会哭，

说不上话来！

丁　宏　有我帮助你，你不会光哭，不说话！走吧！

王秀竹　我想，还是写信好！一边哭一边写，只耽误自己的时间，不

耽误别人的工夫！

丁　宏　也好！马上回去写！你说，我写！

王秀竹　走吧！你多么好啊！

丁　宏　你怎么光说我好呢？说得我怪不好受的！

王秀竹　你是好！你是好！在解放前，我没遇见过你这样的男人！

丁　宏　要是不解放，我也找不到你这样的姑娘！走吧？亲爱的！

　　　　（把报纸扔下）

王秀竹　也好吧！（携手缓缓同下）

　　　〔王新英与沈维义同上。

王新英　维义，你去陪妈妈、姐姐吧，不用跟着我！

沈维义　姐姐会招呼着妈妈，我跟你走走吧！看你这愁眉苦脸的样儿！

王新英　维义，你去吧！去吧！别管我！你越照顾我，我心里越不得劲

儿！你多么幸福，妈妈那么硬朗，姐姐又那么关心你！看我……

沈维义　新英，你的脾气是有点古怪！

王新英　本来嘛，我这个倒霉蛋儿，几岁的时候就入了孤儿院！你一点也不知道那时候的孤儿院是什么样子，我逃跑过两三次！解放后，我入了教养院，我又逃跑过一次，可是又自动地回去了！

沈维义　我真不放心你！你现在不会由学校里跑出去吧？

王新英　那也难说！一想起妈妈、姐姐来呀，我就要到处去找，找遍了全中国！（拾起那张报纸，随便地看）星期天，每个园子都唱好戏！

沈维义　新英！我去跟妈妈要点钱，请你听《闹天官》，好不好？

王新英　我没有心情看戏！

沈维义　新英！你不该这样，这会把你的身体搞坏！

王新英　维义，维义，看！（指报）

沈维义　（看）这可是好消息！上派出所去，走！你还记得父母的名字？

王新英　记得！父亲叫王仁利，早死在外边啦！母亲叫王桂珍。

沈维义　姐姐呢？

王新英　就记得小名，招弟儿！大概姐姐也只记得我的小名儿，我的小名叫小马儿。

沈维义　那就行了！这儿（指报）不是说，只要有姓名就行吗？

王新英　恐怕不那么简单！

沈维义　新英！你应当信任咱们的人民警察，他们有智慧，有热情！

王新英　可是呀，维义，万一找不到，我的心里可就更沉重了！

沈维义　你光有顾虑，没有行动，也不对呀！

王新英　行动！行动！失散了十五年，我跟他们面对了面也不认识呀！

〔丁宏与王秀竹又回来。

丁　宏　对不起，这份报是我的，还没看完！你们不看了吧？

王新英　给你吧，同志！谢谢你！（递）

丁　宏　（接报）秀竹，咱们快走吧？

王秀竹　快走！假若几天之内把他们找到，我不得乐坏了吗！（同下）

王新英　看样子，他们也是找人的！嘿，说句老话儿，人民警察真积了大德啦！

沈维义　嗯，那位女同志还许是你的姐姐呢！

王新英　哪有那么巧的事？你没听见她叫秀竹吗？

沈维义　你刚才说的，只记得她的小名儿，你怎么知道现在她不叫秀竹？

王新英　你太乐观了，维义！

沈维义　不像你，顾虑这个，顾虑那个，顾虑专家！

王新英　那，都因为自幼丢了母亲！你有什么委屈，就去找妈妈说说委屈，心里就轻松了。我有了委屈跟谁说去？藏在心里！你能堂堂正正地当着妈妈落泪，我有眼泪只能掉在枕头上！

沈维义　你的心理分析不坏，该做个小说家！走吧，上派出所去，别再耽误着！

王新英　万一，万一到了那儿，民警说：只有这么三个名字，叫我们上哪儿找去？我，我受不住！

沈维义　你怎么知道他们会那么说呢？顾虑专家！你不去，我替你去，我已经记住了那三个名字！

王新英　好！我去！你呢？

沈维义　当然陪你去！

王新英　不去告诉你妈妈一声？

沈维义　不用了！妈妈知道，我要是丢了，她会去托人民警察把我
　　　　回来！（同下）

（幕）


第三场


时间　第二天，中午。

地点　李珍桂家中。

人物　李天祥　井奶奶　林三嫂　李珍桂


〔幕启：李天祥独自看书，时时看看手表。他穿着短夹袄，上
　　面有一块补丁，补得不大好看。井奶奶进来。


井奶奶　天祥！

李天祥　（急立）哟，老奶奶！没听见您进来！

井奶奶　你念书念入了神嘛！

李天祥　快坐下，老奶奶！

井奶奶　我站站，直直腰好！天祥，你这哪是休息呢？不说出去逛逛

公园，看看电影，一天到晚拿着本书，老念！老念！

李天祥　　老奶奶，过两天我去搞工业，不得预备预备吗？况且，我这儿也没光念书！

井奶奶　　还干什么哪？

李天祥　　外面火上蒸着包子，我看着呢！（看表）还有五分钟就得了！老奶奶，您尝尝我做的豆沙包子吧，准叫您满意！

井奶奶　　你在哪儿学的蒸包子呀？

李天祥　　部队里呗！

井奶奶　　真是一人学会了八宗艺呀！那块补丁也是自己补的呀？补的可差点劲！我要戴上老花镜，还能补得更好看点！

李天祥　　是吗？老奶奶！可是您不会演戏！

井奶奶　　什么？

李天祥　　我说您不会演戏！

井奶奶　　这都是哪儿跟哪儿呀？

李天祥　　老奶奶，这是名演员倪明霞到部队慰问我们，给我补的！

井奶奶　　倪明霞？就是那个长得像仙女、嗓子比笙管笛箫还好听的姑娘？

李天祥　　就是她！

井奶奶　　真了不得！那么大的角儿还肯补衣裳，真了不得！补的再难看一点，我也没的说了！

李天祥　　是嘛！您这么一想，这就跟绣花儿一样好看了！

井奶奶　　唉！年头儿变得呀，净出叫人想不到的事！我说老大，别光学这个那个，也得张罗个媳妇，省得衣破无人补啊！

李天祥　当然喽！您等着吃我的喜酒吧！

井奶奶　你看，我还当是你不要媳妇呢！

李天祥　老奶奶，我又不是杜勒斯！

井奶奶　什么毒、辣、私？提又毒、又辣、又自私的人干吗呀？

李天祥　老奶奶，杜勒斯是美国的，他说呀，咱们这儿不要家庭啦！

井奶奶　噢！他怎么知道咱们的事情？地道瞎扯！我就盼着你娶个又
　　　　能干又漂亮的小媳妇，你妈妈呀，光是街道上的事儿就忙不
　　　　过来啦！有个儿媳妇，也好帮帮她呀！

李天祥　妈妈可真进步了，真拿别人的事当作自己的事做！

井奶奶　可是呀，她有时候坐着发愣，眼泪在眼圈里转！

李天祥　真的吗？真的吗？

井奶奶　我又不是那个什么斯，能够造谣吗？

李天祥　她为什么落泪呢！想我？我常写家信哪！

井奶奶　告诉我，天祥，她是你的亲娘不是？

李天祥　是亲娘不是？（稍迟疑了一下）是！是！她是最好的妈妈！

井奶奶　嗯！我再问你一句，她还有过别的儿女没有？

李天祥　我不知道！

井奶奶　你怎么连有兄弟姐妹没有都不知道？

李天祥　知道，没有！没有！

井奶奶　她结婚以前的事，你没问过吗？

李天祥　问过！妈妈什么也没告诉过我！

井奶奶　在你们搬进城里以前，你不是有个叔叔，还是舅舅，他也没

对你说过什么吗？

李天祥　也没有！老奶奶，您为什么问这些个呢？

井奶奶　我愿意叫咱们都高高兴兴，没有一个人暗地里掉眼泪！掉眼泪的年月过去啦，不是吗？

李天祥　老奶奶，您说的好！据您看，妈妈为什么偷偷地掉眼泪呢？

井奶奶　我这可是乱猜呀，老大！比方说，你妈妈是改嫁过来的，没有把孩子带过来……

李天祥　老奶奶，那……那不会！老奶奶，妈妈一会儿就回来，我不便问她，您跟她说说好不好？假若您真猜对了，我一定想法子找到她的儿女！

井奶奶　你愿意？

李天祥　我添两个兄弟姐妹不好吗？全国的人民都是亲人，何况一母所生的呢？

井奶奶　好！我跟你妈妈说，两个老太太容易说到一块儿。你也别闲着，去找那个叔叔或是舅舅，问问他，你现在是小伙子了，他不至于还不肯对你说实话！

李天祥　可是，好几年没通信了，叫我上哪儿去找呢？

井奶奶　去问派出所呀！

李天祥　喝，老奶奶，您可真有办法！

井奶奶　我哪有办法呀！我就知道派出所的同志什么都管，还管给我挑水呢！

李天祥　对！就那么办！（闻）嗯？怎么有点糊味儿？

林三嫂　（在门口）天祥！锅烧干了吧？

李天祥　哎哟！忘了！（往外跑）

林三嫂　（入）老奶奶，大伙儿老说我马虎，其实呀，谁也不能永远
　　　　不粗心！

井奶奶　老给自己宽心丸儿吃，三嫂！我当初做小媳妇的时候啊，连说
　　　　错一句话，婆婆都能闹一天！我的心哪老在嗓子眼儿这溜儿！

林三嫂　喝！那够多么难受啊！现在可好喽，没有那样的婆婆啦！
　　　　哼，古时候做媳妇的得受多少罪呀！

井奶奶　什么古时候呀，那是不远的事儿！你们这年轻的就是不知道
　　　　从前的苦处！

李天祥　（上）得啦，幸而没把锅烧炸了！老奶奶，您在这儿吃包
　　　　子，我出去办那回事！（拿起外衣）

林三嫂　怎么？天祥！就准老奶奶吃呀？

李天祥　也有你的，三嫂！告诉我妈，不用等我吃饭！（下）

井奶奶　三嫂，咱们不能把他们的都吃光了啊！

林三嫂　嘻！老奶奶，我就那么没心眼儿？您放心，我尝七个八个的
　　　　就行了！

井奶奶　你呀，三嫂，简直是个大孩子！

林三嫂　我逗着您玩哪！我呀，打定了主意，到街道食堂给大伙儿做
　　　　饭去！您看我有点出息没有？

井奶奶　好！好！你去吧！可有一样儿，你跟三爷商量了没有？

林三嫂　跟他商量干吗？我做的是正经事！

井奶奶　那不大好吧？

李珍桂　（上）老奶奶！三嫂！

井奶奶　李大妈，你又上哪儿去了？看，跑得这么喘吁吁的！

李珍桂　反正一天不闲着呗，做了就是做了，还说什么呢？

井奶奶　不是叫你表功，是我要听听！

李珍桂　好吧，我不敢不听老奶奶的话！我呀，一早出去，在大树底下捡着一串儿钥匙。

林三嫂　一串儿钥匙？准是镉碗的丢了的。镉碗的管配钥匙呀！

李珍桂　镉碗的不那么早出来，三嫂！我没顾得干别的，就找了小平去。我们俩都想啊，带着一串钥匙上班的也许不是银行的就是邮局的。多半是邮局的，邮局开门早啊！我们俩就往各处邮局一打电话，果然找到了失主儿，是个女同志，急得都说不上话来啦！

林三嫂　她就马上来取了走啦？

李珍桂　小平忙，我又怕邮局的女同志脱不开身，我就飞跑给送去了。别的都是小事，我怕把丢东西的人急坏了！

林三嫂　李大妈，您的心眼可真是好哇！

李珍桂　什么好不好的，能替别人伸把手的就伸把手！

林三嫂　李大妈，我跟您学，我打定了主意，去到食堂帮忙！不会做菜，我可会挑水买东西什么的呀！

李珍桂　食堂里正缺你这么一把手！来吧！来吧！可是，你跟三爷商量了吗？

井奶奶　你看如何？李大妈也这么说不是？

林三嫂　我要一跟他商量啊，他准不许我去！他都好，就是有点自私！

李珍桂　三嫂，你必得跟他商量好了。你要是不愿意自己说，我跟他说去！

林三嫂　对！您说比我说更有劲儿！（下）

井奶奶　李大妈你行，真会拉拢人！

李珍桂　团结人，老奶奶！大伙儿的事大伙儿办，先得讲团结。

井奶奶　就是你帮我，我帮你呀！

李珍桂　对了！咱们胡同的食堂就快开啦，我得去找点家伙，送到食堂去。（找东西，放在一处）

井奶奶　我帮帮你吧？

李珍桂　老奶奶坐着歇歇吧！您岁数大了，我们都该伺候您！

井奶奶　我要帮助你几句话！

李珍桂　那好哇！您岁数大，经验多，您说吧！

井奶奶　李大妈，我看哪，你有心事！

李珍桂　心事？我不愁吃，不愁穿，里里外外都顺当，有什么心事呢？

井奶奶　咱们哪可都是过来人！咱们没法儿忘了从前的事！

李珍桂　一忙啊，可也就把那些不痛快的事儿忘啦！

井奶奶　可是你常想，还掉泪呢！

李珍桂　还掉泪？我不是爱掉眼泪的人，井奶奶！

井奶奶　我看见好几次了！

李珍桂　您看错了吧？老太太！

井奶奶　李珍桂，你这个实在人怎么学着说谎呢？

李珍桂　我不会说谎！我是想啊，话说出来有好处，就说；没好处，说它干什么呢！老奶奶，我去给您拿两个包子来，您尝尝，天祥做的馅子！

井奶奶　我不吃！你不对我说实话，我不吃你的包子！（要走）

李珍桂　您慢着点，我搀着您吧！

井奶奶　甭管我！李珍桂！

　　　　〔林氏夫妇吵起来。

李珍桂　哟！林家的两口子又吵上啦！（急往外走）

井奶奶　你歇歇，我管管他们去！

李珍桂　您甭分心，交给我吧！

林三嫂　（闯了进来）李大妈，您说这个人可恶不可恶？我听您的话，刚一跟他商量，他就横着来了！他说，我要到食堂去，谁管孩子呢？

李珍桂　咱们有托儿所呀！

林三嫂　我也是那么说。可是，他说，谁出托儿的那份钱呢？

李珍桂　三嫂，三爷说的也对！这么办，你不必整天工作，几时有空，来给挑挑水什么的就行！

井奶奶　你出去，我给你照应着孩子！

李珍桂　要不然呢，你就参加缝纫小组，那有些收入！

林三嫂　可是，我的活计拿不出手去呀！我就是个笨人，我恨我自己这么没本事！

李珍桂　不能那么说，三嫂！我去跟三爷商量商量，你先把这些盆盆罐罐送到食堂去，然后看三爷喜欢你去做什么，再看你愿意不愿意。商量着办，什么事就都好办！协商好了，你有不会的，我教给你！好，我找三爷去！对，还得给孩子带俩包子，我就是疼你们的小虎儿！（下）

井奶奶　唉！这个人光知道帮助别人，可就是不说自己的委屈！（三嫂拿筐子装家伙）三嫂，你慢着点，别给碰碎了！

林三嫂　看您说的，我就那么不中用！（说着，把小瓦壶的嘴儿碰掉）得！我是没用，壶嘴儿掉啦！

（幕）

# 第二幕

## 第一场

时　间　前场同日。

地　点　西郊莲花峰人民公社。

人　物　于壮　李天祥　王仁德

〔幕启：民警于壮正领着天祥往莲花峰人民公社走。看见了公社办事处。外面码着些红色的砖。

于　壮　李同志，你进去吧，找炊事员王仁德就行啦！

李天祥　对！谢谢你，同志！

于　壮　不谢！回头到我那儿喝喝茶！再见！（下）

李天祥　再见！

王仁德　（提着菜筐子由对面来，筐内有些瓶子什么的，哼唧着）
　　　　"社会主义好……"

李天祥　二叔！二叔！

王仁德　谁？谁呀？

李天祥　不认识啦？二叔！我是天祥！

王仁德　天祥？天祥？几年不见，不敢认了！你这是怎么搞的？要跟白塔赛身量吗？（热烈地握手）

李天祥　您老人家也够一瞧啊！雪白的白衣白帽，还发了福的，的确像个大师傅了！谁想得到啊，乡下会有食堂，还有这么体面的炊事员！

王仁德　那，看看我们的厨房、饭厅去吧！并不是应有尽有、设备齐全，我是叫你看看那个干净劲儿！（掏出口罩，要戴）

李天祥　二叔，二叔，先别戴啦，说话不方便！

王仁德　（放回口罩）本来就是为叫你看看！不管我们吃什么，我们要做到绝对干净，筷子用完都用开水煮煮！这就是卫生教育嘛！走吧，看看去！我一辈子没做出过什么了不起的事，为这个食堂跟厨房啊，我要是还不觉得骄傲，就有点不忠诚老实了！

李天祥　二叔！我待会儿好好地参观一下，我先要问您几句话。来，爷儿俩坐在这儿（指砖）谈谈好不好？

王仁德　你一定进去参观，我才陪你在这儿坐一会呢！

李天祥　就那么办！一定！（扯王坐下）

王仁德　还得先告诉你，我们连男带女一共才七个炊事员，可供给六百人的饭！所以，我们非发明机器不可，切肉的、切菜的、轧面条的……

李天祥　对！对！我待会儿必定仔仔细细地看看那些机器，我还许提点意见，怎么改善它们呢！

王仁德　那可好！机器不是我们自己发明、制造的吗？有缺点！你就
　　　　说那个切菜的吧……

李天祥　二叔！二叔！您的热情可真高啊！

王仁德　当然喽！你就说昨个夜里，我梦见了一群鸭子全来访问我，
　　　　呀、呀、呀地说：王师傅，你是要发明填肥鸭子的机器吗？

李天祥　二叔！二叔！您也听我说两句行不行？

王仁德　行！行！我是办食堂入了迷！

李天祥　那好哇！二叔！

王仁德　好啊？那就还说那个切菜的机器吧！

李天祥　二叔！您稍等等说那个！我问您，王二叔，我妈的娘家姓
　　　　王吗？

王仁德　啊……你问这个干吗？

李天祥　我是想，假若妈妈的娘家姓王，我该管您叫舅舅，不是吗？

王仁德　啊……叔叔、舅舅，都差不多！差不多！都是亲人！

李天祥　是呀，都是亲人，叫什么没多大关系！

王仁德　对！你要是不愿意叫我二叔，就叫二舅也行，反正我要作好
　　　　公社的炊事员，这比二叔或二舅都更要紧！

李天祥　要光是为应该怎么称呼您，我也就不细问了。这里有问题，我
　　　　想弄清楚了！您到底是我妈妈的娘家弟弟，还是她的小叔子？

王仁德　噢……天祥，你妈妈还好吗？

李天祥　好！身体既好，又是街道上的积极分子。我复员了，她见着

我特别喜欢！

王仁德　你已经是复员军人？好哇！好哇！再握握手！天祥，你就上

　　　　我们这儿来，帮助我搞食堂吧！

李天祥　我不久就去搞工业。

王仁德　工厂里也得有食堂啊！

李天祥　二叔，您没回答我的问题！为什么不回答呢？

王仁德　唉！咱们现在都过得怪好的，说那些陈谷子烂芝麻干什么呢？

李天祥　可是，我问的不是陈谷子烂芝麻，是跟妈妈大有关系的事！

王仁德　她怎么啦？

李天祥　她不快活，不快活！

王仁德　你刚才说的，她很健康，又很积极，怎么不快活呢？

李天祥　妈妈背着人常自己掉眼泪！

王仁德　掉眼泪？掉眼泪？

李天祥　对！掉眼泪！我要解决这个问题，您得帮助我！

王仁德　我，我，我很对不起她，这几年也没看她去！

李天祥　妈妈大概不完全因为您不去看她，才掉眼泪！

王仁德　那，那，你记得她是你的后娘？

李天祥　当然记得！可是我爱我的继母！这么多年我没对任何人说过

　　　　她是我的后妈，妈妈好！比亲的还好！

王仁德　你还知道什么？

李天祥　不知道，所以我来问您！

王仁德　我，我……

李天祥　二叔！我是复员军人，我心里没有那一套老封建思想！不管妈妈有什么样的历史，我也爱她！我也得设法叫她不再偷着掉眼泪！叫妇女暗地里落泪是最残酷的事！

王仁德　我，嗐！

李天祥　二叔，您是这么好的人，您为什么不爱我，不肯对我说实话呢？

王仁德　你等我想一想，想一想！

李天祥　二叔，有什么可想的呢？当初发生了什么事，您照实地告诉我，不就完了？我告诉您，就是当初您把我妈妈卖给我爸爸，我也不恼您！过去做的错事，说出来不省得老背着个包袱吗！

王仁德　没有，没有！我没卖过你妈妈！

李天祥　那么，您有什么对不起我妈妈的小事，就更不成问题了！您知道，我来不为找您的错处，是想法子叫妈妈快活！您不愿意叫她快活吗？

于　壮　（上）王二叔！李同志！找对了？

李天祥　找对了！

王仁德　谢谢您，于同志！这回可找对了！前两回你都没找对！

于　壮　那不是因为叫王仁德的很多吗？

王仁德　是呀，你一找我，我心里就一动，怎么叫王仁德的专会丢了亲人呢！

李天祥　于同志，我问二叔点事，可是二叔不高兴告诉我！你帮帮忙吧！

于　壮　同志，可别错想了二叔！他是我们公社里热爱劳动、肯帮助人的大师傅，而且对谁都笑脸相迎，有说有笑！

王仁德　是呀，我总算有了进步，没把食堂办砸了锅！天祥，还是先

看看食堂吧！来！

李天祥　二叔，您这是叫我着急嘛！

于　壮　什么事呀？王二叔，您看他还是真着急，就跟他说说吧！

王仁德　我……噢，我得赶快做饭去！天祥，你进来！

李天祥　您去吧，二叔！我马上来！

王仁德　好！赶紧来吧！（下）

李天祥　于同志！

于　壮　有话说吧！

李天祥　我跟你说一说吧，我求你帮我点忙！

于　壮　在这儿说，还是到我那儿去？

李天祥　到——到你那儿去吧！

于　壮　好！走！

（幕）


## 第二场


时　间　前场后二日，晚间。

地　点　沈维义家里。

人　物　沈维义　王新英　平海燕

〔幕启：沈维义独自在屋里看书，有点焦急不安，时时往外望一望。

沈维义　新英这个家伙，说来还不来，是有点古怪！可也别怪他……正因为他古怪，才得多帮助他！（院中有人声）是你吗？新英！快进来！（迎上前去）

王新英　（颓丧地进来）我说不到派出所去，你偏叫我去！

沈维义　难道有什么坏处？他们已经说没法儿办啦？

王新英　刚才接到他们的电话，叫我耐心一点，别太着急！

沈维义　本来是该耐心一点，这是民警关切你！

王新英　我看希望不大了！前天你陪我到派出所去的时候，我全身的血都沸腾起来。及至接到这个电话呀，血都一下子降到零度，结成了冰！

沈维义　新英，别这么激动！你看，你只知道姐姐叫招弟儿，姐姐大概也只知道你叫小马儿，哪能那么容易一下子就找到，你也得给人民警察容出点工夫来呀！

王新英　要是根本没去过，我心里仿佛老有点希望；这么一来呀，一点希望也没有喽！

沈维义　你说的不近情理！有不去找就会找到人的事吗？我相信警察必有办法！

王新英　不说这个，说点儿别的，（从书包里找出纪念册子，笑着）嗬！维义，给你！

沈维义　什么呀？

王新英　你自己看嘛！

沈维义　（接着）滑翔机模型设计图？

王新英　嗯！你爱那个嘛，我能不动脑筋，想想主意吗？

沈维义　你行，你的确有聪明！

王新英　往下看！

沈维义　毛主席语录。

王新英　对，我自己留了一份，给你抄了一份儿。

沈维义　写得这么好，还是用红墨水写的！

王新英　毛主席的话，就是咱们的阳光，应该用红笔写。你天天早晨
　　　　起来，把看这些话当作第一件事，好不好？

沈维义　好，好！我必定那么办。新英，你也得向我保证：以后不再
　　　　愁眉苦脸，你应当比别人更高兴。想想看，要不是北京解放
　　　　了，你自己说的，你不是要了饭，就是个小偷儿。

王新英　对，我常把心分成两层儿，一层儿想妈妈、姐姐，一层儿想
　　　　做个国家的好孩子。

沈维义　我想不久那两层就会变成一层儿，专做国家的好孩子，因为
　　　　人民警察会找到妈妈、姐姐呀！

王新英　对，我有干劲！不信（去掀册子）你看看这儿。

沈维义　还做了诗，待我朗诵便了，"维义与新英，两个好弟兄，干
　　　　劲冲云霄，红专放卫星"。有劲，有劲！我给添两句，"立
　　　　志争先进，心别分两层"。哈哈哈哈……

王新英　哈哈哈……我说，咱们老实点吧！这么大喊大叫，不怕老太太不乐意吗？

沈维义　放心吧，家里没人儿。

王新英　都到哪儿去了？

沈维义　大大小小都到街坊家看电视去了，我因为等你没去。

王新英　你是个好团员，为照顾我牺牲了看电视。

沈维义　什么牺牲！怎样，咱们是温课，还是先下一盘棋？

沈维义　温课，温课！我叫你看明白，我受得住折磨，不管怎么样也还能念书。

〔门铃响。

沈维义　我看看去。

王新英　我走吧？万一是你的亲戚朋友来了，我搭不上话，怪僵得慌！

沈维义　坐下，少说废话！（下）

〔沈维义同平海燕上。

沈维义　同志，这就是我的同学王新英。

平海燕　你好哇？我叫平海燕，来看看你！

王新英　谢谢！怎么维义同我到派出所去，没看见你？

平海燕　我不是你们这个派出所的。

沈维义　同志，你请坐！

王新英　同志，你找我干什么？

平海燕　你不是正找妈妈和姐姐吗？

王新英　你怎么知道的？

平海燕　你看，许你上派出所提出要求，就不许我去打听吗？（笑）

王新英　对呀，看我这个糊涂劲儿！

沈维义　他呀，这两天有点紧张！

平海燕　别那么紧张，光着急办不了事呀！告诉我点你的事好不好？

王新英　你问吧，同志！

平海燕　你的父亲叫王仁利，十五年前死在外边了？

王新英　对？

平海燕　你的祖母把你留下，可把你妈妈跟姐姐都轰了出去？

王新英　也对！当时的情形我记不清了，后来听大家都这么说，大概
　　　　不会错。祖母跟妈妈婆媳不和，祖母厉害透了！不久，祖母死
　　　　啦，我就不是在孤儿院，就是到处去流浪；不论在哪儿吧，反
　　　　正我睁开眼看不见一个亲人，（勉强地笑）够我受的！

平海燕　是够受的！光是那时候的警察就够咱们受的！

王新英　你怎么知道？同志！

平海燕　我小时候也是苦孩子，拣过煤核儿！

王新英　真的吗？

平海燕　怎么不是真的呢？在垃圾堆上跟一群群的野狗挤来挤去！

王新英　对！对！一听见警察的皮鞋响，咱们就得拼命地跑，叫他们
　　　　逮住就挨一顿揍！

平海燕　是呀，还有那些推垃圾车的，一个个都那么神气！咱们拣着
　　　　点好东西，得送给他们！要不然，他们就不许咱们靠近了车
　　　　身儿！

王新英　越说越对！那时候，我一看见人家妈妈带着孩子捡垃圾呀，就羡慕得不得了！孩子们一叫妈妈，我就躲开，我没有妈妈可叫啊！

平海燕　你妈妈叫王桂珍，是吧？

王新英　对！有人说叫这个名字的多得很，不好找。你看呢？

平海燕　那也没什么。你今年……

王新英　二十岁。自幼失学，所以到现在还在中学里。

平海燕　你看，你二十，妈妈必定是四十以上的人，这就可以把许多许多王桂珍减下去了，太老太小都不合格呀，不是吗？

沈维义　新英，你看，他们多么有办法！

平海燕　妈妈是北京人？

王新英　对！

平海燕　好！这又可以把从外乡来的王桂珍都减了去！

王新英　这么说，有希望？有希望？

沈维义　动脑筋，有热情，什么事都有成功的希望！

平海燕　是呀，我们要用你的感情去做这个工作，就好比我正找自己的妈妈、姐姐！

王新英　我相信你！可是，告诉我一句话，到底能找到不能？别让我老这么冷一阵热一阵的！

沈维义　新英，你又忘了控制自己！

平海燕　没关系！谁找不到妈妈、姐姐，不着急呢？

王新英　同志，你真好，你了解人！

平海燕　你姐姐叫什么？

王新英　光记得小名儿，叫招弟儿。

平海燕　真巧，我的小名儿也叫招弟儿！姐姐比你大几岁？

王新英　大五岁。

平海燕　假若有她的相片，你认得出她来吗？

王新英　大概认不出来。当我想念姐姐的时候，她很具体；赶到一细

　　　　问我呀，我就，就什么也说不上来了！

平海燕　你连她一点细节也不记得吗？

王新英　我仿佛还记得点姐姐的声音。在梦里，姐姐叫我，姐姐唱

　　　　"小小子，坐门墩儿"，总是那个声音。这也许完全是想

　　　　象，并不是事实。平同志，你问了我这么些事，是不是你心

　　　　里已经有了点底，知道了我姐姐在哪儿了吗？

平海燕　是这么一回事：我们那儿接到了一封信……

王新英　托你们找人的信？

平海燕　对！

王新英　这怎么跟我拉到了一块儿？

平海燕　写信的人呀，小名叫招弟儿。

王新英　是这么一回事？招弟儿？招弟儿？那一定是我的姐姐！

沈维义　先不忙下结论，新英！在北京，叫招弟儿的大概不止一万

　　　　个！连这位平同志不也叫招弟儿吗？

平海燕　将来会少起来的，大家不再重男轻女了啊！

王新英　这个招弟儿是干什么的？

平海燕　是个女工人。

王新英　女工人？有个工人姐姐多么好！她在哪个工厂？告诉我，我马上找她去！

平海燕　先别这么忙！我们现在还不能肯定什么呢！

王新英　她是不是找妈妈和弟弟了？

平海燕　是！

王新英　那一定是我的姐姐了。哪能就那么巧，我找妈妈和姐姐，她就找妈妈和弟弟？

平海燕　新英，沉住了气！这是一种细致的工作，不能听见风就是雨！就拿你来说吧，你说好像跟祖母在石大人胡同住过，我们就到那里详细地问过，居然还有老街坊记得你的祖母。

王新英　真的呀？

平海燕　真的！据说你入过孤儿院和教养院，我们也都查阅过文件，可惜孤儿院的文件已经找不到了！

王新英　教养院的查到了？

平海燕　查到了！我们这才又到学校去了解，才找到这儿来。你看，你很小就丢了妈妈，过去的事有好些记不清的；我们得由四面八方证明你说的不错，或接近事实，才好去找你的亲人呀。

王新英　对！对！对！平同志，为了我，你这两天跑了几十里路，访问过许多许多人了吧？我，我不知道怎么感谢你才好！

平海燕　要说感谢呀，你到过的那个派出所的同志们比我跑的路多！

王新英　我也得给他们道谢去，待会儿就去！平同志，你看这件事会快解决了吧？

平海燕 我看有希望！不过我还不敢保证刚才谈到的那个招弟儿就是你的姐姐。好吧，咱们今天就谈到这儿吧。我还会来麻烦你呢！

王新英 来麻烦我？是我给你们添了麻烦！

平海燕 不管谁麻烦谁吧，只要我细心，你安心，咱们就好协作了！维义，你帮帮他，别叫他过度紧张！

沈维义 你放心吧，我会好好地看着他！

平海燕 那么，我就走啦！

王新英 维义，咱们送她回去！哟，你还得看家呢！好，我去送，你看家！

平海燕 谁也不必送我，我骑着车呢！新英，这是我的电话号码，你万一又想起一点什么来，随时告诉我！

王新英 一定！不管多么小的事，只要想起来就告诉你！

平海燕 对！小事儿往往解决大问题！

王新英 还有什么嘱咐我的？

平海燕 你要叫亲人哪看见个结结实实、活活泼泼的小伙子！别老不好好地吃饭、睡觉！维义，你看我说的对吧？

沈维义 对！他聪明，又肯用功，就是心里老不开心！

王新英 你们等着看吧！找到了我的亲人，我一定不再忧郁，每天睁开眼就嘎嘎地笑！同志，我去把你的车推出去！这院里的拐弯抹角我都摸熟了！（下）

沈维义　（低声地）有点眉目了吧？

平海燕　有点底儿了，我赶紧回去跟所长再研究一下。

沈维义　我还应该干点什么？

平海燕　给新英个精神准备。比方说，他的亲人可能在旧社会里受过污辱什么的，要是没点精神准备，他也许又痛苦！

沈线义　你能说具体一点不能？

平海燕　那用不着！旧社会里什么惨事没有啊！我快走吧，别叫他多心，他非常敏感！

王新英　（在外面喊）怎么还不快来呀？你们嘀咕什么呢？

平海燕　来喽！（跑下，维义跟着）

（幕）

## 第三场

时　间　前场次日，下午。

地　点　派出所。

人　物　平海燕　李珍桂　唐大嫂　刘超云　诸所长　丁宏　王秀竹
　　　　王新英　沈维义

　　　〔幕启：平海燕正打电话。

平海燕　喂……你是王秀竹吗？……你能来一会儿吗？好！待会儿见！

（又拨）喂，劳驾给找一下王新英……告诉他，下了课来看看

我，好不好？……你一说平海燕，他就知道了！……对！谢谢！

李珍桂　（上）小平！小平！

平海燕　王大妈！

李珍桂　（已答应）哎！（又急改嘴）哟，看你，怎么叫我王大妈呢？

平海燕　我，我也不知是怎么回事，这两天净叫错了人！有事吗？

　　　　大妈！

李珍桂　有事！（忙回至门口）唐大嫂，你进来！（唐上）你看看，

　　　　你还不愿意进来，怕这里光有老爷儿们。这里也有大姑娘，

　　　　而且是这么可爱的大姑娘！

平海燕　唐大嫂，请坐吧！有什么事呀？

李珍桂　唐大嫂由乡下来看她的爱人，把住址条子丢了！她只粗粗

　　　　地记得唐大哥在南河沿肥料厂，找了半天也找不着，急得直

　　　　哭！交通警把她交给了我，我帮着又找了一阵子，也没用，

　　　　我就把她领到这儿来了。

平海燕　您等等，我问问小刘，他熟悉城里的地名儿。（叫）小

　　　　刘！小刘！

刘超云　（上）干吗呀？小平！哟，李大妈，您又拣着什么了？

　　　　又是一串儿钥匙呀？告诉您，邮局那个干部姓汪，可感激您

　　　　啦！她要来给您道谢呢！

李珍桂　别叫她来，都忙！只要她没急坏了，咱们心里不就消停了

　　　　吗？来，帮助帮助这位唐大嫂。南河沿有个肥料厂吗？

刘超云　南河沿？没有肥料厂！我记得那儿有个小自行车修配厂，还有个酱油制造厂。

李珍桂　我们都问过了，没有唐大哥这么个人。

唐大嫂　我呀，真没用！会把住址条儿给丢了。

刘超云　大嫂，别着急，先喝碗水！（给她倒水）

李珍桂　小刘，还有南什么沿儿？

刘超云　南，南沟沿呀！对，我跟那儿联系，看那儿有什么厂子没有！（打电话）

李珍桂　大嫂，你不饿吗？我们这儿可方便，有了食堂！

唐大嫂　不饿，着急就着饱啦！唉！

刘超云　小平，南沟沿有厂子！

平海燕　什么厂子呀？

刘超云　塑料厂。

唐大嫂　对了，是塑料厂！乡下不是搞积肥运动吗？我就把它记成肥料厂啦！

李桂珍　小刘，快跟塑料厂联系吧！

刘超云　对！（再打电话）

李珍桂　唐大嫂，别着急，准能找到！家里有孩子没有啊？

唐大嫂　有两个，都交给老奶奶看着呢。好在，我过两天就回去。

李珍桂　对！孩子最要紧！

唐大嫂　您的孩子都成人了吧？老太太！

李珍桂　都……啊，长大啦！

刘超云　大嫂，大嫂！打对了！来，先跟唐大哥说句话！（递听筒）

唐大嫂　是你呀？老唐！……好，好，我就来！（递回听筒）

刘超云　唐同志，您忙您的，都甭管啦！放心，我马上把大嫂送到！

李珍桂　小刘，你忙吧，我送大嫂去！

唐大嫂　都别送！给我雇上一辆车，我不会走丢了！

刘超云　李大妈，所长还跟您有话说。我去！不把大嫂交到大哥手
　　　　里，我不放心！大嫂，咱们走吧！

唐大嫂　给你们添够了麻烦，还不走吗？大妈，这位女同志，我谢谢
　　　　你们！等老唐休息的那天，我们一块儿来道谢！

平海燕　甭来喽，大嫂！您进了城，就跟我们自己的亲戚、朋友一
　　　　个样！

唐大嫂　那就更得来啦，走亲戚嘛！（同刘下）

平海燕　再见，大嫂。（向李）大妈，来，坐，等等所长。大妈，咱
　　　　们的食堂、托儿所这么一办起来，缝纫组什么的一定有很大
　　　　的发展！

李珍桂　那是一定！看着大伙儿干的起劲，我心里真痛快！

平海燕　林三嫂的问题……

李珍桂　解决了！她还是到食堂来。三爷三嫂都是劳苦人民，一说就
　　　　通！就是可惜呀，咱们说得还不够；人不说不知，木不钻不
　　　　透啊！

平海燕　您说的对！苦人跟苦人才说得到一块儿呢！您就说我们民警
　　　　吧，小刘原是油盐店的徒弟……

李珍桂　那我知道！要不怎么沏茶灌水的，他都行呢！

平海燕　我呀，更苦！我拣过煤核儿！

李珍桂　你拣过煤核儿？这还是头一次听说！

平海燕　所以咱们才能打成一片呀！（从抽屉里拿出一本老画报）您看，我那天在旧书摊上看见了这本，随便一翻，照片上敢情有妈妈跟我！

李珍桂　我看看！这是你妈妈呀？

平海燕　啊！这个小不点儿就是我！我们到粥厂去打粥，叫那些假善人给照下来了！

李珍桂　唉！感谢毛主席吧，叫咱们真翻了身！

平海燕　是呀！那时候我淘气极了，招得妈妈到处去喊招弟儿！招弟儿！

李珍桂　你也叫招……

平海燕　是！我小名儿叫招弟儿，大妈，您没生过姑娘吧？

李珍桂　我……没有！

平海燕　大妈，您是不是有点心事呢？

李珍桂　我……（愣了一会儿，有点发怒）小平，你是有意试探我吗？旧社会过来的人谁没有点心事？你问，井老奶奶也问！

平海燕　大妈！大妈！您怎么啦？我那么问问，是要帮助帮助您！您要真有心事，就说说吧！

李珍桂　说！叫我说什么？怎么说？那个旧社会叫人有嘴说不出话来！叫人一辈子说不出话来！

〔诸所长上。

诸所长　李大妈，怎么啦？小平，是你招李大妈生了气？

李珍桂　（缓和下来）所长，小平没有！是我自己不好！所长，找我
　　　　有事吗？

诸所长　我要跟您商量一下，咱们交通安全宣传的还不够理想，胡同
　　　　窄，车马不少，孩子多……

李珍桂　一点不错，我常常不放心那些孩子们！

诸所长　这一带连大人带孩子都听您的话，您……

李珍桂　好，我先去征求征求老街坊们的意见，再向您汇报吧。（要走）

平海燕　李大妈，刚才……

李珍桂　刚才，忘了刚才那一段儿吧，先办事要紧！（下）

诸所长　刚才怎么一回事？

平海燕　是这么一回事：您不是说王家姐姐弟弟那件事已经差不多
　　　　了吗？

诸所长　是呀。你给他们打了电话？

平海燕　打过了。

诸所长　我再问问那个女工人，就可以叫他们见面了。你说呢？

平海燕　我也那么想。可是，他们的妈妈到底是谁呢？我怀疑就是李
　　　　大妈，所以我想试探一下，刚才李大妈一进屋，我就猛不丁
　　　　地叫了一声王大妈，她没留神答应了，后来我说我的小名叫
　　　　招弟儿，她也直发愣，我再往下问，她就生气了。我不是跟
　　　　您说过吗，井老奶奶时常发现李大妈背地里掉眼泪，对了！

那天李大妈呀直勾勾地看着那个人的后影儿，仿佛动了心！

我一说那个人姓王啊，李大妈好像更不自在了。我想，这个人就是王仁利！

诸所长　王仁利？王新英的父亲？不要这么草率地下判断吧！况且他们姐弟都说爸爸早死啦！

平海燕　我相信他没死！

诸所长　你是说，王仁利没死，李大妈改名换姓，过去的王桂珍就是现在的李珍桂？

平海燕　咱们不是已经遇上好几档儿改名换姓的事了吗？

诸所长　我知道！可是，王仁利要真没死，李大妈就改了嫁，说不通啊！

平海燕　按常理说，的确说不通！可是，那是发生在我还追土车、拣煤核儿的年月呀！

诸所长　对！老一辈的人觉得改嫁不体面，所以李大妈不肯说。不对！李大妈亲自宣传过婚姻法，她应当明白了再嫁没有什么不体面！她呀，假若你猜对了，必定有更深的难言之隐！

平海燕　是呀！我当时就托了井老奶奶！

诸所长　你做的对！光靠咱们自己，什么事也办不妥当！老奶奶问了没有？

平海燕　问过了。可是，李大妈什么也没说！老奶奶又没有耐性儿，闹了个没结果。老奶奶这才告诉了天祥，天祥上了趟妙峰山，去找他的二叔。

诸所长　他的二叔是谁？

平海燕　叫王仁德。

诸所长　王仁利，王仁德，名字很像哥儿俩。你没查查老户口册子，王家有没有这么个王仁德？

平海燕　查过了，没有他！

诸所长　嗯——那可能是哥儿俩分居另过，各有户口。再说……你说他在妙峰山？

平海燕　是！莲花峰人民公社。

诸所长　妙峰山是老根据地，不像敌伪统治区那样人人有良民证，恐怕连详细的户口底簿子也没有！天祥回来怎么说？

平海燕　天祥说，王仁德是公社里的炊事员，积极分子。

诸所长　那好啊！他对天祥说了什么？

平海燕　什么也没说！

诸所长　奇怪呀！假若王仁德跟李大妈真是叔嫂，可是都不说什么，其中必有……据我看，他们都不光为顾全封建性的那点体面，而是有实在说不出口的痛苦！我们必须帮助他们解除了痛苦，同时又须极其谨慎，不可以冒冒失失地跟李大妈说什么，那会更伤了她的心！你这些新材料很有用，这种事儿，你热心为群众解决问题很好，不过，小平，记住，我们事事都要以诚相见，你刚才不该对李大妈要这种小花招儿！

平海燕　所长，以后我不再那样！可是，我的小名真叫招弟儿，一点不假！

　　　　〔刘超云回来。

刘超云　所长，小平，我把唐大嫂送到了，唐大哥很高兴！

诸所长　超云，你到运输工会去看看有没有一位王仁利。假若有，了解一下。

刘超云　是！见他本人不见？

诸所长　电话上联系，我叫你见，你再去找他。

刘超云　是了，所长！（下）

诸所长　小平，你给西郊打电话。

平海燕　是！所长，天祥说，敢情于壮在那儿呢。（打电话）

诸所长　于壮？他是漂亮手儿呀！

　　　　〔敲门声。

诸所长　请进来！

　　　　〔丁宏与王秀竹进来。

丁　宏　您是所长？

诸所长　对！那是平海燕。来，坐吧！

丁　宏　我叫丁宏，这是王秀竹。

诸所长　都坐下！我接到了你们的信。

丁　宏　事情有眉目吗？

诸所长　我还得问秀竹几句话。

丁　宏　秀竹，坚强点，预备好痛痛快快地说话！

诸所长　秀竹，你有个二叔？

　　　　〔平过来记录。

王秀竹　有！有！给您写信的时候，我忘了写上他的姓名。

诸所长　他叫什么？

王秀竹　叫王仁德。祖母把我们母女赶了出来，妈妈就去找二叔要主意，把我托付给一个朋友照应几天。谁知道……（泪在眶中，竭力控制）

丁　宏　秀竹，先别伤心，往下说！

诸所长　不忙！不忙！慢慢地说！

王秀竹　谁知道，那个朋友不是好人！他们夫妇说日子不好过，怕委屈了我，要把我转托给另一个朋友。

诸所长　这对夫妇姓什么？

王秀竹　他们姓宋，我不知道他们的名字。

诸所长　他们住在哪儿？

王秀竹　离我们不太远，胡同名儿我也忘了。那时候我才不满十岁，没什么心眼儿！

诸所长　也许是宋黑子。要真是他呀，早已经叫我们给抓起来了。往下说吧。

王秀竹　他们把我带到一个姓庄的家里。

诸所长　庄什么？

王秀竹　我也不知道，就听见大家伙儿叫他庄家大爷。

诸所长　他家里什么样子？

王秀竹　相当阔气，有一群小姑娘。当时，虽然有那群小姑娘陪着我玩，我可是一劲儿想念妈妈。我可也不敢哭，怕得罪了庄家大爷。十天过去了，一个月过去了，妈妈还不来，我大着胆子去问庄家大爷。他哈哈地笑了一阵，然后把一条皮鞭扔在我的面前。他说：从现在起，你叫小桃儿了，记住！好好地在这里，不准再问妈妈！你要是不听话，我好说话儿，皮鞭可比我厉害！我……（要哭）他可真狠呀，我才十三岁，就……

平海燕　（倒过水来）你喝口水，喘喘气再说！把委屈都说出来！

王秀竹　（含泪地）谢谢你！

丁　宏　秀竹，恨那群混账！恨！把眼泪咽下去，说话！

诸所长　秀竹，你知道庄家大爷早就叫咱们捉住了，给你们报了仇！

王秀竹　（坚强起来）我知道！我们没叫他虐待死的姐妹都参加了公审！我才十三岁呀，他就叫我……要不是毛主席来到北京，我一点也不知道我会成什么样子，十之八九我已经叫他们折磨死啦！党和毛主席是我的重生父母，再造爹娘！（哭）

　　〔静场片刻。

丁　宏　还有什么，都说说！

诸所长　你始终得不到妈妈的消息？

王秀竹　（摇头）在认识了丁宏以后，登了几次报，没结果！所长，您要是能帮忙找到妈妈、弟弟，我起誓要积极劳动，做个最好的女工！

诸所长　小平，你领着她到里边（指旁边的屋子）休息一下，等会儿我还有话跟你说呢。

丁　宏　是，所长！来吧，秀竹！（让她先走，看她已入了门，又回

来）所长，我爱她，可是她过去的那点历史就好像一条毒蛇

缠住她，咬她的心！每逢我一见她掉泪，我就……唉！

诸所长　咱们都好好地安慰她，劝解她，随时随地体贴她，尊重她，

好叫她忘了过去，看得起自己！

丁　宏　对！

　　　〔敲门声。

诸所长　请进来！

　　　〔王新英与沈维义进来。

王新英　（急切地）平同志！平同志！

丁　宏　你们谈吧！（下）

平海燕　新英，这是我们所长！

王新英　所长，有消息没有？有没有？我……

沈维义　新英，刚才说好了不要紧张，看你……

诸所长　来吧，都先坐下！别着急，着急解决不了复杂的问题。我问

你，你父亲的灵运回来没有？

王新英　不记得看见过棺材！

诸所长　你记得有个二叔吗？

王新英　记得，我有个二叔！

诸所长　你记不记得姐姐的一点特点？

王新英　我……（摇头）

平海燕　你不是说，记得她的声音吗？

王新英　对！

诸所长　小平，请他们过来！

平海燕　是，所长！（走向旁室）

王新英　姐姐的声音，是，我似乎常听见姐姐叫我！

　　　　〔平拉着王的手，与丁宏同上。

诸所长　秀竹，你看看他！（指新英）新英，你看看她！

　　　　〔姐弟呆视，不相识。

平海燕　秀竹，说句话！

王秀竹　我……

沈维义　新英，你说句话！

王新英　我，我认不出来！

诸所长　你们的父亲是王仁利？

王秀竹、王新英　对！

诸所长　母亲是王桂珍？

王秀竹、王新英　对！

诸所长　你们的二叔是王仁德？

王秀竹、王新英　对！

诸所长　那就……

　　　　姐弟仍呆视。

丁　宏　秀竹，唱那个，唱那个"小小子"！

王秀竹　小，小小子，坐门墩儿，哭着喊着要媳妇儿……（泣）

王新英　姐姐！大姐！（扑过去）

王秀竹　弟弟！小马儿！（相抱痛哭）

丁　宏　秀竹，别再哭！找到了弟弟，该快活嘛！

沈维义　新英，别再哭！

　　　　〔姐弟止泪，携手走向所长。

王秀竹　所长，我有了弟弟，我说不出来怎么感激！

王新英　所长！我有了姐姐！有了姐姐！再分分心吧，找到我们的妈妈！

诸所长　你们先回去吧，等有什么消息，我马上通知你们！


（幕）

# 第三幕

时　间　前场后二日，星期日上午。

地　点　派出所，所长室。

人　物　平海燕　唐大哥　唐大嫂　王秀竹　王新英　诸所长　丁宏
　　　　沈维义　刘超云　王仁利　王仁德　李天祥　李珍桂　井奶
　　　　奶　林三嫂

〔幕启：平海燕在阅文件。电话响，她接。

平海燕　喂！……是呀！你是于壮呀？……噢，王仁德正上我们这儿
　　　　来？好极了！谢谢！再见！（敲门声）请进来！

唐大哥　（同唐大嫂上）同志，我们来给你们道谢！

唐大嫂　道谢喽，同志！

平海燕　这算什么呢？都坐坐吧！

唐大哥　不坐了，你们忙！

唐大嫂　刘同志出去啦？等他回来千万替我说一声！也替我谢谢所长！
　　　　谢谢街上的交通警！真好哇，穿红道儿衣裳的处处办好事！

平海燕　大嫂就要回去吗？不多住几天？

唐大嫂 不啦，乡下的活儿忙，在这儿我也安不下心去！再见啦！我们去看看李大妈！

〔平与他们握手，往外送，他们下。

王秀竹 （拉着弟弟，欢欢喜喜地进来）海燕同志！

王新英 海燕同志！

平海燕 是你们姐儿俩呀？我真替你们高兴！看，秀竹的眉头儿不皱着了，新英的脸也亮堂了！

王秀竹 是呀，还有什么比姐姐找到小弟弟更快活的呢？

王新英 看我大姐，既是工人，又有了文化，多么叫人高兴啊！我们哪，不知道怎么感谢党和毛主席才好！

诸所长 （上）来啦？秀竹！新英！

王秀竹 诸所长，我们来给您道谢！

王新英 所长，我每个星期天都要来道谢一次！

诸所长 什么时候都欢迎你们来，可是不要老道谢！况且，我们还没把这件事做完呢！

王秀竹 妈妈有消息没有？

诸所长 有点！

王新英 妈妈在哪儿？在哪儿？我恨不能拉着姐姐的手，满街去叫妈妈！

诸所长 还有一些细节没弄好，也快！也快！秀竹，妈妈的脸上有什么特点没有？

王秀竹 脸上稀稀拉拉的有几个麻子。

诸所长 噢！你也记得爸爸的模样吗？

王秀竹　也还记得点儿！

王新英　说说，说说爸爸什么样儿！是四方脸还是圆脸？有胡子没有？

王秀竹　唉！新英，父亲埋在了什么地方，咱们都不知道！多么惨！

　　　　多么惨！来了一阵风似的，一家人就死的死散的散了！

　　　〔敲门声。

平海燕　请进来！

　　　〔丁宏与沈维义上，沈带着小照相机。

丁　宏　所长，海燕同志！他们俩给你们道谢了没有？

诸所长　别紧说道谢吧，叫我心里怪不好受的！

丁　宏　连我也得给你们道谢！你们看，秀竹的脸上有了笑容！她笑

　　　　一声啊，我就要笑十声！

王新英　姐姐还争取当上劳动模范呀！

沈维义　我们都得道谢！看，这个家伙（指新英）决定争取入团！所

　　　　长，你都不知道你做了多么大的好事！

丁　宏　所长，等一找到了秀竹的妈妈，我跟秀竹就结婚，请所长来

　　　　参加婚礼！你肯来吗？肯吗？

诸所长　我有什么不肯呢？

平海燕　没有我的事吗？

丁　宏　当然请你吃糖！我说，咱们都道完谢就走吧！

平海燕　你们上哪儿？

沈维义　我们去找个好地方照几张相，也许在一块儿吃顿饭。

王秀竹　可是，妈妈还没找着呢？就照相？

丁　宏　秀竹，你太死心眼儿了！找到了弟弟还不是天大的喜事吗？

王新英　姐！相信所长吧，他既能找到咱们，也就必定能给咱们找到妈妈！所长，以后您有什么抄写不过来的，还是要编点清洁卫生什么的宣传快板儿，给我个电话，我保证来帮忙，而且要做得顶好！

沈维义　所长，这小家伙的笔底下可棒！他的作文老得五分！

诸所长　好吧，都去玩玩吧！待会儿呀再回来看看，也许就有好消息！

众　人　谢谢所长！谢谢海燕同志！再见！（下）

平海燕　所长，于壮来了电话，说王仁德就来！

诸所长　那好啊！刚才王秀竹说她妈妈脸上有几个麻子，这一定是李大妈了！可是李大妈为什么还不肯说这件事呢？

平海燕　是呀，我也不明白！我又跟井奶奶、天祥谈过了，他们也跟咱们想的一样，既然李大妈不愿意说，就别太勉强了！天祥很着急，他马上须到新工作岗位去，不把这件事赶紧弄清楚，他心里不会消停！

刘超云　（上）所长，我把王仁利请来了！

诸所长　他来了？

刘超云　对！我已经跟他谈了两次，他躲躲闪闪，不说痛快话，您跟他谈谈吧！

诸所长　你怎么不先来个电话？我应当先去看他，那不更显着亲切，他也许就更容易说出心腹话吗？

刘超云　是他要求来见您的，所长！他说，他的话得对所长说！

诸所长　好，请他进来！

刘超云　（到门口）大叔，您进来吧！（王入）这是我们的所长，这
　　　　是——（指海燕）

王仁利　——我认识！所长您好？这位女同志，谢谢你前几天照顾我！

平海燕　您完全好了吧？大叔！

王仁利　好啦！好啦！那是在敌伪时期留下的老病根儿！那时候我经
　　　　常饥一顿饱一顿的……算了，不说了！

诸所长　快坐下吧，大叔！超云，倒水！（刘去倒水）王大叔，您做
　　　　运输工人还行吗？顶得住吗？

王仁利　（坐）行！（刘递水）谢谢！

诸所长　超云，你去看看天祥吧！

刘超云　是！大叔，您坐着，我还有点别的事儿！（下）

王仁利　（对刘）再见！（对诸）行！我的力气还不小！可是呀，组
　　　　织上照顾我，只叫我管管联络工作！叫我感动啊！肚子呀，
　　　　老爱出毛病，那天这位好姑娘看见了……

诸所长　我劝您到医院去好好检查一下！

王仁利　唉！我既是活人，也是死人，这点病算什么呢？

诸所长　不能那么说，大叔！身体好，工作才能好，咱们都是给国家
　　　　干事儿的！不是吗？

王仁利　对！对！我学习的不够，常那么积极一阵，又消极一阵的！

诸所长　您应当有个家，好有人照管着您！

王仁利　我原来有家，可是，可是……

诸所长　今天是星期天，咱们就当作坐在茶馆，谈谈家长里短，请把事情都告诉我吧！我除了想帮助您，没有别的意思！

王仁利　我知道！我知道！要不然，我还不要求来见您呢！

诸所长　那么就说说吧！

王仁利　唉！唉！（欲语又止）

平海燕　大叔抽烟吗？

王仁利　抽！抽！我这儿有！（掏出烟斗）

平海燕　对！抽着烟，亲亲热热地跟所长谈谈！您要是不喜欢我在一边儿听着，我可以……

王仁利　没有的话，我怕你干什么吗？

平海燕　是呀，我比您的女儿还小一岁呢！

王仁利　我的女儿？我的女儿？她在哪儿？你怎么知道我有个女儿？

平海燕　还有您的儿子，我也认识！他们姐儿俩可好啦！

王仁利　我的儿子小马儿？

诸所长　王大叔，我们找到了您的女儿、儿子，您不喜欢吗？

王仁利　女儿，儿子？我怎能不喜欢呢？难道我的心不是肉做的？可是，我，我，我……所长，我有什么脸见他们呢？

诸所长　大叔，痛痛快快地说吧！我们知道您有心事！

王仁利　心事？我知道儿子、女儿都没有啦，我对不起老祖宗们，我叫王家门儿绝了后！心事，不是心事还是什么呢？

诸所长　大叔！沉沉气，从头儿说吧！

王仁利　（低头想了会儿）所长，在日本兵占领北京的时候……

平海燕　您对我说过了一点。您打过一个日本兵！

王仁利　对！把他揍了个半死！揍完了，我就跑到张家口去，那儿有
　　　　我一个熟人，给我找了点力气活儿。凑啊，凑啊，凑了两三
　　　　个月，我才凑了十块钱，托一个铁路警察带回来。所长，那
　　　　个时代呀，一个人就可以因为十块钱灭了天良！

诸所长　他骗去了您交给他的十块钱？

王仁利　要光是那样，还不算可恨！

平海燕　他对您家里说，您死在了张家口！

王仁利　嗯！他回来对我说，我的老婆带着招弟儿跑啦，改嫁啦，家
　　　　里只剩下老太太跟小马儿！他知道我会相信，因为我告诉过
　　　　他，他们婆媳不和。他也知道我不会回京来看看，我打过日
　　　　本兵，不敢回来。老太太不久就死了，可是他还张罗着替我
　　　　捎钱！就这么隔不久他吃我十块八块，我始终闷在葫芦里！
　　　　我恨我的老婆，竟不等我回来就改嫁！咱们胜利了，我回到
　　　　北京，老太太早没啦，儿子也不见了！我去到处找老婆，我
　　　　真想杀了她！我见着了我的兄弟，王仁德，吓得他直想跑！
　　　　他说："哥哥，你不早死了吗？"我这才明白了我是活人，
　　　　可又是死人！

诸所长　这您就不再恨孩子们的妈妈了？她是听说您死了，才又改嫁的！

王仁利　我解不开这个扣儿！请听明白了：我也并不是不恨自己！我
　　　　要是有出息，何至于跑到外边去混饭吃，把一家子都丢了呢？

诸所长　您卖力气吃饭，没有错处！是那个旧社会叫您妻离子散的！

您应当原谅您的妻子，她听说您死在外边，无倚无靠，能不找一条活路儿吗？

王仁利 我不能原谅她，尽管她有理由改嫁，可怎么那样狠心把孩子们也弄丢了呢？

诸所长 您的女儿说，是您的老太太把他们母女轰出去的！

王仁利 是……嘿，怎么这些事就都出在我家里呢？

诸所长 有什么社会，有什么家庭。出这种惨事的不止您一家！我们常替人民寻亲觅友，我们知道不少这样的事情！

王仁利 您说的对！您叫我心里亮堂点了！所长，我的儿子、女儿在哪儿呢？

诸所长 您确实想见见他们？

王仁利 十几年啦，我连做梦都常想看见他们！走在街上，我就像找东西吃的饿鹰，眼睛盯着每一个小姑娘、小小子！我想念他们，想念他们！可是，我又有点怕，怕遇见他们！怎么说呢？您看，万一他们是跟着妈妈，而且表示愿意跟着妈妈，我怎么办呢？再说，倘使他们愿意跟着我，我拿什么养活他们呢？我告诉您实话，胜利以后，解放以前，我挣的那点钱，全喝了酒，一醉解千愁嘛！要不是北京解放了，我早就真死啦！

诸所长 您现在戒了酒？

王仁利 戒了！只有在心里实在难过的时候，才喝两盅！

诸所长 还是少喝的好，大叔！我问您，您始终没见过孩子们的妈？

王仁利 没有！要是遇见了她，可就麻烦了！即使我不跟她拼命，我也张不开嘴跟她说话呀？我不能明白，不能明白，她是那么好的一个妇人，老实，正直，我妈妈对她那么无情无理，她总是忍着，没有挑拨过是非。怎么，怎么，她就会另嫁了人呢？（外敲门声）

诸所长　请进来！

王仁德　（上）您是所长？（看见了哥哥）我……哥哥！哥哥！

王仁利　（愣了会儿）你？老二！

王仁德　是我，哥哥！

王仁利　哼！你没想到我会在这儿吧？你个无情无义的东西！

诸所长　王大叔，别动气，有话慢慢地说。今天咱们要把事情都弄清楚了！

平海燕　（给仁德拿过椅子）您坐吧，二叔！

王仁德　谢谢，同志！谢谢！哥哥，您看，我现在是公社里最得力的炊事员啦！

王仁利　别吹了吧！当初你嫂子找了你去，你怎么就不帮助她，反倒替她找人，叫她改嫁呢？别再叫我哥哥，我没有你这么个弟弟！

王仁德　（低头无语半晌）哥哥，当着所长，我把憋在肚子里十多年的话都说出来吧！

王仁利　憋在肚子里是块病！

王仁德　真是一块病，所长，一个像我这样的人哪，遇见那个人吃人的年月呀，会做出见不得人的事！

王仁利　你就会抱怨那个年月，不说自己没出息！

诸所长　大叔，听二叔说什么！

王仁德　所长，那时候啊，我只有那么几亩山坡地！到山里加入游击队吧，我舍不得那点地。种地吧，光是保甲长的霸道，就整我个半死！我呀，一点办法也没有！后来，嫂子来找我，说哥哥死在了外边！

王仁利　你就不去打听打听我到底是死是活？

王仁德　您说的是废话！三顿饭还混不上，我哪儿来的钱去找您？您说！

王仁利　哼！

王仁德　嫂子来啦，跟我要主意，怎么活下去。我有什么主意呢？最好的主意是：嫂子，您来吧，我养活着您！我有一个杂合面饼子准分给您一半！可是，我连半个饼子也没有啊！我能劝她回到婆婆那儿去？老太太是那么不讲情理的人！我呀，急得直哭，想不出办法！

王仁利　你就劝她改嫁？

王仁德　哥哥，改嫁比饿死强！那年月就是那样，胳膊拧不过大腿去，恰好，一个有点积蓄的人，姓李，生了病，怕自己一死，撇下个十二岁的男孩天祥没人管。

王仁利　你就做了大媒！

王仁德　对！他答应事情说成了，给我二十块钱！

王仁利　二十块钱！

王仁德　我问你，哥哥，那时候你要是白捡二十块钱，你怎么样，是伸手，还是摇头？

王仁利　（苦笑了一下）……

王仁德　可是，嫂子不肯！

王仁利　她不肯？

王仁德　哥哥，别只看你自己不错，别人都是坏东西！别只想你自己委屈，别人都没有心肝！嫂子走后啊，我心里扎着疼了好几天！

诸所长　特别是对妇女，我们男人应当格外小心，别匆匆忙忙地下结论！

王仁利　后来，她怎么还是往前走了呢？

王仁德　她回到城里来，招弟儿丢啦！

王仁利　丢啦？

王仁德　嫂子把招弟儿托付给一个姓宋的，姓宋的不是好人。嫂子回到城里，没回家，就先去看招弟儿，可是连姓宋的也没影儿啦！这样，嫂子知道你死了，婆家回不去，招弟儿又丢啦，我穷的帮不上忙，她可怎么办呢？你说！

王仁利　我……我没得说！

王仁德　我告诉嫂子，你自己的骨肉都完了，干吗不行行好，管管李家那个孩子呢，嫂子先看了看天祥，她喜欢这个孩子。

王仁利　她不会答应只管看那个孩子，不嫁给那个病鬼？

王仁德　他们不成为夫妇，姓李的死后，怎么承继那点钱呢？姓李的还有亲戚呀！就是这样，嫂子无可奈何地点了头。不久，姓李的就死啦，嫂子带着天祥搬进城来，躲开李家那些亲戚，省得他们都把眼睛睁得包子那么大，变着法子抢过那点钱去！从那

以后，我没再来看嫂子，我心中有愧！有愧！北京解放以后，

我又活了，可是，我心里这个疙瘩并没解开！我有勇气克服一

切工作上的困难，可是一想起嫂子这件事，我就……

诸所长　二叔，这不都说出来了吗？心里的疙瘩就可以解开啦！二位

叔叔，事情到底怎么办呢？

王仁德　叫一家子团圆吧，那不是最好的事吗？

诸所长　您说呢？大叔！

王仁利　我，我，我想老婆！想孩子！可是，谁知道孩子们怎么想，

孩子们的妈怎么想呢？

诸所长　那还不好办吗？都是亲骨肉啊！

李天祥　（上）所长！哟！二叔！

王仁德　是我！见见，这是我的大哥！哥哥，这就是那个李天祥，嫂

子把他拉扯大了的！

李天祥　您就是……

王仁德　我哥哥并没死！

王仁利　我这该死的人也不是怎么死不了！

李天祥　大叔，啊——

诸所长　就先叫大叔吧，以后再决定该叫什么。

李天祥　大叔，我妈妈是个最好的人，她把我拉扯大，我现在已是

复员军人，就去搞工业。您要说愿意合并成一家，我完全拥

护，我不能因为我一个人破坏了您一家的团圆！不管以前的

事是怎么阴错阳差，今天我们都要欢天喜地！您说呢？

王仁德　哥哥，我当初受过天祥的父亲二十块钱，我现在——（掏出一包儿钱来）一点小意思儿……我是要减轻一点我心里的包袱！（看仁利不接，放在桌上）

王仁利　天祥，你，你叫我说什么呢？你妈有什么意见呢？

李天祥　小刘同志、井奶奶、林三嫂和我都劝过妈妈，都觉得从前的事越惨，现在就越该鼓足干劲，一家子高高兴兴地往前干！

刘超云　（上）所长，李大妈来了！（下）

李天祥　（迎上去）妈！妈！进来，别难为情！

王仁德　（迎上去）大嫂，我来了！

李珍桂　（说不上话来，面对着仁利）……

王仁利　（低下头去，然后站起来，走向李珍桂）招弟儿的妈！（哭）

李珍桂　招弟儿的爸！（也哭）

李天祥　妈！妈！别哭！说说心里的委屈！有我，您什么也不用怕！

李珍桂　唉！招弟儿的爸，你说，叫我说什么？

王仁德　哥哥，咱们的妈妈怎么不好，咱们自己怎么不好，该由咱们先说说！大嫂，当时呀，我要是有一碗粥喝，也不至于……我，我呀，就没那个骨头，打破"人穷志短"那句老话！

李天祥　二叔，您也别那么说，假若您当时没成全那回事，我现在在哪儿呢？这听起来，有点自私，可是妈妈并没有只图那几个钱，她的确把我教养大了！

王仁利　她把你养大了，可忍心地把自己的孩子丢了！

李珍桂　你等等，你妈妈把我跟招弟儿轰出来，小马儿始终跟着你妈妈。这不是我的错儿！

王仁利　那么招弟儿呢？

李珍桂　我承认我托错了人。可是，事后一想，我就想到她是叫人家给卖了。我就三天一趟，两天一趟，到一个妇女不该去的地方，去看，去问，想找到她！可是，看不到，问不到！我只能在天祥睡着了的时候叫招弟儿，哭招弟儿，不敢叫天祥听见、看见！我夜夜自己念道：叫我得个暴病死了吧！这种折磨不是一个妇人受得住的！我是个清清白白的人，也不知道怎么会弄得不清不白，连女儿都会进了……找不到招弟儿，我去找小马儿！你妈妈死了，不管你们王家门的后代，我管！小马儿是我身上掉下来的肉！我把孤儿院，连那时候堆垃圾的臭地方都找过了，没有！他是那么小，饿，容易饿死；冻，容易冻死！我的心里老插着一把刀子！

平海燕　（含泪，端过水来，扶李珍桂坐下）大妈！别太伤心了！

李珍桂　北京解放了，天祥越来越有出息，我喜欢；可是一想起招弟儿跟小马儿，我又极难过！

诸所长　李大妈，您为什么不早告诉我们一声儿呢？

李珍桂　孩子们是死是活，我不知道啊！再说，我有什么脸告诉你们呢？改嫁了的活人妻，找从前的儿女？要是传出去，我怎么再做街道工作呢？

王仁德　嫂子，你说活人妻，你知道哥哥没死？

李珍桂　解放前，我知道他是死了；解放后，我才知道他没死！

王仁德　怎么？

李珍桂　我看见过他！

平海燕　就是那回在大树底下……

李珍桂　不止那一回，我早就看见过他，他可是没看见我！我躲得快！我要是向前相认，他必定把我骂化了！他必定跟我要招弟儿跟小马儿，我，我怎么办呢？那天，在大树底下，我以为他是发现了我，找我算账来了！我自信是个干干净净的好人，可是就弄得连哭也不敢当着人哭！我爱咱们的新社会，我把街道上的事当作自己家里的事做，可是，插在我心上的那把刀子，老在那儿插着！我，我说不下去了！仁利，你看怎么办就怎么办吧！

　　〔静场一会儿。

王仁德　哥哥，该你说话！

王仁利　（长叹）唉！

李天祥　我绝对愿意多添几个亲人！妈，咱们那两间屋子，你们老两口住一间，叫弟弟睡我的床，我不是马上得走吗？

刘超云　（上）所长，他们回来了！我请井奶奶去！（下）

王新英　（先跑进来，王秀竹后面跟随）所长，找到妈妈了吗？

王秀竹　妈！（扑过去）妈！我是招弟儿！

王仁利　招弟儿！小马儿！

王秀竹　爸爸！新英，这是爸爸！（秀竹仍抱着妈妈，新英扑奔父亲）

王仁利　孩子们，这不是一个梦吗？

王新英　不是梦！是人民警察做的好事！

李珍桂　孩子们，这是你们的二叔！

王秀竹、王新英　二叔！二叔！

王仁德　孩子们，（拿起小包儿）拿着这个吧！（递给新英）我赶紧回公社，你们闲着来看我，我闲着来看你们！所长，我们一家都感激不尽哪！

诸所长　二叔，您就不成个家吗？

王仁德　好所长，你听我的喜信吧！我们厨房里有个寡妇，近来我们感情不错！

王仁利　小马儿！（示意）……

王新英　（把钱递回）二叔，您留着结婚用吧！

王仁德　那……

李珍桂　老二，你拿着吧！招弟儿，小马儿，见见你们的大哥天祥！

王秀竹　我是老大，哪儿来的大哥呢？

李珍桂　先见见，待会儿再细说！

李天祥　不管你们俩怎样，我愿意添一个妹妹，一个弟弟！（三人搂在一处）

刘超云　（搀着井奶奶上，林三嫂随后进来）老奶奶，看看吧，这是一家大团圆！

井奶奶　好啊！好啊！我就说嘛，掉眼泪的年月过去了！我说对了吧？

林三嫂　所长，你跟小刘同志说说，他今儿个又抢水桶，不叫我给老奶奶挑水，这不是不尊重妇女吗？

诸所长　小刘，你不要再去挑水，让我去挑吧！

　　〔众笑。

丁　宏　（跑进来）怎么样啦？

王秀竹　都解决了！妈，这是丁宏，我的朋友！

丁　宏　老太太，这下可好啦，可找到你老人家啦！

李珍桂　好！好！我马上给招弟儿赶一身新衣裳！所长，小平，小刘，我要说些感谢你们的客气话啊，就不大对了！我要在工作上对得起你们！

王仁利　所长，我也那样！招弟儿的妈，上你那儿去吧？

沈维义　（跑进来）等等，（拿起照相机）都请站好！

林三嫂　也有我吗？

沈维义　都有！照完全体的，再给他们照一张全家福！

（幕·全剧终）

正红旗下

正红旗，旧旗名，又称"整红旗"，清代八旗之一，即察哈尔右翼正红旗，在内蒙古自治区乌兰察布盟东部。八旗分为满洲八旗、蒙古八旗和汉军八旗。这里指满洲八旗，以旗色为号，有正黄，镶黄，正白，正蓝，镶白，正红，镶红，镶蓝八旗。八旗成员，均称为"旗人"。

老舍隶属"满洲八旗"的"正红旗"，本书为其自传体长篇小说，故名《正红旗下》。

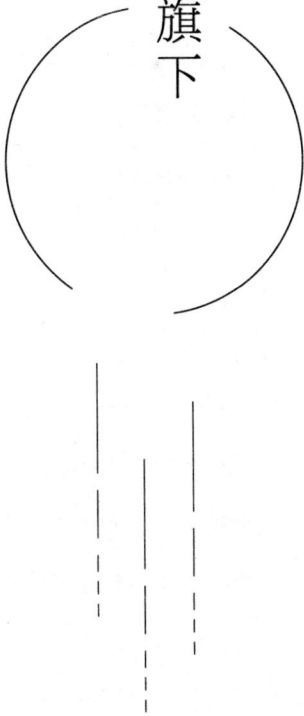

# 第一章

假若我姑母和我大姐的婆母现在还活着，我相信她们还会时常争辩：到底在我降生的那一晚上，我的母亲是因生我而昏迷过去了呢，还是她受了煤气。

幸而这两位老太太都遵循着自然规律，到时候就被亲友们护送到坟地里去；要不然，不论我庆祝自己的花甲之喜，还是古稀大寿，我心中都不会十分平安。是呀，假若大姐婆婆的说法十分正确，我便根本不存在啊！

似乎有声明一下的必要：我生的迟了些，而大姐又出阁早了些，所以我一出世，大姐已有了婆婆，而且是一位有比金刚石还坚硬的成见的婆婆。是，她的成见是那么深，我简直地不敢叫她看见我。只要她一眼看到我，她便立刻把屋门和窗子都打开，往外散放煤气！

还要声明一下：这并不是为来个对比，贬低大姐婆婆，以便高抬我的姑母。那用不着。说真的，姑母对于我的存在与否，并不十分关心；要不然，到后来，她的烟袋锅子为什么常常敲在我的头上，便有些费解了。是呀，我长着一个脑袋，不是一块破砖头！

尽管如此，姑母可是坚持实事求是的态度，和我大姐的婆婆进行激辩。按照她的说法，我的母亲是因为生我，失血过多，而昏了过去的。据我后来调查，姑母的说法颇为正确，因为自从她中年居孀以后，就搬到我家来住，不可能不掌握些第一手的消息与资料。我的啼哭，吵得她不能安眠。那么，我一定不会是一股煤气！

我也调查清楚：自从姑母搬到我家来，虽然各过各的日子，她可是以大姑子的名义支使我的母亲给她沏茶灌水，擦桌子扫地，名正言顺，心安理得。她的确应该心安理得，我也不便给她造谣：想想看，在那年月，一位大姑子而不欺负兄弟媳妇，还怎么算作大姑子呢？

在我降生前后，母亲当然不可能照常伺候大姑子，这就难怪在我还没落草儿①，姑母便对我不大满意了。不过，不管她多么自私，我可也不能不多少地感激她：假若不是她肯和大姐婆婆力战，甚至于混战，我的生日与时辰也许会发生些混乱，其说不一了。我舍不得那个良辰吉日！

那的确是良辰吉日！就是到后来，姑母在敲了我三烟锅子之后，她也不能不稍加考虑，应否继续努力。她不能不想想，我是腊月二十三日酉时，全北京的人，包括着皇上和文武大臣，都在欢送灶王爷上天的时刻降生的呀！

在那年代，北京在没有月色的夜间，实在黑的可怕。大街上没有电灯，小胡同里也没有个亮儿，人们晚间出去若不打着灯笼，就会越走越怕，越怕越慌，迷失在黑暗里，找不着家。有时候，他们会在一个地方转来转去，一直转一夜。按照那时代的科学说法，这叫作"鬼打墙"。

---

① 落草儿：降生。

可是，在我降生的那一晚上，全北京的男女，千真万确，没有一个遇上"鬼打墙"的！当然，那一晚上，在这儿或那儿，也有饿死的、冻死的，和被杀死的。但是，这都与鬼毫无关系。鬼，不管多么顽强的鬼，在那一晚上都在家里休息，不敢出来，也就无从给夜行客打一堵墙，欣赏他们来回转圈圈了。

大街上有多少卖糖瓜与关东糖①的呀！天一黑，他们便点上灯笼，把摊子或车子照得亮堂堂的。天越黑，他们吆喝的越起劲，洪亮而急切。过了定更②，大家就差不多祭完了灶王，糖还卖给谁去呢！就凭这一片卖糖的声音，那么洪亮，那么急切，胆子最大的鬼也不敢轻易出来，更甭说那些胆子不大的了——据说，鬼也有胆量很小很小的。

再听吧，从五六点钟起，已有稀疏的爆竹声。到了酉时左右（就是我降生的伟大时辰），连铺户带人家一齐放起鞭炮，不用说鬼，就连黑、黄、大、小的狗都吓得躲在屋里打哆嗦。花炮的光亮冲破了黑暗的天空，一闪一闪，能够使人看见远处的树梢儿。每家院子里都亮那么一阵：把灶王像请到院中来，燃起高香与柏枝，灶王就急忙吃点关东糖，化为灰烬，飞上天宫。

灶王爷上了天，我却落了地。这不能不叫姑母思索思索："这小子的来历不小哇！说不定，灶王爷身旁的小童儿因为贪吃糖果，没来得及上天，就留在这里了呢！"这么一想，姑母对我就不能不在讨厌

---

① 糖瓜与关东糖：又叫"灶糖"，祭灶时的供品，用麦芽做成。
② 定更：即初更，晚上七时至九时。

之中，还有那么一点点敬意！

灶王对我姑母的态度如何，我至今还没探听清楚。我可是的确知道，姑母对灶王的态度并不十分严肃。她的屋里并没有灶王龛。她只在我母亲在我们屋里给灶王与财神上了三炷香之后，才搭讪着过来，可有可无地向神像打个问心①。假若我恰巧在那里，她必狠狠地瞪我一眼；她认准了我是灶王的小童儿转世，在那儿监视她呢！

说到这里，就很难不提一提我的大姐婆婆对神佛的态度。她的气派很大。在她的堂屋里，正中是挂着黄围子的佛桌，桌上的雕花大佛龛几乎高及顶棚，里面供着红脸长髯的关公。到春节，关公面前摆着五碗小塔似的蜜供、五碗②红月饼，还有一堂干鲜果品。财神、灶王，和张仙③（就是"打出天狗去，引进子孙来"的那位神仙）的神龛都安置在两旁，倒好像她的"一家之主"不是灶王，而是关公。赶到这位老太太对丈夫或儿子示威的时候，她的气派是那么大，以至把神佛都骂在里边，毫不留情！"你们这群！"她会指着所有的神像说："你们这群！吃着我的蜜供、鲜苹果，可不管我的事，什么东西！"

可是，姑母居然敢和这位连神佛都敢骂的老太太分庭抗礼，针锋相对地争辩，实在令人不能不暗伸大指！不管我怎么不喜爱姑母，当她与大姐婆婆作战的时候，我总是站在她这一边的。

---

① 问心：拜一拜。心字轻读。
② 碗：供品的单位量词。旧俗，过年时，献给神佛供品的底坐，常垫以饭碗，内盛小米，与碗口齐平，并覆盖红绵纸，然后上面再摆月饼、蜜供等食品，谓之一碗。
③ 张仙：送子之神。传说是五代时游青城山而得道的张远霄。宋代苏洵曾梦见他挟着两个弹子，以为是"诞子"之兆，便日夜供奉起来，以后果然生了苏轼和苏辙两个儿子，都成为有名的文学家。

经过客观的分析，我从大姐婆婆身上实在找不到一点可爱的地方。是呀，直到如今，我每一想起什么"虚张声势"、"瞎唬事"等等，也就不期然而然地想起大姐的婆婆来。我首先想起她的眼睛。那是一双何等毫无道理的眼睛啊！见到人，不管她是要表示欢迎，还是马上冲杀，她的眼总是瞪着。她大概是想用二目圆睁表达某种感情，在别人看来却空空洞洞，莫名其妙。她的两腮多肉，永远阴郁地下垂，像两个装着什么毒气的口袋似的。在咳嗽与说话的时候，她的嗓子与口腔便是一部自制的扩音机。她总以为只要声若洪钟，就必有说服力。她什么也不大懂，特别是不懂怎么过日子。可是，她会瞪眼与放炮，于是她就懂了一切。

虽然我也忘不了姑母的烟袋锅子（特别是那里面还有燃透了的兰花烟的），可是从全面看来，她就比大姐的婆婆多着一些风趣。从模样上说，姑母长得相当秀气，两腮并不像装着毒气的口袋。她的眼睛，在风平浪静的时候，黑白分明，非常的有神。不幸，有时候不知道为什么就来一阵风暴。风暴一来，她的有神的眼睛就变成有鬼，寒光四射，冷气逼人！不过，让咱们还是别老想她的眼睛吧。她爱玩梭儿胡[①]。每逢赢那么三两吊钱的时候，她还会低声地哼几句二黄。据说：她的丈夫，我的姑父，是一位唱戏的！在那个改良的……哎呀，我忘了一件大事！

你看，我只顾了交待我降生的月、日、时，可忘了说那是哪一

---

① 梭儿胡：一种纸牌，"玩梭儿胡"又叫"逗梭儿胡"，后文"凑十胡"也是这个意思。

年！那是有名的戊戌年啊！戊戌政变①！

说也奇怪，在那么大讲维新与改良的年月，姑母每逢听到"行头②"、"拿份儿③"等等有关戏曲的名词，便立刻把话岔开。只有逢年过节，喝过两盅玫瑰露酒之后，她才透露一句："唱戏的也不下贱啊！"尽管如此，大家可是都没听她说过：我姑父的艺名叫什么，他是唱小生还是老旦。

大家也都怀疑，我姑父是不是个旗人。假若他是旗人，他可能是位耗财买脸的京戏票友儿④。可是，玩票是出风头的事，姑母为什么不敢公开承认呢？他也许真是个职业的伶人吧？可又不大对头：在那年月，尽管酝酿着革新与政变，堂堂的旗人而去以唱戏为业，不是有开除旗籍的危险么？那么，姑父是汉人？也不对呀！他要是汉人，怎么在他死后，我姑母每月会去领好几份儿钱粮呢？

直到如今，我还弄不清楚这段历史。姑父是唱戏的不是，关系并不大。我总想不通：凭什么姑母，一位寡妇，而且是爱用烟锅子敲我的脑袋的寡妇，应当吃几份儿饷银呢？我的父亲是堂堂正正的旗兵，负着保卫皇城的重任，每月不过才领三两银子，里面还每每掺着两小块假的；为什么姑父，一位唱小生或老旦的，还可能是汉人，会立下

---

① 戊戌年：一八九八年。戊戌政变——指这年六月光绪皇帝推行的资产阶级维新变法，又叫"百日维新"。

② 行头：戏曲术语，指演员扮戏时所穿戴的衣服、头盔等。行读作xíng（型）。

③ 拿份儿：即"戏份儿"，戏曲演员的工资。最早的工资按月计算，叫"包银"，后来改按场次计算，即是"戏份儿"。

④ 票友儿：指不是"科班"出身的、偶一扮演的业余戏曲演员。与下文"玩票"同义。

那么大的军功，给我姑母留下几份儿钱粮呢？看起来呀，这必定在什么地方有些错误！

不管是皇上的，还是别人的错儿吧，反正姑母的日子过得怪舒服。她收入的多，开销的少——白住我们的房子，又有弟媳妇作义务女仆。她是我们小胡同里的"财主"。

恐怕呀，这就是她敢跟大姐的婆婆顶嘴抬杠的重要原因之一。大姐的婆婆口口声声地说：父亲是子爵①，丈夫是佐领②，儿子是骁骑校③。这都不假；可是，她的箱子底儿上并没有什么沉重的东西。有她的胖脸为证，她爱吃。这并不是说，她有钱才要吃好的。不！没钱，她会以子爵女儿、佐领太太的名义去赊。她不但自己爱赊，而且颇看不起不敢赊、不喜欢赊的亲友。虽然没有明说，她大概可是这么想：不赊东西，白作旗人！

我说她"爱"吃，而没说她"讲究"吃。她只爱吃鸡鸭鱼肉，而不会欣赏什么山珍海味。不过，她可也有讲究的一面：到十冬腊月，她要买两条丰台暖洞子④生产的碧绿的、尖上还带着一点黄花的王瓜，摆在关公面前；到春夏之交，她要买些用小蒲包装着的，头一批成熟的十三陵大樱桃，陈列在供桌上。这些，可只是为显示她的气派与排场。当她真想吃的时候，她会买些冒充樱桃的"山豆子"，大把大把

① 子爵：古代五等爵公、侯、伯、子、男的第四等。清代子爵又分一二三等，是比较小的世袭爵位。
② 佐领：八旗兵制，以三百人为一"牛录"（后增至四百人），统领"牛录"的军官，满语叫做"牛录额真"，汉译"佐领"，是地位比较低的武官。
③ 骁骑校："佐领"下面的小军官。
④ 暖洞子：温室。

地往嘴里塞，既便宜又过瘾。不管怎么说吧，她经常拉下亏空，而且是债多了不愁，满不在乎。

对债主子们，她的眼瞪得特别圆，特别大；嗓音也特别洪亮，激昂慷慨地交代：

"听着！我是子爵的女儿，佐领的太太，娘家婆家都有铁杆儿庄稼！俸银俸米到时候就放下来，欠了日子欠不了钱，你着什么急呢！"

这几句豪迈有力的话语，不难令人想起二百多年前清兵入关时候的威风，因而往往足以把债主子打退四十里。不幸，有时候这些话并没有发生预期的效果，她也会瞪着眼笑那么一两下，叫债主子吓一大跳；她的笑，说实话，并不比哭更体面一些。她的刚柔相济，令人啼笑皆非。

她打扮起来的时候总使大家都感到遗憾。可是，气派与身分无关，她还非打扮不可。该穿亮纱，她万不能穿实地纱；该戴翡翠簪子，决不能戴金的。于是，她的几十套单、夹、棉、皮、纱衣服，与冬夏的各色首饰，就都循环地出入当铺，当了这件赎那件，博得当铺的好评。据看见过阎王奶奶的人说：当阎王奶奶打扮起来的时候，就和盛装的大姐婆婆相差无几。

因此，直到今天，我还摸不清她的丈夫怎么会还那么快活。在我幼年的时候，我觉得他是个很可爱的人。是，他不但快活，而且可爱！除了他也爱花钱，几乎没有任何缺点。我首先记住了他的咳嗽，一种清亮而有腔有调的咳嗽，叫人一听便能猜到他至小是四品官儿。他的衣服非常整洁，而且带着樟脑的香味，有人说这是因为刚由当铺拿出来，不知正确与否。

无论冬夏，他总提着四个鸟笼子，里面是两只红颏，两只蓝靛颏儿。他不养别的鸟，红、蓝颏儿雅俗共赏，恰合佐领的身分。只有一次，他用半年的俸禄换了一只雪白的麻雀。不幸，在白麻雀的声誉刚刚传遍九城①的大茶馆之际，也不知怎么就病故了，所以他后来即使看见一只雪白的老鸦也不再动心。

在冬天，他特别受我的欢迎：在他的怀里，至少藏着三个蝈蝈葫芦，每个都有摆在古玩铺里去的资格。我并不大注意葫芦。使我兴奋的是它们里面装着的嫩绿蝈蝈，时时轻脆地鸣叫，仿佛夏天忽然从哪里回到北京。

在我的天真的眼中，他不是来探亲家，而是和我来玩耍。他一讲起养鸟、养蝈蝈与蛐蛐的经验，便忘了时间，以至我母亲不管怎样为难，也得给他预备饭食。他也非常天真。母亲一暗示留他吃饭，他便咳嗽一阵，有腔有调，有板有眼，而后又哈哈地笑几声才说：

"亲家太太，我还真有点饿了呢！千万别麻烦，到天泰轩叫一个干炸小丸子、一卖木樨肉、一中碗酸辣汤，多加胡椒面和香菜，就行啦！就这么办吧！"

这么一办，我母亲的眼圈儿就分外湿润那么一两天！不应酬吧，怕女儿受气；应酬吧，钱在哪儿呢？那年月走亲戚，用今天的话来说，可真不简单！

---

① 九城：即九门，指明代永乐十八年重修的北京内城九门：正阳、崇文、宣武、安定、德胜、东直、朝阳、西直、阜成。后来人们常以"九门"、"四九城"来代指北京城内外。传遍九城，即传遍了整个儿北京城。后文"誉满九城"也是这个意思。

亲家爹虽是武职，四品顶戴的佐领，却不大爱谈怎么带兵与打仗。我曾问过他是否会骑马射箭，他的回答是咳嗽了一阵，而后马上又说起养鸟的技术来。这可也的确值得说，甚至值得写一本书！看，不要说红、蓝颏儿们怎么养，怎么蹓，怎么"押"，在换羽毛的季节怎么加意饲养，就是那四个鸟笼子的制造方法，也够讲半天的。不要说鸟笼子，就连笼里的小磁食罐，小磁水池，以及清除鸟粪的小竹铲，都是那么考究，谁也不敢说它们不是艺术作品！是的，他似乎已经忘了自己是个武官，而把毕生的精力都花费在如何使小罐小铲，咳嗽与发笑都含有高度的艺术性，从而随时沉醉在小刺激与小趣味里。

他还会唱呢！有的王爷会唱须生，有的贝勒①会唱《金钱豹》②，有的满族官员由票友而变为京剧名演员……。戏曲和曲艺成为满人生活中不可缺少的东西，他们不但爱去听，而且喜欢自己粉墨登场。他们也创作，大量地创作，岔曲、快书、鼓词等等。我的亲家爹也当然不甘落后。遗憾的是他没有足够的财力去组成自己的票社，以便亲友家庆祝孩子满月，或老太太的生日，去车马自备、清茶恭候地唱那么一天或一夜，耗财买脸，傲里夺尊，誉满九城。他只能加入别人组织的票社，随时去消遣消遣。他会唱几段联珠快书。他的演技并不很高，可是人缘很好，每逢献技都博得亲友们热烈喝彩。美中不足，他走票的时候，若遇上他的夫人也盛装在场，他就不由地想起阎王奶奶来，而忘了词儿。这样丢了脸之后，他回到家来可也不闹气，因为夫

---

① 贝勒：满语王或侯的意思，是清代的世袭爵位，地位仅次于亲王和郡王。

② 《金钱豹》：传统戏剧，演孙悟空降伏金钱豹的故事。

妻们大吵大闹会喊哑了他的嗓子。倒是大姐的婆婆先发制人，把日子不好过，债务越来越多，统统归罪于他爱玩票，不务正业，闹得没结没完。他一声也不出，只等到她喘气的时候，他才用口学着三弦的声音，给她弹个过门儿："登根儿哩登登"。艺术的熏陶使他在痛苦中还能够找出自慰的办法，所以他快活——不过据他的夫人说，这是没皮没脸，没羞没臊！

他们夫妇谁对谁不对，我自幼到而今一直还没有弄清楚。那么，就书归正传，还说我的生日吧。

在我降生的时候，父亲正在皇城的什么角落值班。男不拜月，女不祭灶①，自古为然。姑母是寡妇，母亲与二姐也是妇女；我虽是男的，可还不堪重任。全家竟自没有人主持祭灶大典！姑母发了好几阵脾气。她在三天前就在英兰斋满汉饽饽铺买了几块真正的关东糖。所谓真正的关东糖者就是块儿小而比石头还硬，放在口中若不把门牙崩碎，就把它粘掉的那一种，不是摊子上卖的那种又泡又松，见热气就容易化了的低级货。她还买了一斤什锦南糖。这些，她都用小缸盆扣起来，放在阴凉的地方，不叫灶王爷与一切的人知道。她准备在大家祭完灶王，偷偷地拿出一部分，安安顿顿地躺在被窝里独自享受，即使粘掉一半个门牙，也没人晓得。可是，这个计划必须在祭灶之后执行，以免叫灶王看见，招致神谴。哼！全家居然没有一个男人！她的怒气不打一处而来。我二姐是个忠厚老实的姑娘，空有一片好心，而

① 男不拜月，女不祭灶：迷信的人认为灶王是一家之主，祭灶之礼，必须由男子祭拜，妇女不得参予；月为太阴星君，中秋拜月，也只能由妇女行之，男子不得参予，故俗谚谓之"男不拜（圆）月，女不祭灶"。

没有克服困难的办法。姑母越发脾气，二姐心里越慌，只含着眼泪，不住地叫："姑姑！姑姑！"

幸而大姐及时地来到。大姐是个极漂亮的小媳妇：眉清目秀，小长脸，尖尖的下颏像个白莲花瓣似的。不管是穿上大红缎子的氅衣，还是蓝布旗袍，不管是梳着两把头，还是挽着旗髻，她总是那么俏皮利落，令人心旷神怡。她的不宽的腰板总挺得很直，亭亭玉立；在请蹲安的时候，直起直落，稳重而飘洒。只有在发笑的时候，她的腰才弯下一点去，仿佛喘不过气来，笑得那么天真可怜。亲戚、朋友，没有不喜爱她的，包括着我的姑母。只有大姐的婆婆认为她既不俊美，也不伶俐，并且时常讥诮：你爸爸不过是三两银子的马甲①！

大姐婆婆的气派是那么大，讲究是那么多，对女仆的要求自然不能不极其严格。她总以为女仆都理当以身殉职，进门就累死。自从娶了儿媳妇，她干脆不再用女仆，而把一个小媳妇当作十个女仆使用。大姐的两把头发往往好几天不敢拆散，就那么带着那小牌楼似的家伙睡觉。梳头需要相当长的时间，万一婆婆已经起床，大声地咳嗽着，而大姐还没梳好了头，过去请安，便是一行大罪！大姐须在天还没亮就起来，上街给婆婆去买热油条和马蹄儿烧饼。大姐年轻，贪睡。可是，出阁之后，她练会把自己惊醒。醒了，她便轻轻地开开屋门，看看天上的三星。假若还太早，她便回到炕上，穿好衣服，坐着打盹，不敢再躺下，以免睡熟了误事。全家的饭食、活计、茶水、清洁卫生，全由大姐独自包办。她越努力，婆婆越给她添活儿，加紧训练。

① 马甲：蒙马之甲，代称骑兵。

婆婆的手，除了往口中送饮食，不轻易动一动。手越不动，眼与嘴就越活跃，她一看见儿媳妇的影子就下好几道紧急命令。

事情真多！大姐每天都须很好地设计，忙中要有计划，以免发生混乱。出嫁了几个月之后，她的眉心出现了两条细而深的皱纹。这些委屈，她可不敢对丈夫说，怕挑起是非。回到娘家，她也不肯对母亲说，怕母亲伤心。当母亲追问的时候，她也还是笑着说：没事！真没事！奶奶放心吧！（我们管母亲叫作奶奶。）

大姐更不敢向姑母诉苦，知道姑母是爆竹脾气，一点就发火。可是，她并不拒绝姑母的小小的援助。大姐的婆婆既要求媳妇打扮得像朵鲜花似的，可又不肯给媳妇一点买胭脂、粉，梳头油等等的零钱，所以姑母一问她要钱不要，大姐就没法不低下头去，表示口袋里连一个小钱也没有。姑母是不轻易发善心的，她之所以情愿帮助大姐者是因为我们满人都尊敬姑奶奶。她自己是老姑奶奶，当然要同情小姑奶奶，以壮自己的声势。况且，大姐的要求又不很大，有几吊钱就解决问题，姑母何必不大仁大义那么一两回呢。这个，大姐婆婆似乎也看了出来，可是不便说什么；娘家人理当贴补出了嫁的女儿，女儿本是赔钱货嘛。在另一方面，姑母之所以敢和大姐婆婆分庭抗礼者，也在这里找到一些说明。

大姐这次回来，并不是因为她梦见了一条神龙或一只猛虎落在母亲怀里，希望添个将来会"出将入相①"的小弟弟。快到年节，她还

---

① 出将入相："出将"和"入相"是传统戏剧舞台上的"上场门"和"下场门"，这里借用"将""相"，有盼成大器的意思。

没有新的绫绢花儿、胭脂官粉，和一些杂拌儿①。这末一项，是为给她的丈夫的。大姐夫虽已成了家，并且是不会骑马的骁骑校，可是在不少方面还像个小孩子，跟他的爸爸差不多。是的，他们老爷儿俩到时候就领银子，终年都有老米吃，干吗注意天有多么高，地有多么厚呢？生活的意义，在他们父子看来，就是每天要玩耍，玩得细致，考究，入迷。大姐夫不养靛颏儿，而英雄气概地玩鹞子和胡伯劳①，威风凛凛地去捕几只麻雀。这一程子，他玩腻了鹞子与胡伯喇，改为养鸽子。他的每只鸽子都值那么一二两银子；"满天飞元宝"是他爱说的一句豪迈的话。他收藏的几件鸽铃都是名家制作，由古玩摊子上搜集来的。

大姐夫需要杂拌儿。每年如是：他用各色的洋纸糊成小高脚碟，以备把杂拌儿中的糖豆子、大扁杏仁等等轻巧地放在碟上，好像是为给他自己上供。一边摆弄，一边吃；往往小纸碟还没都糊好，杂拌儿已经不见了；尽管是这样，他也得到一种快感。杂拌儿吃完，他就设计糊灯笼，好在灯节悬挂起来。糊完春灯，他便动手糊风筝。这些小事情，他都极用心地去作；一两天或好几天，他逢人必说他手下的工作，不管人家爱听不爱听。在不断的商讨中，往往得到启发，他就从新设计，以期出奇制胜，有所创造。若是别人不愿意听，他便都说给我大姐，闹得大姐脑子里尽是春灯与风筝，以至耽误了正事，招得婆婆鸣炮一百零八响！

① 杂拌儿：各种果子做的果脯。
① 胡伯劳：土名叫胡伯喇，一种小而凶的鸟，喙长，利爪，饲养者多以其擒食麻雀为戏。北京土话，称无所事事者为"玩鹞鹰子"，作者以这个细节寓刺游手好闲。

他们玩耍，花钱，可就苦了我的大姐。在家庭经济不景气的时候，他们不能不吵嘴，以资消遣。十之八九，吵到下不来台的时候，就归罪于我的大姐，一致进行讨伐。大姐夫虽然对大姐还不错，可是在混战之中也不敢不骂她。好嘛，什么都可以忍受，可就是不能叫老人们骂他怕老婆。因此，一来二去，大姐增添了一种本事：她能够在炮火连天之际，似乎听到一些声响，又似乎什么也没听见。似乎是她给自己的耳朵安上了避雷针。可怜的大姐！

大姐来到，立刻了解了一切。她马上派二姐去请"姥姥"，也就是收生婆。并且告诉二姐，顺脚儿去通知婆家：她可能回去的晚一些。大姐婆家离我家不远，只有一里多地。二姐飞奔而去。

姑母有了笑容，递给大姐几张老裕成钱铺特为年节给赏与压岁钱用的、上边印着刘海戏金蟾的、崭新的红票子，每张实兑大钱两吊。同时，她把弟妇生娃娃的一切全交给大姐办理，倘若发生任何事故，她概不负责。

二姐跑到大姐婆家的时候，大姐的公公正和儿子在院里放花炮。今年，他们负债超过了往年的最高纪录。腊月二十三过小年，他们理应想一想怎么还债，怎么节省开支，省得在年根底下叫债主子们把门环子敲碎。没有，他们没有那么想。大姐婆婆不知由哪里找到一点钱，买了头号的大糖瓜，带芝麻的和不带芝麻的，摆在灶王面前，并且瞪着眼下命令："吃了我的糖，到天上多说几句好话，别不三不四地顺口开河，瞎扯！"两位男人呢，也不知由哪里弄来一点钱，都买了鞭炮。老爷儿俩都脱了长袍。老头儿换上一件旧狐皮马褂，不系纽扣，而用一条旧布裙包松拢着，十分潇洒。大姐夫呢，年轻火力壮，只穿着小棉袄，直打喷嚏，而连说不冷。鞭声先起，清脆紧张，一会儿便火花急溅，响成一片。儿子放单响的麻雷子，父亲放双响的二踢脚，间隔停匀，有板有眼：噼啪噼啪，咚；噼啪噼啪，咚——当！这样放完一阵，父子相视微笑，都觉得放炮的技巧九城第一，理应得到四邻的热情夸赞。

不管二姐说什么，中间都夹着麻雷子与二踢脚的巨响。于是，大姐的婆婆仿佛听见了：亲家母受了煤气。"是嘛！"她以压倒鞭炮的声音告诉二姐："你们穷人总是不懂得怎么留神，大概其喜欢中煤毒！"她把"大概"总说成"大概其"，有个"其"字，显着多些文采。说完，她就去换衣裳，要亲自出马，去抢救亲家母的性命，大仁大义。佐领与骁骑校根本没注意二姐说了什么，专心一志地继续放爆竹。即使听明白了二姐的报告，他们也不能一心二用，去考虑爆竹以外的问题。

我生下来，母亲昏了过去。大姐的婆母躲在我姑母屋里，二目圆睁，两腮的毒气肉袋一动一动地述说解救中煤毒的最有效的偏方。姑母老练地点起兰花烟，把老玉烟袋嘴儿斜放在嘴角，眉毛挑起多高，准备挑战。

"偏方治大病！"大姐的婆婆引经据典地说。

"生娃娃用不着偏方！"姑母开始进攻。

"那也看谁生娃娃！"大姐婆婆心中暗喜已到人马列开的时机。

"谁生娃娃也不用解煤气的偏方！"姑母从嘴角撒出乌木长烟

袋，用烟锅子指着客人的鼻子。

"老姑奶奶！"大姐婆婆故意称呼对方一句，先礼后兵，以便进行歼灭战。"中了煤气就没法儿生娃娃！"

在这激烈舌战之际，大姐把我揣在怀里，一边为母亲的昏迷不醒而落泪，一边又为小弟弟的诞生而高兴。二姐独自立在外间屋，低声地哭起来。天很冷，若不是大姐把我揣起来，不管我的生命力有多么强，恐怕也有不小的危险。

# 第二章

　　姑母高了兴的时候，也格外赏脸地逗我一逗，叫我"小狗尾巴"，因为，正如前面所交代的，我是生在戊戌年（狗年）的尾巴上。连她高了兴，幽默一下，都不得人心！我才不愿意当狗尾巴呢！伤了一个孩子的自尊心，即使没有罪名，也是个过错！看，直到今天，每逢路过狗尾巴胡同，我的脸还难免有点发红！

　　不过，我还要交代些更重要的事情，就不必多提狗尾巴了吧。可以这么说：我只赶上了大清皇朝的"残灯末庙"。在这个日落西山的残景里，尽管大姐婆婆仍然常常吹嘘她是子爵的女儿、佐领的太太，可是谁也明白她是虚张声势，威风只在嘴皮子上了。是呀，连向她讨债的卖烧饼的都敢指着她的鼻子说："吃了烧饼不还钱，怎么，还有理吗？"至于我们穷旗兵们，虽然好歹地还有点铁杆庄稼，可是已经觉得脖子上仿佛有根绳子，越勒越紧！

　　以我们家里说，全家的生活都仗着父亲的三两银子月饷，和春秋两季发下来的老米维持着。多亏母亲会勤俭持家，这点收入才将将使我们不至沦为乞丐。

　　二百多年积下的历史尘垢，使一般的旗人既忘了自谴，也忘了自励。我们创造了一种独具风格的生活方式：有钱的真讲究，没钱的穷讲究。生命就这么沉浮在有讲究的一汪死水里。是呀，以大姐的公公来说吧，他为官如何，和会不会冲锋陷阵，倒似乎都是次要的。他和他的亲友仿佛一致认为他应当食王禄，唱快书，和养四只靛颏儿。同样地，大姐丈不仅满意他的"满天飞元宝"，而且情愿随时为一只鸽子而牺牲了自己。是，不管他去办多么要紧的公事或私事，他的眼睛总看着天空，决不考虑可能撞倒一位老太太或自己的头上碰个大包。他必须看着天空。万一有那么一只掉了队的鸽子，飞的很低，东张西望，分明是十分疲乏，急于找个地方休息一下。见此光景，就是身带十万火急的军令，他也得飞跑回家，放起几只鸽子，把那只自天而降的"元宝"裹了下来。能够这样俘获一只别人家的鸽子，对大姐丈来说，实在是最大最美的享受！至于因此而引起纠纷，那，他就敢拿刀动杖，舍命不舍鸽子，吓得大姐浑身颤抖。

是，他们老爷儿俩都有聪明、能力，细心，但都用在从微不足道的事物中得到享受与刺激。他们在蛐蛐罐子、鸽铃、干炸丸子等等上提高了文化，可是对天下大事一无所知。他们的一生像作着个细巧的，明白而又有点胡涂的梦。

妇女们极讲规矩。是呀，看看大姐吧！她在长辈面前，一站就是几个钟头，而且笑容始终不懈地摆在脸上。同时，她要眼观四路，看着每个茶碗，随时补充热茶；看着水烟袋与旱烟袋，及时地过去装烟，吹火纸捻儿。她的双手递送烟袋的姿态够多么美丽得体，她的嘴唇微动，一下儿便把火纸吹燃，有多么轻巧美观。这些，都得到老太太们（不包括她的婆婆）的赞叹，而谁也没注意她的腿经常浮肿着。

在长辈面前，她不敢多说话，又不能老在那儿呆若木鸡地侍立。她须精心选择最简单而恰当的字眼，在最合适的间隙，像舞台上的锣鼓点儿似的那么准确，说那么一两小句，使老太太们高兴，从而谈得更加活跃。

这种生活艺术在家里得到经常的实践，以备特别加工，拿到较大的场合里去。亲友家给小孩办三天、满月，给男女作四十或五十整寿，都是这种艺术的表演竞赛大会。至于婚丧大典，那就更须表演的特别精采，连笑声的高低，与请安的深浅，都要恰到好处，有板眼，有分寸。姑母和大姐的婆婆若在这种场合相遇，她们就必须出奇制胜，各显其能，用各种笔法，旁敲侧击，打败对手，传为美谈。办理婚丧大事的主妇也必须眼观六路、耳听八方，随时随地使这种可能产生严重后果的耍弄与讽刺大事化小，小事化无。同时，她还要委托几位负有重望的妇女，帮助她安排宾客们的席次，与入席的先后次序。安排得稍欠妥当，就有闹得天翻地覆的危险。她们必须知道谁是二姥姥的姑舅妹妹的干儿子的表姐，好来与谁的小姨子的公公的盟兄弟的寡嫂，作极细致的分析比较，使她们的席位各得其所，心服口服，吃个痛快。经过这样的研究，而两位客人是半斤八两，不差一厘，可怎么办呢？要不怎么，不但必须记住亲友们的生年月日，而且要记得落草儿的时辰呢！这样分量完全相同的客人，也许还是同年同月同日生的呀！可是二嫂恰好比六嫂早生了一点钟，这就解决了问题。当然，六嫂虽晚生了六十分钟，而丈夫是三品顶戴，比二嫂的丈夫高着两品，这就又须从长研究，另作安排了。是的，我大姐虽然不识一个字，她可是一本活书，记得所有的亲友的生辰八字儿。不管她的婆婆要怎样惑乱人心，我可的确知道我是戊戌年腊月二十三日酉时生的，毫不动摇，因为有大姐给我作证！

这些婚丧大典既是那么重要，亲友家办事而我们缺礼，便是大逆不道。母亲没法把送礼这笔支出打在预算中，谁知道谁什么时候死，什么时候生呢？不幸而赶上一个月里发生好几件红白事，母亲的财政表格上便有了赤字。她不能为减少赤字，而不给姑姑老姨儿们去拜寿，不给胯骨上的亲戚①吊丧或贺喜。不去给亲友们行礼等于自绝于亲友，没脸再活下去，死了也欠光荣。而且，礼到人不到还不行啊。这就须于送礼而外，还得整理鞋袜，添换头绳与绢花，甚至得作非作不可的新衣裳。这又是一笔钱。去吊祭或贺喜的时候，路近呢自然可以勉强走了去，若是路远呢，难道不得雇辆骡车么？在那文明的年月，北京的道路一致是灰沙三尺，恰似香炉。好嘛，打扮得漂漂亮亮的，而在香炉里走十里八里，到了亲友家已变成了土鬼，岂不是大笑话么？骡车可是不能白坐，这又是个问题！去行人情，岂能光拿着礼金礼品，而腰中空空如也呢。假若人家主张凑凑十胡什么的，难道可以严词拒绝么？再说，见了晚一辈或两辈的孙子们，不得给二百钱吗？是呀，办婚丧大事的人往往倾家荡产，难道亲友不应当舍命陪君子么？

母亲最怕的是亲友家娶媳妇或聘姑娘而来约请她作娶亲太太或送亲太太。这是一种很大的荣誉：不但寡妇没有这个资格，就是属虎的

————————
① 胯骨上的亲戚：比喻关系极远、极不沾边的亲戚。

或行为有什么不检之处的"全口人①"也没有资格。只有堂堂正正，一步一个脚印的妇人才能负此重任。人家来约请，母亲没法儿拒绝。谁肯把荣誉往外推呢？可是，去作娶亲太太或送亲太太不但必须坐骡车，而且平日既无女仆，就要雇个临时的、富有经验的、干净利落的老妈子。有人搀着上车下车、出来进去，才像个娶亲太太或送亲太太呀！至于服装首饰呢，用不着说，必须格外出色，才能压得住台。母亲最恨向别人借东西，可是她又绝对没有去置办几十两银子一件的大缎子、绣边儿的氅衣，和真金的扁方、耳环，大小头簪。她只好向姑母开口。姑母有成龙配套的衣裳与首饰，可就是不愿出借！姑母在居孀之后，固然没有作娶亲或送亲太太的资格，就是在我姑父活着的时候，她也很不易得到这种荣誉。是呀，姑父到底是唱戏的不是，既没有弄清楚，谁能够冒冒失失地来邀请姑母出头露面呢？大家既不信任姑母，姑母也就不肯往外借东西，作为报复。

于是，我父亲就须亲自出马，向姑母开口。亲姐弟之间，什么话都可以说。大概父亲必是完全肯定了"唱戏的并不下贱"，姑母才把带有樟脑味儿的衣服，和式样早已过了时而分量相当重的首饰拿出来。

这些非应酬不可的应酬，提高了母亲在亲友眼中的地位。大家都夸她会把钱花在刀刃儿上。可也正是这个刀刃儿使母亲关到钱粮发愁，关不下来更发愁。是呀，在我降生的前后，我们的铁杆儿庄稼虽然依然存在，可是逐渐有点歉收了，分量不足，成色不高。赊欠已成了一种制度。卖烧饼的、卖炭的、倒水的都在我们的，和许多人家的

① 全口人：指丈夫子女俱全、"有福气"的妇女。口字轻读，作ke。

门垛子上画上白道道，五道儿一组，颇像鸡爪子。我们先吃先用，钱粮到手，按照鸡爪子多少还钱。母亲是会过日子的人，她只许卖烧饼的、卖炭的、倒水的在我们门外画白道道，而绝对不许和卖酥糖的、卖糖葫芦的等等发生鸡爪子关系。姑母白吃我们的水，随便拿我们的炭，而根本不吃烧饼——她的红漆盒子里老储存着"大八件"一级的点心。因此，每逢她看见门垛子上的鸡爪图案，就对门神爷眨眨眼，表明她对这些图案不负责任！我大姐婆家门外，这种图案最为丰富。除了我大姐没有随便赊东西的权利，其余的人是凡能赊者必赊之。大姐夫说的好：反正钱粮下来就还钱，一点不丢人！

在门外的小贩而外，母亲只和油盐店、粮店，发生赊账的关系。我们不懂吃饭馆，我们与较大的铺户，如绸缎庄、首饰楼、同仁堂老药铺等等都没有什么贸易关系。我们每月必须请几束高香，买一些茶叶末儿，香烛店与茶庄都讲现钱交易，概不赊欠。

虽然我们的赊账范围并不很大，可是这已足逐渐形成寅吃卯粮的传统。这就是说：领到饷银，便去还债。还了债，所余无几，就再去赊。假若出了意外的开销，像获得作娶亲太太之类的荣誉，得了孙子或外孙子，还债的能力当然就减少，而亏空便越来越大。因此，即使关下银子来，母亲也不能有喜无忧。

姑母经常出门：去玩牌、逛护国寺、串亲戚、到招待女宾的曲艺与戏曲票房去听清唱或彩排，非常活跃。她若是去赌钱，母亲便须等到半夜。若是忽然下了雨或雪，她和二姐还得拿着雨伞去接。母亲认为把大姑子伺候舒服了，不论自己吃多大的苦，也比把大姑子招翻了强的多。姑母闹起脾气来是变化万端，神鬼难测的。假若她本是因嫌茶凉而闹起来，闹着闹着就也许成为茶烫坏她的舌头，而且把我们的全家，包括着大黄狗，都牵扯在内，都有意要烫她的嘴，使她没法儿吃东西，饿死！这个蓄意谋杀的案件至少要闹三四天！

与姑母相反，母亲除了去参加婚丧大典，不大出门。她喜爱有条有理地在家里干活儿。她能洗能作，还会给孩子剃头，给小媳妇们绞脸——用丝线轻轻地勒去脸上的细毛儿，为是化装后，脸上显着特别光润。可是，赶巧了，父亲正去值班，而衙门放银子，母亲就须亲自去领取。我家离衙门并不很远，母亲可还是显出紧张，好像要到海南岛去似的。领了银子（越来分两越小），她就手儿在街上兑换了现钱。那时候，山西人开的烟铺、回教人开的蜡烛店，和银号钱庄一样，也兑换银两。母亲是不喜欢算计一两文钱的人，但是这点银子关系着家中的"一月大计"，所以她也既腼腆又坚决地多问几家，希望多换几百钱。有时候，在她问了两家之后，恰好银盘儿落了，她饶白跑了腿，还少换了几百钱。

拿着现钱回到家，她开始发愁。二姐赶紧给她倒上一碗茶——用小沙壶沏的茶叶末儿，老放在炉口旁边保暖，茶汁很浓，有时候也有点香味。二姐可不敢说话，怕搅乱了母亲的思路。她轻轻地出去，到门外去数墙垛上的鸡爪图案，详细地记住，以备作母亲制造预算的参考材料。母亲喝了茶，脱了刚才上街穿的袍罩，盘腿坐在炕上。她抓些铜钱当算盘用，大点儿的代表一吊，小点的代表一百。她先核计该还多少债，口中念念有词，手里掂动着几个铜钱，而后摆在左方。

左方摆好，一看右方（过日子的钱）太少，就又轻轻地从左方撤下几个钱，心里想：对油盐店多说几句好话，也许可以少还几个。想着想着，她的手心上就出了汗，很快地又把撤下的钱补还原位。不，她不喜欢低三下四地向债主儿求情；还！还清！剩多剩少，就是一个不剩，也比叫掌柜的或大徒弟高声地申斥好的多。是呀，在太平天国、英法联军、甲午海战等等风波之后，不但高鼻子的洋人越来越狂妄，看不起皇帝与旗兵，连油盐店的山东人和钱铺的山西人也对旗籍主顾们越来越不客气了。他们竟敢瞪着包子大的眼睛挖苦、笑骂吃了东西不还钱的旗人，而且威胁从此不再记账，连块冻豆腐都须现钱交易！母亲虽然不知道国事与天下事，可是深刻地了解这种变化。即使她和我的父亲商议，他——负有保卫皇城重大责任的旗兵，也只会惨笑一下，低声地说：先还债吧！

左方的钱码比右方的多着许多！母亲的鬓角也有了汗珠！她坐着发愣，左右为难。最后，二姐搭讪着说了话："奶奶！还钱吧，心里舒服！这个月，头绳、锭儿粉、梳头油，咱们都不用买！咱们娘儿俩多给灶王爷磕几个头，告诉他老人家：以后只给他上一炷香，省点香火！"

母亲叹了口气："唉！叫灶王爷受委屈，于心不忍哪！"

"咱们也苦着点，灶王爷不是就不会挑眼了吗？"二姐提出具体的意见："咱们多端点豆汁儿，少吃点硬的；多吃点小葱拌豆腐，少吃点炒菜，不就能省下不少吗？"

"二妞，你是个明白孩子！"母亲在愁苦之中得到一点儿安慰。"好吧，咱们多勒勒裤腰带吧！你去，还是我去？"

"您歇歇吧，我去！"

母亲就把铜钱和钱票一组一组地分清楚，交给二姐，并且嘱咐了又嘱咐："还给他们，马上就回来！你虽然还梳着辫子，可也不小啦！见着便宜坊①的老王掌柜，不准他再拉你的骆驼；告诉他：你是大姑娘啦！"

"嘻，老王掌柜快七十岁了，叫他拉拉也不要紧！"二姐笑着，紧紧握着那些钱，走了出去。所谓拉骆驼者，就是年岁大的人用中指与食指夹一夹孩子的鼻子，表示亲热。

二姐走后，母亲呆呆地看着炕上那一小堆儿钱，不知道怎么花用，才能对付过这一个月去。以她的洗作本领和不怕劳苦的习惯，她常常想去向便宜坊老王掌柜那样的老朋友们说说，给她一点活计，得些收入，就不必一定非喝豆汁儿不可了。二姐也这么想，而且她已经学的很不错：下至衲鞋底袜底，上至扎花儿、钉钮襻儿，都拿得起来。二姐还以为拉过她的骆驼的那些人，像王老掌柜与羊肉床子②上的金四把③叔叔，虽然是汉人与回族人，可是在感情上已然都不分彼此，给他们洗洗作作，并不见得降低了自己的身分。况且，大姐曾偷偷地告诉过她：金四把叔叔送给了大姐的公公两只大绵羊，就居然补上了缺，每月领四两银子的钱粮。二姐听了，感到十分惊异：金四叔？他是回族人哪！大姐说：是呀！千万别喧嚷出去呀！叫上边知道了，我

---

① 便宜坊：北京的一家卖熟肉和生猪肉的铺子，后成为著名的烤鸭店。

② 羊肉床子：即羊肉铺。

③ 把：即"爷"，在回民中，这样称呼有年纪的人，显着亲切尊敬（与称"爷爷"为"把把"不同）。如常七把即常七爷，金四把即金四爷。

公公准得丢官罢职！二姐没敢去宣传，大姐的公公于是也就没有丢官罢职。有这个故事在二姐心里，她就越觉得大伙儿都是一家人，谁都可以给谁干点活儿，不必问谁是旗人，谁是汉人或回族人。她并且这么推论：既是送绵羊可以得钱粮，若是赠送骆驼，说不定还能作王爷呢！到后来，我懂了点事的时候，我觉得二姐的想法十分合乎逻辑。

可是，姑母绝对不许母亲与二姐那么办。她不反对老王掌柜与金四把，她跟他们，比起我们来，有更多的来往：在她招待客人的时候，她叫得起便宜坊的苏式盒子；在过阴天①的时候，可以定买金四把的头号大羊肚子或是烧羊脖子。我们没有这种气派与财力。她的大道理是：妇女卖苦力给人家作活、洗衣裳，是最不体面的事！"你们要是那么干，还跟三河县的老妈子有什么分别呢？"母亲明知三河县的老妈子是出于饥寒所迫，才进城来找点事作，并非天生来的就是老妈子，像皇上的女儿必是公主那样。但是，她不敢对大姑子这么说，只笑了笑就不再提起。

在关饷发愁之际，母亲若是已经知道，东家的姑娘过两天出阁，西家的老姨娶儿媳妇，她就不知须喝多少沙壶热茶。她不饿，只觉得口中发燥。除了对姑母说话，她的脸上整天没个笑容！可怜的母亲！

我不知道母亲年轻时是什么样子。我是她四十岁后生的"老"儿子。但是，从我一记事儿起，直到她去世，我总以为她在二三十岁的时节，必定和我大姐同样俊秀。是，她到了五十岁左右还是那么干净体面，倒仿佛她一点苦也没受过似的。她的身量不高，可是因为举止

①阴天：指阴天下雨，出不了门，在家寻事消遣。

大方，并显不出矮小。她的脸虽黄黄的，但不论是发着点光，还是暗淡一些，总是非常恬静。有这个脸色，再配上小而端正的鼻子，和很黑很亮、永不乱看的眼珠儿，谁都可以看出她有一股正气，不会有一点坏心眼儿。乍一看，她仿佛没有什么力气，及至看到她一气就洗出一大堆衣裳，就不难断定：尽管她时常发愁，可决不肯推卸责任。

是呀，在生我的第二天，虽然她是那么疲倦虚弱，嘴唇还是白的，她可还是不肯不操心。她知道：平常她对别人家的红白事向不缺礼，不管自己怎么发愁为难。现在，她得了"老"儿子，亲友怎能不来贺喜呢？大家来到，拿什么招待呢？父亲还没下班儿，正月的钱粮还没发放。向姑母求援吧，不好意思。跟二姐商议吧，一个小姑娘可有什么主意呢。看一眼身旁的瘦弱的，几乎要了她的命的"老"儿子，她无可如何地落了泪。

# 第三章

　　果然，第二天早上，二哥福海挽着大舅妈，声势浩大地来到。他们从哪里得到的消息，至今还是个疑问。不管怎样吧，大舅妈是非来不可的。按照那年月的规矩，姑奶奶作月子，须由娘家的人来服侍。这证明姑娘的确是赔钱货，不但出阁的时候须由娘家赔送四季衣服、金银首饰，乃至箱柜桌椅，和鸡毛掸子；而且在生儿养女的时节，娘家还须派人来服劳役。

　　大舅妈的身量小，咳嗽的声音可很洪亮。一到冬天，她就犯喘，咳嗽上没完。咳嗽稍停，她就拿起水烟袋咕噜一阵，预备再咳嗽。她还离我家有半里地，二姐就惊喜地告诉母亲：大舅妈来了！大舅妈来了！母亲明知娘家嫂子除了咳嗽之外，并没有任何长处，可还是微笑了一下。大嫂冒着风寒，头一个来贺喜，实在足以证明娘家人对她的重视，嫁出的女儿并不是泼出去的水。母亲的嘴唇动了动。二姐没听见什么，可是急忙跑出去迎接舅妈。

　　二哥福海和二姐耐心地挽着老太太，从街门到院里走了大约二十多分钟。二姐还一手挽着舅妈，一手给她捶背。因此，二姐没法儿接过二哥手里提着的水烟袋、食盒（里面装着红糖与鸡蛋），和蒲包儿

（内装破边的桂花"缸炉"与槽子糕）①。

好容易喘过一口气来，大舅妈嘟囔了两句。二哥把手中的盒子与蒲包交给了二姐，而后搀着舅妈去拜访我姑母。不管喘得怎么难过，舅妈也忘不了应当先去看谁。可是也留着神，把食品交给我二姐，省得叫我姑母给扣下。姑母并不缺嘴，但是看见盒子与蒲包，总觉得归她收下才合理。

大舅妈的访问纯粹是一种外交礼节，只须叫声老姐姐，而后咳嗽一阵，就可以交代过去了。姑母对大舅妈本可以似有若无地笑那么一下就行了，可是因为有二哥在旁，她不能不表示欢迎。

在亲友中，二哥福海到处受欢迎。他长得短小精悍，既壮实又秀气，既漂亮又老成。圆圆的白净子脸，双眼皮，大眼睛。他还没开口，别人就预备好听两句俏皮而颇有道理的话。及至一开口，他的眼光四射，满面春风，话的确俏皮，而不伤人；颇有道理，而不老气横秋。他的脑门以上总是青青的，像年画上胖娃娃的青头皮那么清鲜，后面梳着不松不紧的大辫子，既稳重又飘洒。他请安请得最好看：先看准了人，而后俯首急行两步，到了人家的身前，双手扶膝，前腿实，后腿虚，一趋一停，毕恭毕敬。安到话到，亲切诚挚地叫出来："二婶儿，您好！"而后，从容收腿，挺腰敛胸，双臂垂直，两手向后稍拢，两脚并齐"打横儿"。这样的一个安，叫每个接受敬礼的老太太都哈腰儿还礼，并且暗中赞叹：我的儿子要能够这样懂得规矩，

① 蒲包儿，旧时送礼用的点心或水果包，以香蒲编成。缸炉，北京的一种混糖糕点，高庄正六边形，数个连在一起，掰而食之。因为掰得不整齐，所以说是"破边"。

有多么好啊!

他请安好看,坐着好看,走道儿好看,骑马好看,随便给孩子们摆个金鸡独立,或骑马蹲裆式就特别好看。他是熟透了的旗人,既没忘记二百多年来的骑马射箭的锻炼,又吸收了汉族、蒙族和回族的文化。论学习,他文武双全;论文化,他是"满汉全席"。他会骑马射箭,会唱几段(只是几段)单弦牌子曲,会唱几句(只是几句)汪派的《文昭关》①,会看点风水,会批八字儿。他知道怎么养鸽子,养鸟,养骡子与金鱼。可是他既不养鸽子、鸟,也不养骡子与金鱼。他有许多正事要作,如代亲友们去看棺材,或介绍个厨师傅等等,无暇养那些小玩艺儿。大姐夫虽然自居内行,养着鸽子,或架着大鹰,可是每逢遇见福海二哥,他就甘拜下风,颇有意把他的满天飞的元宝都廉价卖出去。福海二哥也精于赌钱,牌九、押宝、抽签子、掷骰子、斗十胡、踢球、"打老打小",他都会。但是,他不赌。只有在老太太们想玩十胡而凑不上手的时候,他才逢场作戏,陪陪她们。他既不多输,也不多赢。若是赢了几百钱,他便买些糖豆大酸枣什么的分给儿童们。

他这个熟透了的旗人其实也就是半个,甚至于是三分之一的旗人。这可与血统没有什么关系。以语言来说,他只会一点点满文;谈话,写点什么,他都运用汉语。他不会吟诗作赋,也没学过作八股或策论,可是只要一想到文艺,如编个岔曲,或写一副春联,他总是用

---

① 汪派的《文昭关》:即汪桂芬,清光绪间与谭鑫培、孙菊仙齐名的著名京剧老生。《文昭关》,传统戏剧,演《列国演义》中伍子胥的故事。

汉文去思索，一回也没考虑过可否试用满文。当他看到满、汉文并用的匾额或碑碣，他总是欣赏上面的汉字的秀丽或刚劲，而对旁边的满字便只用眼角照顾一下，敬而远之。至于北京话呀，他说的是那么漂亮，以至使他认为他是这种高贵语言的创造者。即使这与历史不大相合，至少他也应该分享"京腔"创作者的一份儿荣誉。是的，他的前辈们不但把一些满文词儿收纳在汉语之中，而且创造了一种轻脆快当的腔调；到了他这一辈，这腔调有时候过于轻脆快当，以至有时候使外乡人听不大清楚。

可是，惊人之笔是在这里：他是个油漆匠！我的大舅是三品亮蓝顶子的参领①，而儿子居然学过油漆彩画，谁能说他不是半个旗人呢？我大姐的婚事是我大舅给作的媒人。大姐婆婆是子爵的女儿、佐领的太太，按理说她绝对不会要个旗兵的女儿作儿媳妇，不管我大姐长的怎么俊秀，手脚怎么利落。大舅的亮蓝顶子起了作用。大姐的公公不过是四品呀。在大姐结婚的那天，大舅亲自出马作送亲老爷，并且约来另一位亮蓝顶子的，和两位红顶子的，二蓝二红，都戴花翎，组成了出色的送亲队伍。而大姐的婆婆呢，本来可以约请四位红顶子的来迎亲，可是她以为我们绝对没有能力组织个强大的队伍，所以只邀来四位五品官儿，省得把我们都吓坏了。结果，我们取得了绝对压倒的优势，大快人心！受了这个打击，大姐婆婆才不能不管我母亲叫亲家太太，而姑母也乘胜追击，郑重声明：她的丈夫（可能是汉人！）也

① 参领：八旗兵制，五"牛录"设一"甲喇"，统领"甲喇"的军官，满语叫做"甲喇额真"，汉译"参领"，其位在"佐领"之上。亮蓝顶子，即三品官的蓝宝石或蓝色明玻璃顶戴。

作过二品官!

大姐后来嘱咐过我,别对她的婆婆说,二哥福海是拜过师的油漆匠。是的,若是当初大姐婆婆知道二哥的底细,大舅作媒能否成功便大有问题了,虽然他的失败也不见得对大姐有什么不利。

二哥有远见,所以才去学手艺。按照我们的佐领制度,旗人是没有什么自由的,不准随便离开本旗,随便出京;尽管可以去学手艺,可是难免受人家的轻视。他应该去当兵,骑马射箭,保卫大清皇朝。可是,旗族人口越来越多,而旗兵的数目是有定额的。于是,老大老二也许补上缺,吃上钱粮,而老三老四就只好赋闲。这样,一家子若有几个白丁,生活就不能不越来越困难。这种制度曾经扫南荡北,打下天下;这种制度可也逐渐使旗人失去自由,失去自信,还有多少人终身失业。

同时,吃空头钱粮的在在皆是,又使等待补缺的青年失去有缺即补的机会。我姑母,一位寡妇,不是吃着好几份儿钱粮么?

我三舅有五个儿子,都虎头虎脑的,可都没有补上缺。可是,他们住在郊外,山高皇帝远。于是这五虎将就种地的种地,学手艺的学手艺,日子过得很不错。福海二哥大概是从这里得到了启发,决定自己也去学一门手艺。二哥也看得很清楚:他的大哥已补上了缺,每月领四两银子;那么他自己能否也当上旗兵,就颇成问题。以他的聪明能力而当一辈子白丁,甚至连个老婆也娶不上,可怎么好呢?他的确有本领,骑术箭法都很出色。可是,他的本领只足以叫他去作枪手①,替崇家的

———————————
① 枪手:即代人应试者。

小罗锅，或明家的小瘸子去箭中红心，得到钱粮。是呀，就是这么一回事：他自己有本领，而补不上缺，小罗锅与小瘸子肯花钱运动，就能通过枪手而当兵吃饷！二哥在得一双青缎靴子或几两银子的报酬而外，还看明白：怪不得英法联军直入公堂地打进北京，烧了圆明园！凭吃几份儿饷银的寡妇、小罗锅、小瘸子，和像大姐公公那样的佐领、像大姐夫那样的骁骑校，怎么能挡得住敌兵呢！他决定去学手艺！是的，历史发展到一定的阶段，总会有人，像二哥，多看出一两步棋的。

大哥不幸一病不起，福海二哥才有机会补上了缺。于是，到该上班的时候他就去上班，没事的时候就去作点油漆活儿，两不耽误。老亲旧友们之中，有的要漆一漆寿材，有的要油饰两间屋子以备娶亲，就都来找他。他会替他们省工省料，而且活儿作得细致。

当二哥作活儿的时候，他似乎忘了他是参领的儿子，吃着钱粮的旗兵。他的工作服，他的认真的态度，和对师兄师弟的亲热，都叫他变成另一个人，一个汉人，一个工人，一个顺治与康熙所想象不到的旗人。

二哥还信白莲教①！他没有造反、推翻皇朝的意思，一点也没有。他只是为坚守不动烟酒的约束，而入了"理门②"。本来，在友人让烟让酒的时候，他拿出鼻烟壶，倒出点茶叶末颜色的闻药来，抹在鼻孔上，也就够了。大家不会强迫一位"在理儿的"破戒。可是，他偏不说自己"在理儿"，而说：我是白莲教！不错，"理门"确与白莲教有些

---

① 白莲教：原为明末农民起义组织，清末的义和团运动，继承了白莲教的战斗传统，老百姓仍有时也把义和团叫做白莲教。

② 理门：即"在理会"，又称"在家理"，旧时流行在我国北方的一种会道门。入会者禁烟酒，供奉观音像。

关系，可是在一般人的心目中，"在理儿"是好事，而白莲教便有些可怕了。母亲便对他说过："老二，在理儿的不动烟酒，很好！何必老说白莲教呢，叫人怪害怕的！"二哥听了，便爽朗地笑一阵："老太太！我这个白莲教不会造反！"母亲点点头："对！那就好！"

大姐夫可有不同的意见。在许多方面，他都敬佩二哥。可是，他觉得二哥的当油漆匠与自居为白莲教徒都不足为法。大姐夫比二哥高着一寸多。二哥若是虽矮而不显着矮，大姐夫就并不太高而显着晃晃悠悠。干什么他都慌慌张张，冒冒失失。长脸，高鼻子，大眼睛，他坐定了的时候显得很清秀体面。可是，他总坐不住，像个手脚不识闲的大孩子。一会儿，他要看书，便赶紧拿起一本《五虎平西》[①]——他的书库里只有一套《五虎平西》，一部《三国志演义》，四五册小唱本儿，和他幼年读过的一本《六言杂字》[②]。刚拿起《五虎平西》，他想起应当放鸽子，于是顺手儿把《五虎平西》放在窗台上，放起鸽子来。赶到放完鸽子，他到处找《五虎平西》，急得又嚷嚷又跺脚。及至一看它原来就在窗台上，便不去管它，而哼哼唧唧地往外走，到街上去看出殡的。

他很珍视这种想干什么就干什么的"自由"。他以为这种自由是祖宗所赐，应当传之永远，"子子孙孙永宝用"！因此，他觉得福海二哥去当匠人是失去旗人的自尊心，自称白莲教是同情叛逆。前些年，他不记得是哪一年了，白莲教不是造过反吗？

在我降生前的几个月里，我的大舅、大姐的公公和丈夫，都真着

---

① 《五虎平西》：演义小说，写宋代狄青平西故事。
② 《六言杂字》：一种极普通的六言韵文识字读本。

了急。他们都激烈地反对变法。大舅的理由很简单，最有说服力：祖宗定的法不许变！大姐公公说不出更好的道理来，只好补充了一句：要变就不行！事实上，这两位官儿都不大知道要变的是哪一些法，而只听说：一变法，旗人就须自力更生，朝廷不再发给钱粮了。

大舅已年过五十，身体也并不比大舅妈强着多少，小辫儿须续上不少假头发才勉强够尺寸，而且因为右肩年深日久地向前探着，小辫儿几乎老在肩上扛着，看起来颇欠英武。自从听说要变法，他的右肩更加突出，差不多是斜着身子走路，像个断了线的风筝似的。

大姐的公公很硬朗，腰板很直，满面红光。他每天一清早就去溜鸟儿，至少要走五六里路。习以为常，不走这么多路，他的身上就发僵，而且鸟儿也不歌唱。尽管他这么硬朗，心里海阔天空，可是听到铁杆庄稼有点动摇，也颇动心，他的咳嗽的音乐性减少了许多。他找了我大舅去。

笼子还未放下，他先问有猫没有。变法虽是大事，猫若扑伤了蓝靛颏儿，事情可也不小。

"云翁！"他听说此地无猫，把鸟笼放好，有点急切地说："云翁！"

大舅的号叫云亭。在那年月，旗人越希望永远作旗人，子孙万代，可也越爱摹仿汉人。最初是高级知识分子，在名字而外，还要起个字雅音美的号。慢慢地，连参领佐领们也有名有号，十分风雅。到我出世的时候，连原来被称为海二哥和恩四爷的旗兵或白丁，也都什么臣或什么甫起来。是的，亭、臣、之、甫是四个最时行的字。大舅叫云亭，大姐的公公叫正臣，而大姐夫别出心裁地自称多甫，并且在自嘲的时节，管自己叫豆腐。多甫也罢，豆腐也罢，总比没有号好的多。若是人家拱手相问：您台甫①？而回答不出，岂不比豆腐更糟么？

大舅听出客人的语气急切，因而不便马上动问。他比客人高着一品，须拿出为官多年，经验丰富，从容不迫的神态来。于是，他先去看鸟，而且相当内行地夸赞了几句。直到大姐公公又叫了两声云翁，他才开始说正经话："正翁！我也有点不安！真要是能自力更生不可，您看，您看，我五十多了，头发掉了多一半，肩膀越来越歪，可叫我干什么去呢？这不是什么变法，是要我的老命！"

"嘛！是！"正翁轻嗽了两下，几乎完全没有音乐性。"是！出那样主意的人该剐！云翁，您看我，我安分守己，自幼儿就不懂要完星星，要月亮！可是，我总得穿的整整齐齐，干干净净吧？我总得炒点腰花，来个木樨肉下饭吧？我总不能不天天买点嫩羊肉，喂我的蓝靛颏儿吧？难道这些都是不应该的？应该！应该！"

"咱们哥儿们没作过一件过分的事！"

"是嘛！真要是不再发钱粮，叫我下街去卖……"正翁把手捂在耳朵上，学着小贩的吆喝，眼中含着泪，声音凄楚："赛梨哪，辣来换！我，我……"他说不下去了。

"正翁，您的身子骨儿比我结实多了。我呀，连卖半空儿多给，都受不了啊！"

"云翁！云翁！您听我说！就是给咱们每人一百亩地，自耕自种，咱们有办法没有？"

① 台甫：问人家表字时的敬辞。

"由我这儿说，没有！甭说我拿不动锄头，就是拿得动，我要不把大拇脚指头锄掉了，才怪！"

老哥俩又讨论了许久，毫无办法。于是就一同到天泰轩去，要了一斤半柳泉居自制的黄酒，几个小烧（烧子盖与炸鹿尾之类），吃喝得相当满意。吃完，谁也没带着钱，于是都争取记在自己的账上，让了有半个多钟头。

可是，在我降生的时候，变法之议已经完全作罢，而且杀了几位主张变法的人。云翁与正翁这才又安下心去，常在天泰轩会面。每逢他们听到卖萝卜的"赛梨，辣来换"的呼声，或卖半空花生的"半空儿多给"的吆喝，他们都有点怪不好意思；作了这么多年的官儿，还是沉不住气呀！

多甫大姐夫，在变法潮浪来得正猛的时节，佩服了福海二哥，并且不大出门，老老实实地在屋中温习《六言杂字》。他非常严肃地跟大姐讨论："福海二哥真有先见之明！我看咱们也得想个办法！"

"对付吧！没有过不去的事！"大姐每逢遇到难以解决的问题，总是拿出这句名言来。

"这回呀，就怕对付不过去！"

"你有主意，就说说吧！多甫！"大姐这样称呼他，觉得十分时髦、漂亮。

"多甫？我是大豆腐！"大姐夫惨笑了几声。"现而今，当瓦匠、木匠、厨子、裱糊匠什么的，都有咱们旗人。"

"你打算……"大姐微笑地问，表示嫁鸡随鸡，嫁狗随狗，他去学什么手艺，她都不反对。

"学徒，来不及了！谁收我这么大的徒弟呢？我看哪，我就当鸽贩子去，准行！鸽子是随心草儿，不爱，白给也不要；爱，十两八两也肯花。甭多了，每月我只作那么一两号俏买卖①，就够咱们俩吃几十天的！"

"那多么好啊！"大姐信心不大地鼓舞着。

大姐夫挑了两天，才狠心挑出一对紫乌头来，去作第一号生意。他并舍不得出手这一对，可是朝廷都快变法了，他还能不坚强点儿么？及至到了鸽子市上，认识他的那些贩子们一口一个多甫大爷，反倒卖给他两对鸽铃、一对凤头点子。到家细看，凤头是用胶水粘合起来的。他没敢再和大姐商议，就偷偷地撤销了贩卖鸽子的决定。

变法的潮浪过去了，他把大松辫梳成小紧辫，摹仿着库兵②，横眉立目地满街走，倒仿佛那些维新派是他亲手消灭了的。同时，他对福海二哥也不再那么表示钦佩。反之，他觉得二哥是脚踩两只船，有钱粮就当兵，没有钱粮就当油漆匠，实在不能算个地道的旗人，而且难免白莲教匪的嫌疑。

书归正传：大舅妈拜访完了我的姑母，就同二哥来看我们。大舅妈问长问短，母亲有气无力地回答，老姐儿们都落了点泪。收起眼泪，大舅妈把我好赞美了一顿：多么体面哪！高鼻子，大眼睛，耳朵有多么厚实！

福海二哥笑起来："老太太，这个小兄弟跟我小时候一样的不体

---

① 俏买卖：销路很好的生意。
② 库兵：看管内府银钱、缎匹、颜料等库的兵。

面！刚生下来的娃娃都看不出模样来！你们老太太呀……"他没往下说，而又哈哈了一阵。

母亲没表示意见，只叫了声："福海！"

"是！"二哥急忙答应，他知道母亲要说什么。"您放心，全交给我啦！明天洗三①，七姥姥八姨的总得来十口八口儿的，这儿二妹妹管装烟倒茶，我跟小六儿（小六儿是谁，我至今还没弄清楚）当厨子，两杯水酒，一碟炒蚕豆，然后是羊肉酸菜热汤儿面，有味儿没味儿，吃个热乎劲儿。好不好？您哪！"

母亲点了点头。

"有爱玩小牌儿的，四吊钱一锅。您一丁点心都别操，全有我呢！完了事，您听我一笔账，决不会叫您为难！"说罢，二哥转向大舅妈："我到南城有点事，太阳偏西，我来接您。"

大舅妈表示不肯走，要在这儿陪伴着产妇。

二哥又笑了："奶奶，您算了吧！凭您这全本连台的咳嗽，谁受得了啊！"

这句话正碰在母亲的心坎上。她需要多休息、睡眠，不愿倾听大舅妈的咳嗽。

二哥走后，大舅妈不住地叨唠：这个二鬼子！这个二鬼子！

可是"二鬼子"的确有些本领，使我的洗三办得既经济，又不完全违背"老妈妈论②"的原则。

---

① 洗三：婴儿出生第三天，给他洗澡的一种仪式。

② 老妈妈论：陈规陋语。

# 第四章

大姐既关心母亲，又愿参加小弟弟的洗三典礼。况且，一回到娘家，她便是姑奶奶，受到尊重：在大家的眼中，她是个有出息的小媳妇，既没给娘家丢了人，将来生儿养女，也能升为老太太，代替婆婆——反正婆婆有入棺材的那么一天。她渴望回家。是的，哪怕在娘家只呆半天儿呢，她的心中便觉得舒畅，甚至觉得只有现在多受些磨炼，将来才能够成仙得道，也能像姑母那样，坐在炕沿上吸两袋兰花烟。是呀，现在她还不敢吸兰花烟，可是已经学会了嚼槟榔——这大概就离吸兰花烟不太远了吧。

有这些事在她心中，她睡不踏实，起来的特别早。也没顾得看三星在哪里，她就上街去给婆婆买油条与烧饼。在那年月，粥铺是在夜里三点钟左右就开始炸油条，打烧饼的。据说，连上早朝的王公大臣们也经常用烧饼、油条当作早点。大姐婆婆的父亲，子爵，上朝与否，我不知道。子爵的女儿可的确继承了吃烧饼与油条的传统，并且是很早就起床，梳洗完了就要吃，吃完了发困可以再睡。于是，这个传统似乎专为折磨我的大姐。

西北风不大，可很尖锐，一会儿就把大姐的鼻尖、耳唇都吹红。她不由地说出来："喝！干冷！"这种北京特有的干冷，往往冷得使人痛快。即使大姐心中有不少的牢骚，她也不能不痛快地这么说出来。说罢，她加紧了脚步。身上开始发热，可是她反倒打了个冷战，由心里到四肢都那么颤动了一下，很舒服，像吞下一小块冰那么舒服。她看了看天空，每颗星都是那么明亮，清凉，轻颤，使她想起孩子们的纯洁、发光的眼睛来。她笑了笑，嘟囔着：只要风别大起来，今天必是个晴美的日子！小弟弟有点来历，洗三遇上这么好的天气！想到这里，她恨不能马上到娘家去，抱一抱小弟弟！

不管她怎样想回娘家，她可也不敢向婆婆去请假。假若她大胆地去请假，她知道，婆婆必定点头，连声地说：克吧！克吧！（"克"者"去"也。）她是子爵的女儿，不能毫无道理地拒绝儿媳回娘家。可是，大姐知道，假若她依实地"克"了，哼，婆婆的毒气口袋就会垂到胸口上来。不，她须等待婆婆的命令。

命令始终没有下来。首先是：别说母亲只生了一个娃娃，就是生了双胞胎，只要大姐婆婆认为她是受了煤气，便必定是受了煤气，没有别的可说！第二是：虽然她的持家哲理是：放胆去赊，无须考虑怎样还债；可是，门口儿讨债的过多，究竟有伤子爵女儿、佐领太太的尊严。她心里不大痛快。于是，她喝完了粳米粥，吃罢烧饼与油条，便计划着先跟老头子闹一场。可是，佐领提前了溜鸟的时间，早已出去。老太太扑了个空，怒气增长了好几度，赶快拨转马头，要生擒骁骑校。可是，骁骑校偷了大姐的两张新红票子，很早就到街上吃了两碟子豆儿多、枣儿甜的盆糕，喝了一碗杏仁茶。老太太找不到男的官校，只好向女将挑战。她不发命令，而端坐在炕沿上叨唠：这，这哪像过日子！都得我操心吗？现成的事，摆在眼皮子前边的事，就看不见吗？没长着眼睛吗？有眼无珠吗？有珠无神吗？不用伺候我，我用不着谁来伺候！佛爷，连佛爷也不伺候吗？眼看就过年，佛桌上的五供①擦了吗？

大姐赶紧去筛炉灰，筛得很细，预备去擦五供。端着细炉灰面子，到了佛桌前，婆婆已经由神佛说到人间：啊！箱子、柜子，连三②上的铜活③就不该动动手吗？我年轻的时候，凡事用不着婆婆开口，该作什么就作什么！

大姐不敢回话。无论多么好听的话，若在此刻说出来，都会变成反抗婆婆，不服调教。可是，要是什么也不说，低着头干活儿呢，又会变成：对！拿蜡扦儿杀气，心里可咒骂老不死的，老不要脸的！那，那该五雷轰顶！

大姐含着泪，一边擦，一边想主意：要在最恰当的时机，去请教婆母怎么作这，或怎么作那。她把回娘家的念头完全放在了一边。待了一会儿，她把泪收起去，用极大的努力把笑意调动到脸上来：奶奶，您看看，我擦得还像一回事儿吗？婆婆只哼了一声，没有指示什么，原因很简单，她自己并没擦过五供。

果然是好天气，刚到九点来钟，就似乎相当暖和了。天是那么高，那么蓝，阳光是那么亮，连大树上的破老鸹窝看起来都有些画意了。俏皮的喜鹊一会儿在东，一会儿在西，喳喳地赞美着北京的冬晴。

大姐婆婆叨唠到一个阶段，来到院中，似乎是要质问太阳与青

---

① 五供：佛旧上的五件供器：香炉、香筒、油灯和一对烛台。
② 连三：一种三屉两门的长桌。
③ 铜活：家俱上的铜饰，如铜环、铜锁等。

天，干什么这样晴美。可是，一出来便看见了多甫养的鸽子，于是就谴责起紫乌与黑玉翅来：养着你们干什么？就会吃！你们等着吧，一高兴，我全把你们宰了！

大姐在屋里大气不敢出。她连叹口气的权利也没有！

在我们这一方面，母亲希望大姐能来。前天晚上，她几乎死去。既然老天爷没有收回她去，她就盼望今天一家团圆，连出嫁了的女儿也在身旁。可是，她也猜到大女儿可能来不了。谁叫人家是佐领，而自己的身分低呢！母亲不便于说什么，可是脸上没有多少笑容。

姑母似乎在半夜里就策划好：别人办喜事，自己要不发发脾气，那就会使喜事办的平平无奇，缺少波澜。到九点钟，大姐还没来，她看看太阳，觉得不甩点闲话，一定对不起这么晴朗的阳光。

"我说，"她对着太阳说："太阳这么高了，大姑奶奶怎么还不露面？一定，一定又是那个大酸枣眼睛的老梆子不许她来！我找她去，跟她讲讲理！她要是不讲理，我把她的酸枣核儿抠出来！"

母亲着了急。叫二姐请二哥去安慰姑母："你别出声，叫二哥跟她说。"

二哥正跟小六儿往酒里对水。为省钱，他打了很少的酒，所以得设法使这一点酒取之不尽，用之不竭。二姐拉了拉他的袖子，往外指了指。他拿着酒壶出来，极亲热地走向姑母："老太太，您闻闻，有酒味没有？"

"酒嘛，怎能没酒味儿，你又憋着什么坏呢？"

"是这么回事，要是酒味儿太大，还可以再对点水！"

"你呀，老二，不怪你妈妈叫你二鬼子！"姑母无可如何地笑了。

"穷事儿穷对付，就求个一团和气！是不是？老太太！"见没把姑母惹翻，急忙接下去："吃完饭，我准备好，要赢您四吊钱，买一斤好杂拌儿吃吃！敢来不敢？老太太！"

"好小子，我接着你的！"姑母听见要玩牌，把酸枣眼睛完全忘了。

母亲在屋里叹了口气，十分感激内侄福海。

九点多了，二哥所料到要来贺喜的七姥姥八姨们陆续来到。二姐不管是谁，见面就先请安，后倒茶，非常紧张。她的脸上红起来，鼻子上出了点汗，不说什么，只在必要的时候笑一下。因此，二哥给她起了个外号，叫"小力笨①"。

姑母催开饭，为是吃完好玩牌。（那时候，我们都吃两顿饭，早饭十点，晚饭四点。）二哥高声答应："全齐喽！"

所谓"全齐喽"者，就是腌疙疸缨儿炒大蚕豆与肉皮炸辣酱都已炒好，酒也对好了水，千杯不醉。"酒席"虽然如此简单，入席的礼让却丝毫未打折扣："您请上坐！""那可不敢当！不敢当！""您要不那么坐，别人就没法儿坐了！"直到二哥发出呼吁："快坐吧，菜都凉啦！"大家才恭敬不如从命地坐下。酒过三巡（谁也没有丝毫醉意），菜过两味（蚕豆与肉皮酱），"宴会"进入紧张阶段——热汤面上来了。大家似乎都忘了礼让，甚至连说话也忘了，屋中好一片吞面条的响声，排山倒海，虎啸龙吟。二哥的头上冒了汗："小六儿，照这个吃法，这点面兜不住啊！"小六儿急中生智："多对点水！"二哥轻

---

① 小力笨：小伙计。

轻呸了一声："呸！面又不是酒，对水不成了浆糊吗？快去！"二哥掏出钱来（这笔款，他并没向我母亲报账）："快去，到金四把那儿，能烙饼，烙五斤大饼；要是等的工夫太大，就拿些芝麻酱烧饼来，快！"（那时候的羊肉铺多数带卖烧饼、包子，并代客烙大饼。）

小六儿聪明：看出烙饼需要时间，就拿回一炉热烧饼和两屉羊肉白菜馅的包子来。风卷残云，顷刻之间包子与烧饼踪影全无。最后，轮到二哥与小六儿吃饭。可是，吃什么呢？二哥哈哈地笑了一阵，而后指示小六儿："你呀，小伙子，回家吃去吧！"我至今还弄不清小六儿是谁，可是每一想到我的洗三典礼，便觉得对不起他！至于二哥吃了没吃，我倒没怎么不放心，我深知他是有办法的人。

快到中午，天晴得更加美丽。蓝天上，这儿一条，那儿一块，飘着洁白光润的白云。西北风儿稍一用力，这些轻巧的白云便化为长长的纱带，越来越长，越薄，渐渐又变成一些似断似续的白烟，最后就不见了。小风儿吹来各种卖年货的呼声：卖供花①的、松柏枝的、年画的……一声尖锐，一声雄浑，忽远忽近，中间还夹杂着几声花炮响，和剃头师傅的"唤头②"声。全北京的人都预备过年，都在这晴光里活动着，买的买，卖的卖，着急的着急，寻死的寻死，也有趁着年前娶亲的，一路吹着唢呐，打着大鼓。只有我静静地躺在炕中间，垫着一些破棉花，不知道想些什么。

据说，冬日里我们的屋里八面透风，炕上冰凉，夜间连杯子里的残茶

① 供花：供品上所插的纸制或绒制的花签，如福寿字、八仙人等等。
② 唤头：沿街理发者所持的吆喝工具，铁制，形如巨镊。

都会冻上。今天，有我在炕中间从容不迫地不知想些什么，屋中的形势起了很大的变化。屋里很暖，阳光射到炕上，照着我的小红脚丫儿。炕底下还升着一个小白铁炉子。里外的暖气合流，使人们觉得身上，特别是手背与耳唇，都有些发痒。从窗上射进的阳光里面浮动着多少极小的、发亮的游尘，像千千万万无法捉住的小行星，在我的头上飞来飞去。

这时候，在那达官贵人的晴窗下，会晒着由福建运来的水仙。他们屋里的大铜炉或地炕发出的热力，会催开案上的绿梅与红梅。他们的摆着红木炕桌，与各种古玩的小炕上，会有翠绿的蝈蝈，在阳光里展翅轻鸣。他们的廊下挂着的鸣禽，会对着太阳展展双翅，唱起成套的歌儿来。他们的厨子与仆人会拿进来内蒙的黄羊、东北的锦鸡，预备作年菜。阳光射在锦鸡的羽毛上，发出五色的闪光。

我们是最喜爱花木的，可是我们买不起梅花与水仙。我们的院里只有两株歪歪拧拧的枣树，一株在影壁后，一株在南墙根。我们也爱小动物，可是养不起画眉与靛颏儿，更没有时间养过冬的绿蝈蝈。只有几只麻雀一会儿落在枣树上，一会儿飞到窗台上，向屋中看一看。这几只麻雀也许看出来：我不是等待着梅花与水仙吐蕊，也不是等待着蝈蝈与靛颏儿鸣叫，而是在一小片阳光里，等待着洗三，接受几位穷苦旗人们的祝福。

外间屋的小铁炉上正煎着给我洗三的槐枝艾叶水。浓厚的艾香与老太太们抽的兰花烟味儿混合在一处，香暖而微带辛辣，也似乎颇为吉祥。大家都盼望"姥姥"快来，好祝福我不久就成为一个不受饥寒的伟大人物。

姑母在屋里转了一圈儿，向炕上瞟了一眼，便与二哥等组织牌局，到她的屋中鏖战。她心中是在祝福我，还是诅咒我，没人知道。

　　正十二点，晴美的阳光与尖溜溜的小风把白姥姥和她的满腹吉祥话儿，送进我们的屋中。这是老白姥姥，五十多岁的一位矮白胖子。她的腰背笔直，干净利落，使人一见就相信，她一天接下十个八个男女娃娃必定胜任愉快。她相当的和蔼，可自有她的威严——我们这一带的二十来岁的男女青年都不敢跟她开个小玩笑，怕她提起：别忘了谁给你洗的三！她穿得很素静大方，只在俏美的缎子"帽条儿"后面斜插着一朵明艳的红绢石榴花。

　　前天来接生的是小白姥姥，老白姥姥的儿媳妇。小白姥姥也干净利落，只是经验还少一些。前天晚上出的岔子，据她自己解释，并不能怨她，而应归咎于我母亲的营养不良，身子虚弱。这，她自己可不便来对我母亲说，所以老白姥姥才亲自出马来给洗三。老白姥姥现在已是名人，她从哪家出来，人们便可断定又有一位几品的世袭罔替的官儿或高贵的千金降世。那么，以她的威望而肯来给我洗三，自然是含有道歉之意。这，谁都可以看出来，所以她就不必再说什么。我母亲呢，本想说两句，可是又一想，若是惹老白姥姥不高兴而少给老儿子说几句吉祥话，也大为不利。于是，母亲也就一声没出。

　　姑母正抓到一手好牌，传过话来：洗三典礼可以开始，不必等她。

　　母亲不敢依实照办。过了一会儿，打发二姐去请姑母，而二姐带回来的话是："我说不必等我，就不必等我！"典礼这才开始。

　　白姥姥在炕上盘腿坐好，宽沿的大铜盆（二哥带来的）里倒上了槐枝艾叶熬成的苦水，冒着热气。参加典礼的老太太们、媳妇们，都先"添盆"，把一些铜钱放入盆中，并说着吉祥话儿。几个花生，几个红、白鸡蛋，也随着"连生贵子"等祝词放入水中。这些钱与东西，在最后，都归"姥姥"拿走。虽然没有去数，我可是知道落水的铜钱并不很多。正因如此，我们才不能不感谢白姥姥的降格相从，亲自出马，同时也足证明小白姥姥惹的祸大概并不小。

边洗边说，白姥姥把说过不知多少遍的祝词又一句不减地说出来："先洗头，作王侯；后洗腰，一辈倒比一辈高；洗洗蛋，作知县；洗洗沟，作知州！"大家听了，更加佩服白姥姥——她明知盆内的铜钱不多，而仍把吉祥话说得完完全全，没有偷工减料，实在不易多得！虽然我后来既没作知县，也没作知州，我可也不能不感谢她把我的全身都洗得干干净净，可能比知县、知州更干净一些。

洗完，白姥姥又用姜片艾团灸了我的脑门和身上的各重要关节。因此，我一直到年过花甲都没闹过关节炎。她还用一块新青布，沾了些清茶，用力擦我的牙床。我就在这时节哭了起来；误投误撞，这一哭原是大吉之兆！在老妈妈们的词典中，这叫作"响盆"。有无始终坚持不哭、放弃吉利的孩子，我就不知道了。最后，白姥姥拾起一根大葱打了我三下，口中念念有词："一打聪明，二打伶俐！"这到后来也应验了，我有时候的确和大葱一样聪明。

这棵葱应当由父亲扔到房上去。就是在这紧要关头，我父亲回来了。屋中的活跃是无法形容的！他一进来，大家便一齐向他道喜。他不知请了多少安，说了多少声"道谢啦！"可是眼睛始终瞭着炕中间。我是经得起父亲的鉴定的，浑身一尘不染，满是槐枝与艾叶的苦味与香气，头发虽然不多不长，却也刚刚梳过。我的啼声也很雄壮。父亲很满意，于是把褡裢中两吊多钱也给了白姥姥。

父亲的高兴是不难想象的。母亲生过两个男娃娃，都没有养住，虽然第一个起名叫"黑妞"，还扎了耳朵眼，女贱男贵，贱者易活，可是他竟自没活许久。第二个是母亲在除夕吃饺子的时候，到门外去叫："黑小子、白小子，上炕吃饺子！"那么叫来的白小子。可是这么来历不凡的白小子也没有吃过多少回饺子便"回去"了，原因不明，而确系事实。后来，我每逢不好好地睡觉，母亲就给我讲怎么到门外叫黑小子、白小子的经过，我便赶紧蒙起头来，假装睡去，唯恐叫黑、白二小子看见！

父亲的模样，我说不上来，因为还没到我能记清楚他的模样的时候，他就逝世了。这是后话，不用在此多说。我只能说，他是个"面黄无须"的一位旗兵，因为在我八九岁时，我偶然发现了他出入皇城的那面腰牌，上面烫着"面黄无须"四个大字。

虽然大姐没有来，小六儿没吃上饭，和姑母既没给我"添盆"，反倒赢了好几吊钱，都是美中不足，可是整个的看来，我的洗三典礼还算过得去，既没有人挑眼，也没有喝醉了吵架的——十分感谢二哥和他的"水酒"！假若一定问我，有什么值得写入历史的事情，我倒必须再提一提便宜坊的老王掌柜。他也来了，并且送给我们一对猪蹄子。

老王掌柜是胶东人，从八九岁就来京学习收拾猪蹄与填鸭子等技术。到我洗三的时候，他已在北京过了六十年，并且一步一步地由小力笨升为大徒弟，一直升到跑外的掌柜。他从庆祝了自己的三十而立的诞辰起，就想自己去开个小肉铺，独力经营，大展经纶。可是，他仔细观察，后起的小肉铺总是时开时闭，站不住脚。就连他的东家们也把便宜坊的雅座撤销，不再附带卖酒饭与烤鸭。他注意到，老主顾们，特别是旗人，越来买肉越少，而肉案子上切肉的技术不能不有所革新——须把生肉切得片儿大而极薄极薄，像纸那么薄，以便看起来块儿不小而分量很轻，因为买主儿多半是每次只买一二百钱的（北京是以十个大钱当作一吊的，一百钱实在是一个大钱）。

老王掌柜常常用他的胶东化的京腔，激愤而缠绵地说：钱都上哪儿气（去）了？上哪儿气了！

那年月，像王掌柜这样的人，还不敢乱穿衣裳。直到他庆贺华甲之喜的时节，他才买了件缎子面的二茬儿羊皮袍，可是每逢穿出来，上面还罩上浆洗之后像铁板那么硬的土蓝布大衫。他喜爱这种土蓝布。可是，一来二去，这种布几乎找不到了。他得穿那刷刷乱响的竹布。乍一穿起这有声有色的竹布衫，连家犬带野狗都一致汪汪地向他抗议。后来，全北京的老少男女都穿起这种洋布，而且差不多把竹布衫视为便礼服，家犬、野狗才也逐渐习惯下来，不再乱叫了。

老王掌柜在提着钱口袋去要账的时候，留神观看，哼，大街上新开的铺子差不多都有个"洋"字，洋货店，洋烟店等等。就是那小杂货铺也有洋纸洋油出售，连向来带卖化妆品，而且自造鹅胰宫皂的古色古香的香烛店也陈列着洋粉、洋碱，与洋沤子[①]。甚至于串胡同收买

---

① 沤子：一种搽脸用的水粉化妆品。

破鞋烂纸的妇女们，原来吆喝"换大肥头子儿"，也竟自改为"换洋取灯儿①"！

一听见"换洋取灯儿"的呼声，老王掌柜便用力敲击自己的火镰，燃起老关东烟。可是，这有什么用呢？洋缎、洋布、洋粉、洋取灯儿、洋钟、洋表，还有洋枪，像潮水一般地涌进来，绝对不是他的火镰所能挡住的。他是商人，应当见钱眼开，可是他没法去开一座洋猪肉铺，既卖熏鸡酱肉，也卖洋油洋药！他是商人，应当为东家们赚钱。若是他自己开了买卖，便须为自己赚钱。可是，钱都随着那个"洋"字流到外洋去了！他怎么办呢？

"钱都上哪儿气了？"似乎已有了答案。他放弃了独力经营肉铺，大发财源的雄心，而越来越恨那个"洋"字。尽管他的布衫是用洋针、洋线、洋布作成的，无可抗拒，可是他并不甘心屈服。他公开地说，他恨那些洋玩艺儿！及至他听到老家胶东闹了教案②，洋人与二洋人③骑住了乡亲们的脖子，他就不只恨洋玩艺儿了。

在他刚一入京的时候，对于旗人的服装打扮，规矩礼节，以及说话的腔调，他都看不惯、听不惯，甚至有些反感。他也看不上他们的逢节按令挑着样儿吃，赊着也得吃的讲究与作风，更看不上他们的提笼架鸟，飘飘欲仙地摇来晃去的神气与姿态。可是，到了三十岁，他自己也玩上了百灵，而且和他们一交换养鸟的经验，就能谈半天儿，越谈越深

---

① 取灯儿：火柴。

② 教案：指十九世纪末，在外国资本主义势力侵入我国内地的情势下，我国人民掀起的反对外国教会侵略的斗争。此处是指一八九九年山东人民反对教会、教民的斗争。

③ 二洋人：又叫"二毛子"，是对入了"洋教"而又仗势欺人的民族败类的蔑称。

刻，也越亲热。他们来到，他既要作揖，又要请安，结果是发明了一种半揖半安的，独具风格的敬礼。假若他们来买半斤肉，他却亲热地建议：拿只肥母鸡！看他们有点犹疑，他忙补充上：拿吧！先记上账！

　　赶到他有个头疼脑热，不要说提笼架鸟的男人们来看他，给他送来清瘟解毒丸，连女人们也派孩子来慰问。他不再是"小山东儿"，而是王掌柜，王大哥，王叔叔。他渐渐忘了他们是旗人，变成他们的朋友。虽然在三节①要账的时候，他还是不大好对付，可是遇到谁家娶亲，或谁家办满月，他只要听到消息，便拿着点东西来致贺。"公是公，私是私"，对大家交代清楚。他似乎觉得：清朝皇上对汉人如何是另一回事，大家伙儿既谁也离不开谁，便无妨作朋友。于是，他不但随便去串门儿，跟大家谈心，而且有权拉男女小孩的"骆驼"。在谈心的时候，旗兵们告诉了他，上边怎样克扣军饷，吃空头钱粮，营私舞弊，贪污卖缺。他也说出汉人们所受的委屈，和对洋布与洋人的厌恶。彼此了解了，也就更亲热了。

　　拿着一对猪蹄子，他来庆祝我的洗三。二哥无论怎么让他，他也不肯进来，理由是："年底下了，柜上忙！"二哥听到"年底下"，不由地说出来："今年家家钱紧，您……"王掌柜叹了口气："钱紧也得要账，公是公，私是私！"说罢，他便匆匆地走开。大概是因为他的身上有酱肉味儿吧，我们的大黄狗一直乖乖地把他送到便宜坊门外。

---

① 三节：五月初五的端阳节、八月十五的中秋节和大年三十的除夕。当此三节，债主子们多来讨账。

# 第五章

是的，我一辈子忘不了那件事。并不因为他是掌柜的，也不因为他送来一对猪蹄子。因为呀，他是汉人。

不错，在那年月，某些有房产的汉人宁可叫房子空着，也不肯租给满人和回民。可是，来京作生意的山东人、山西人，和一般的卖苦力吃饭的汉人，都和我们穷旗兵们谁也离不开谁，穿堂过户。某些有钱有势的满人也还看不起汉人与回民，因而对我们这样与汉人、回民来来往往也不大以为然。不管怎样吧，他们是他们，我们是我们，谁也挡不住人民互相友好。

过了我的三天，就该过年。姑母很不高兴。她要买许多东西，而母亲在月子里，不能替她去买。幸而父亲在家，她不好意思翻脸，可是眉毛拧得很紧，腮上也时时抽动那么一下。二姐注意到：火山即快爆发。她赶快去和父亲商量。父亲决定：把她调拨给姑母，作采购专员。二姐明知这是最不好当的差事，可是无法推却。

"半斤高醋，到山西铺子去打；别心疼鞋；别到小油盐店去！听见没有？"姑母数了半天，才狠心地把钱交给小力笨儿兼专员。

醋刚打回来，二姐还没站稳。"还得去打香油，要小磨香油，懂吧？"姑母又颁布了旨意。

是的，姑母不喜欢一下子交出几吊钱来，一次买几样东西。她总觉得一样一样地买，每次出钱不多，便很上算。二姐是有耐心的。姑母怎么支使，她怎么办。她一点不怕麻烦，只是十分可怜她的鞋。赶到非买贵一些的东西不可了，姑母便亲自出马。她不愿把许多钱交给二姐，同时也不愿二姐知道她买那么贵的东西。她趁院里没人的时候，像偷偷溜走的小鱼似的溜出去。到街上，她看见什么都想买，而又都嫌太贵。在人群里，她挤来挤去，看看这，看看那，非常冷静，以免上当。结果，绕了两三个钟头，她什么也没买回来。直到除夕了，非买东西不可了，她才带着二姐一同出征。二姐提着筐子，筐子里放着各种小瓶小罐。这回，姑母不再冷静，在一个摊子上就买好几样东西，而且买的并不便宜。但是，她最忌讳人家说她的东西买贵了。所以二姐向母亲汇报的时候，总是把嘴放在母亲的耳朵上，而且用手把嘴遮得严严的才敢发笑。

　　我们的新年过得很简单。母亲还不能下地，二姐被调去作专员，一切都须由父亲操持。父亲虽是旗兵，可是已经失去二百年前的叱咤风云的气势。假若给他机会，他也会像正翁那样玩玩靛颏儿，坐坐茶馆，赊两只烧鸡，哼几句二黄或牌子曲。可是，他没有机会戴上顶子与花翎。北城外的二三十亩地早已被前人卖掉，只剩下一亩多，排列着几个坟头儿。旗下分给的住房，也早被他的先人先典后卖，换了烧鸭子吃。据说，我的曾祖母跟着一位满族大员到过云南等遥远的地方。那位大员得到多少元宝，已无可考查。我的曾祖母的任务大概是搀扶着大员的夫人上轿下轿，并给夫人装烟倒茶。在我们家里，对曾祖母的这些任务都不大提起，而只记得我们的房子是她购置的。

　　是的，父亲的唯一的无忧无虑的事就是每月不必交房租，虽然在六七月下大雨的时候，他还不能不着点急——院墙都是碎砖头儿砌成的，一遇大雨便塌倒几处。他没有嗜好，既不抽烟，也不赌钱，只在过节的时候喝一两杯酒，还没有放下酒杯，他便面若重枣。他最爱花草，每到夏季必以极低的价钱买几棵姥姥不疼、舅舅不爱的五色梅。至于洋麻绳菜与草茉莉等等，则年年自生自长，甚至不用浇水，也到时候就开花。到上班的时候，他便去上班。下了班，他照直地回家。回到家中，他识字不多，所以不去读书；家中只藏着一张画匠画的《王羲之爱鹅》，也并不随时观赏，因为每到除夕才找出来挂在墙上，到了正月十九就摘下来①。他只出来进去，劈劈柴，看看五色梅，或刷一刷水缸。有人跟他说话，他很和气，低声地回答两句。没人问他什么，他便老含笑不语，整天无话可说。对人，他颇有礼貌。但在街上走的时候，他总是目不斜视，非到友人们招呼他，他不会赶上前去请安。每当母亲叫他去看看亲友，他便欣然前往。没有多大一会儿，他便打道回府。"哟！怎这么快就回来了？"我母亲问。父亲便笑那么一下，然后用布掸子啪啪地掸去鞋上的尘土。一辈子，他没和任何人打过架，吵过嘴。他比谁都更老实。可是，谁也不大欺负他，他是带着腰牌的旗兵啊。

_____

① 正月十九摘画：北京旧俗，正月十八日"开市"，工人上工，商店开业，学生念书，官兵执差如常。新年期间的一应节日陈设，都应在十九日以前撤去。又，正月十九为"燕九节"，灯节通常要到这个时候才收灯。所以，挂了近二十天的画《王羲之爱鹅》也要摘下来。

在我十来岁的时候，我总爱刨根问底地问母亲：父亲是什么样子？母亲若是高兴，便把父亲的那些特点告诉给我。我总觉得父亲是个很奇怪的旗兵。

父亲把打过我三下的那棵葱扔到房上去，非常高兴。从这时候起，一直到他把《王羲之爱鹅》找出来，挂上，他不但老笑着，而且也先开口对大伙儿说话。他几乎是见人便问：这小子该叫什么呢？

研究了再研究，直到除夕给祖先焚化纸钱的时候，才决定了我的官名叫常顺，小名叫秃子，暂缺"台甫"。

在这之外，父亲并没有去买什么年货，主要的原因是没有钱。他可是没有忽略了神佛，不但请了财神与灶王的纸像，而且请了高香、大小红烛，和五碗还没有烙熟的月饼。他也煮了些年饭，用特制的小饭缸盛好，上面摆上几颗红枣，并覆上一块柿饼儿，插上一枝松枝，枝上还悬着几个小金纸元宝，看起来颇有新年气象。他简单地说出心中的喜悦："咱们吃什么不吃什么的都不要紧，可不能委屈了神佛！神佛赏给了我一个老儿子呀！"

除夕，母亲和我很早地就昏昏睡去，似乎对过年不大感觉兴趣。二姐帮着姑母作年菜，姑母一边工作，一边叨唠，主要是对我不满。"早不来，晚不来，偏偏在过年的时候来捣乱，贼秃子！"每逢她骂到满宫满调的时候，父亲便过来，笑着问："姐姐，我帮帮您吧！"

"你？"姑母打量着他，好像向来不曾相识似的。"你不想想就说话！你想想，你会干什么？"

父亲含笑想了想，而后像与佐领或参领告辞那样，倒退着走出来。

街上，祭神的花炮逐渐多起来。胡同里，每家都在剁饺子馅儿，响成一片。赶到花炮与剁馅子的声响汇合起来，就有如万马奔腾，狂潮怒吼。在这一片声响之上，忽然这里，忽然那里，以压倒一切的声势，讨债的人敲着门环，啪啪啪啪，像一下子就连门带门环一齐敲碎，惊心动魄，人人肉跳心惊，连最顽强的大狗也颤抖不已，不敢轻易出声。这种声音引起多少低卑的央求，或你死我活的吵闹，夹杂着妇女与孩子们的哭叫。一些既要脸面，又无办法的男人们，为躲避这种声音，便在这诸神下界、祥云缭绕的夜晚，偷偷地去到城根或城外，默默地结束了这一生。

父亲独自包着素馅的饺子。他相当紧张。除夕要包素馅饺子是我家的传统，既为供佛，也省猪肉。供佛的作品必须精巧，要个儿较小，而且在边缘上捏出花儿来，美观而结实——把饺子煮破了是不吉祥的。他越紧张，饺子越不听话，有的形似小船，有的像小老鼠，有的不管多么用力也还张着嘴。

除了技术不高，这恐怕也与"心不在焉"有点关系。他心中惦念着大女儿。他虽自己也是寅吃卯粮，可是的确知道这个事实，因而不敢不算计每一个钱的用途，免得在三节叫债主子敲碎门环子。而正翁夫妇与多甫呢，却以为赊到如白拣，绝对不考虑怎么还债。若是有人愿意把北海的白塔赊给他们，他们也毫不迟疑地接受。他想不明白，他们有什么妙策闯过年关，也就极不放心自己的大女儿。

母亲被邻近的一阵敲门巨响惊醒。她并没有睡实在了，心中也七上八下地惦记着大女儿。可是，她打不起精神来和父亲谈论此事，只说了声：你也睡吧！

除夕守岁，彻夜不眠，是多少辈子所必遵守的老规矩。父亲对母亲的建议感到惊异。他嗯了一声，照旧包饺子，并且找了个小钱，擦干净，放在一个饺子里，以便测验谁的运气好——得到这个饺子的，若不误把小钱吞下去，便会终年顺利！他决定要守岁，叫油灯、小铁炉、佛前的香火，都通宵不断。他有了老儿子，有了指望，必须叫灯火都旺旺的，气象峥嵘，吉祥如意！他还去把大绿瓦盆搬进来，以便蓄存脏水，过了"破五①"再往外倒。在又包了一个像老鼠的饺子之后，他拿起皇历，看清楚财神、喜神的方位，以便明天清早出了屋门便面对着他们走。他又高兴起来，以为只要自己省吃俭用，再加上神佛的保佑，就必定会一顺百顺，四季平安！

夜半，街上的花炮更多起来，铺户开始祭神。父亲又笑了。他不大晓得云南是在东边，还是在北边，更不知道英国是紧邻着美国呢，还是离云南不远。只要听到北京有花炮咚咚地响着，他便觉得天下太平，皆大欢喜。

二姐撅着嘴进来，手上捧着两块重阳花糕，泪在眼圈儿里。她并不恼帮了姑母这么好几天，连点压岁钱也没得到。可是，接到两块由重阳放到除夕的古老的花糕，她冒了火！她刚要往地上扔，就被父亲拦住。"那不好，二妞！"父亲接过来那两块古色古香的点心，放在桌上。"二妞，别哭，别哭！那不吉祥！"二姐忍住了泪。

---

① 破五：正月初五。旧俗，破五之内不得以生米为炊，妇女不得出门。至初六，方可互相道贺。

父亲掏出几百钱来，交给二姐："等小李过来，买点糖豆什么的，当作杂拌吧！"他知道小李今夜必定卖到天发亮，许多买不起正规杂拌儿的孩子都在等着他。

不大会儿，小李果然过来了。二姐刚要往外走，姑母开开了屋门："二姐，刚才，刚才我给你的……喂了狗吧！来，过来！"她塞到二姐手中一张新红钱票，然后邦的一声关上了门。二姐出去，买了些糖豆大酸枣儿，和两串冰糖葫芦。回来，先问姑母："姑姑，您不吃一串葫芦吗？白海棠的！"姑母回答了声："睡觉喽！明年见！"

父亲看出来，若是叫姑母这么结束了今年，大概明年的一开头准会顺利不了。他赶紧走过去，在门外吞吞吐吐地问："姐姐！不跟我、二姐，玩会儿牌吗？"

"你们有多少钱哪？"姑母问。

"赌铁蚕豆的！"

姑母哈哈地笑起来，笑完了一阵，卟的一声，吹灭了灯！

父亲回来，低声地说：我把她招笑了，大概明天不至于闹翻了天啦！

父女二人一边儿吃着糖豆儿，一边儿闲谈。

"大年初六，得接大姐回来。"二姐说。

"对！"

"给她什么吃呢？公公婆婆挑着样儿吃，大姐可什么也吃不着！"

父亲没出声。他真愿意给大女儿弄些好吃的，可是……

"小弟弟满月，又得……"二姐也不愿往下说了。

父亲本想既节约又快乐地度过除夕，可是无论怎样也快乐不起来了。他不敢怀疑大清朝的一统江山能否亿万斯年。可是，即使大清皇帝能够永远稳坐金銮宝殿，他的儿子能够补上缺，也当上旗兵，又怎么样呢？生儿子是最大的喜事，可是也会变成最发愁的事！

"小弟弟长大了啊，"二姐口中含着个铁蚕豆，想说几句漂亮的话，叫父亲高兴起来。"至小也得来个骁骑校，五品顶戴，跟大姐夫一样！"

"那又怎么样呢？"父亲并没高兴起来。

"要不，就叫他念多多的书，去赶考，中个进士！"

"谁供给得起呢？"父亲脸上一点笑容也没有了。

"干脆，叫他去学手艺！跟福海二哥似的！"二姐自己也纳闷，今天晚上为什么想起这么多主意，或者是糖豆与铁蚕豆发生了什么作用。

"咱们旗人，但分①能够不学手艺，就不学！"

父女一直谈到早晨三点，始终没给小弟弟想出出路来。二姐把糖葫芦吃罢，一歪，便睡着了。父亲把一副缺了一张"虎头②"的骨牌找出来，独自给老儿子算命。

初一，头一个来拜年的自然是福海二哥。他刚刚磕完头，父亲就提出给我办满月的困难。二哥出了个不轻易出的主意："您拜年去的时候，就手儿辞一辞吧！"

父亲坐在炕沿上，捧着一杯茶，好大半天说不出话来。他知道，

———————————

① 但分：只要。极甚之辞。

② 虎头：骨牌中的一张，十一点，排列状如虎头。

二哥出的是好主意。可是，那么办实在对不起老儿子！一个增光耀祖的儿子，怎可以没办过满月呢？

"您看，就是挨家挨户去辞，也总还有拦不住的。咱们旗人喜欢这一套！"二哥笑了笑。"不过，那可就好办了。反正咱们先说了不办满月，那么，非来不可的就没话可说了；咱们清茶恭候，他们也挑不了眼！"

"那也不能清茶恭候！"父亲皱着眉头儿说。

"就是说！好歹地弄点东西吃吃，他们不能挑剔，咱们也总算给小弟弟办了满月！"

父亲连连点头，脸上有了笑容："对！对！老二，你说的对！"倒仿佛好歹地弄点东西吃吃，就不用花一个钱似的。"二姐，拿套裤！老二，走！我也拜年去！"

"您忙什么呀？"

"早点告诉了亲友，心里踏实！"

二姐找出父亲的那双枣红缎子套裤。套裤比二姐大着两岁，可并不显着太旧，因为只在拜年与贺喜时才穿用。

初六，大姐回来了，我们并没有给她到便宜坊叫个什锦火锅或苏式盒子。母亲的眼睛总跟着大姐，仿佛既看不够她，又对不起她。大姐说出心腹话来："奶奶，别老看着我，我不争吃什么！只要能够好好地睡睡觉，歇歇我的腿，我就念佛！"说的时候，她的嘴唇有点颤动，可不敢落泪，她不愿为倾泻自己的委屈而在娘家哭哭啼啼，冲散新春的吉祥气儿。到初九，她便回了婆家。走到一阵风刮来的时候，才落了两点泪，好归罪于沙土迷了她的眼睛。

姑母从初六起就到各处去玩牌，并且颇为顺利，赢了好几次。因此，我们的新年在物质上虽然贫乏，可是精神上颇为焕发。在元宵节晚上，她居然主动地带着二姐去看灯，并且到后门①西边的城隍庙观赏五官往外冒火的火判儿。她这几天似乎颇重视二姐，大概是因为二姐在除夕没有拒绝两块古老花糕的赏赐。那可能是一种试探，看看二姐到底是否真老实，真听话。假若二姐拒绝了，那便是表示不承认姑母在这个院子里的霸权，一定会受到惩罚。

我们屋里，连汤圆也没买一个。我们必须节约，好在我满月的那天招待拦而拦不住的亲友。

到了那天，果然来了几位贺喜的人。头一位是多甫大姐夫。他的脸瘦了一些，因为从初一到十九，他忙得几乎没法儿形容。他逛遍所有的庙会。在初二，他到财神庙借了元宝，并且确信自己十分虔诚，今年必能发点财。在白云观，他用铜钱打了桥洞里坐着的老道，并且用小棍儿敲了敲放生的老猪的脊背，看它会叫唤不会。在厂甸，他买了风筝与大串的山里红。在大钟寺，他喝了豆汁，还参加了没白没票的抓彩，得回手指甲大小的一块芝麻糖。各庙会中的练把式的、说相声的、唱竹板书的、变戏法儿的……都得到他的赏钱，被艺人们称为财神爷。只在白云观外的跑马场上，他没有一显身手，因为他既没有骏马，即使有骏马他也不会骑。他可是在入城之际，雇了一匹大黑驴，项挂铜铃，跑的相当快，博得游人的喝彩。他非常得意，乃至一

_____
① 后门：即地安门。元宵节张灯，旧时以东四牌楼和地安门为最盛。

失神，黑驴落荒而逃，把他留在沙土窝儿里。在十四、十五、十六，他连着三晚上去看东单西四鼓楼前的纱灯、牛角灯、冰灯、麦芽龙灯；并赶到内务府大臣的门外，去欣赏燃放花盒，把洋绉马褂上烧了个窟窿。

他来贺喜，主要地是为向一切人等汇报游玩的心得，传播知识。他跟我母亲、二姐讲说，她们都搭不上茬儿。所以，他只好过来启发我：小弟弟，快快地长大，我带你玩去！咱们旗人，别的不行，要讲吃喝玩乐，你记住吧，天下第一！

父亲几次要问多甫，怎么闯过了年关，可是话到嘴边上又咽回去。一来二去，倒由多甫自己说出来：把房契押了出去，所以过了个肥年。父亲听了，不住地皱眉。在父亲和一般的老成持重的旗人们看来，自己必须住着自己的房子，才能根深蒂固，永远住在北京。因作官而发了点财的人呢，"吃瓦片①"是最稳当可靠的。以正翁与多甫的收入来说，若是能够勤俭持家，早就应该有了几处小房，月月取租钱。可是，他们把房契押了出去！多甫看父亲皱眉，不能不稍加解释：您放心，没错儿，押出去房契，可不就是卖房！俸银一下来，就把它拿回来！

"那好！好！"父亲口中这么说，心中可十分怀疑他们能否再看到自己的房契。

多甫见话不投机，而且看出并没有吃一顿酒席的希望，就三晃两晃不见了。

---

① 吃瓦片：指以收取房租为生的人。

大舅妈又犯喘，福海二哥去上班，只有大舅来坐了一会儿。大家十分恳切地留他吃饭，他坚决不肯。可是，他来贺喜到底发生了点作用。姑母看到这样清锅冷灶，早想发脾气，可是大舅以参领的身分，到她屋中拜访，她又有了笑容。大舅走后，她质问父亲：为什么不早对我说呢？三两五两银子，我还拿得出来！这么冷冷清清的，不大像话呀！父亲只搭讪着嘻嘻了一阵，心里说：好家伙，用你的银子办满月，我的老儿子会叫你给骂化了！

　　这一年，春天来的较早。在我满月的前几天，北京已经刮过两三次大风。是的，北京的春风似乎不是把春天送来，而是狂暴地要把春天吹跑。在那年月，人们只知道砍树，不晓得栽树，慢慢地山成了秃山，地成了光地。从前，就连我们的小小的坟地上也有三五株柏树，可是到我父亲这一辈，这已经变为传说了。北边的秃山挡不住来自塞外的狂风，北京的城墙，虽然那么坚厚，也挡不住它。寒风，卷着黄沙，鬼哭神号地吹来，天昏地昏，日月无光。青天变成黄天，降落着黄沙。地上，含有马尿驴粪的黑土与鸡毛蒜皮一齐得意地飞向天空。半空中，黑黄上下，渐渐混合，结成一片深灰的沙雾，遮住阳光。太阳所在的地方，黄中透出红来，像凝固了的血块。

　　风来了，铺户外的冲天牌楼唧唧吱吱地乱响，布幌子吹碎，带来不知多少里外的马嘶牛鸣。大树把梢头低得不能再低，干枝子与干槐豆纷纷降落，树杈上的鸦巢七零八散。甬路与便道上所有的灰土似乎都飞起来，对面不见人。不能不出门的人们，像鱼在惊涛骇浪中挣扎，顺着风走的身不自主地向前飞奔；逆着风走的两腿向前，而身子后退。他们的身上、脸上落满了黑土，像刚由地下钻出来；发红的眼睛不断流出泪来，给鼻子两旁冲出两条小泥沟。

那在屋中的苦人们，觉得山墙在摇动，屋瓦被揭开，不知哪一会儿就连房带人一齐被刮到什么地方去。风从四面八方吹进来，把一点点暖气都排挤出去，水缸里白天就冻了冰。桌上、炕上，落满了腥臭的灰土，连正在熬开了的豆汁，也中间翻着白浪，而锅边上是黑黑的一圈。

一会儿，风从高空呼啸而去；一会儿，又擦着地皮袭来，击撞着院墙，呼隆呼隆地乱响，把院中的破纸与干草叶儿刮得不知上哪里才好。一阵风过去，大家一齐吐一口气，心由高处落回原位。可是，风又来了，使人感到眩晕。天、地，连皇城的红墙与金銮宝殿似乎都在颤抖。太阳失去光芒，北京变成任凭飞沙走石横行无忌的场所。狂风怕日落，大家都盼着那不像样子的太阳及早落下去。傍晚，果然静寂下来。大树的枝条又都直起来，虽然还时时轻摆，可显着轻松高兴。院里比刚刚扫过还更干净，破纸什么的都不知去向，只偶然有那么一两片藏在墙角里。窗楞上堆着些小小的坟头儿，土极干极细。窗台上这里厚些，那里薄些，堆着一片片的浅黄色细土，像沙滩在水退之后，留下水溜的痕迹。大家心中安定了一些，都盼望明天没有一点儿风。可是，谁知道准怎么样呢！那时候，没有天气预报啊。

要不怎么说，我的福气不小呢！我满月的那一天，不但没有风，而且青天上来了北归较早的大雁。虽然是不多的几只，可是清亮的鸣声使大家都跑到院中，抬着头指指点点，并且念道着："七九河开，八九雁来"，都很兴奋。大家也附带着发现，台阶的砖缝里露出一小丛嫩绿的香蒿叶儿来。二姐马上要脱去大棉袄，被母亲喝止住："不许脱！春捂秋冻！"

正在这时候，来了一辆咯噔咯噔响的轿车，在我们的门外停住。紧跟着，一阵比雁声更清亮的笑声，由门外一直进到院中。大家都吃了一惊！

# 第六章

　　随着笑声，一段彩虹光芒四射，向前移动。朱红的帽结子发着光，青缎小帽发着光，帽沿上的一颗大珍珠发着光，二蓝团龙缎面的灰鼠袍子发着光，米色缎子坎肩发着光，雪青的褡包在身后放着光，粉底官靴发着光。众人把彩虹挡住，请安的请安，问候的问候，这才看清一张眉清目秀的圆胖洁白的脸，与漆黑含笑的一双眼珠，也都发着光。听不清他说了什么，虽然他的嗓音很清亮。他的话每每被他的哈哈哈与啊啊啊扰乱；雪白的牙齿一闪一闪地发着光。

　　光彩进了屋，走到炕前，照到我的脸上。哈哈哈，好！好！他不肯坐下，也不肯喝一口茶，白胖细润的手从怀中随便摸出一张二两的银票，放在我的身旁。他的大拇指戴着个翡翠扳指，发出柔和温润的光泽。好！好啊！哈哈哈！随着笑声，那一身光彩往外移动。不送，不送，都不送！哈哈哈！笑着，他到了街门口。笑着，他跨上车沿。鞭子轻响，车轮转动，咯噔咯噔……。笑声渐远，车出了胡同，车后留下一些飞尘。

　　姑母急忙跑回来，立在炕前，呆呆地看着那张银票，似乎有点不大相信自己的眼睛。大家全回来了，她出了声："定大爷，定大爷！他怎么会来了呢？他由哪儿听说的呢？"

大家都要说点什么，可都想不起说什么才好。我们的胡同里没来过那样体面的轿车。我们从来没有接过二两银子的"喜敬"——那时候，二两银子可以吃一桌高级的酒席！

父亲很后悔："你看，我今年怎么会忘了给他去拜年呢？怎么呢？"

"你没拜年去，他听谁说的呢？"姑母还问那个老问题。

"你放心吧，"母亲安慰父亲，"他既来了，就一定没挑了眼！定大爷是肚子里撑得开船的人！"

"他到底听谁说的呢？"姑母又追问一次。

没人能够回答姑母的问题，她就默默地回到自己屋中，心中既有点佩服我，又有点妒意。无可如何地点起兰花烟，她不住地骂贼秃子。

我的曾祖母不是跟过一位满族大员，到云南等处去过吗？那位大员不是带回数不清的元宝吗？定大爷就是这位到处拾元宝的大员的后代。

他的官印①是定禄。他有好几个号：子丰、裕斋、富臣、少甫，有时候还自称霜清老人，虽然他刚过二十岁。刚满六岁，就有三位名儒教导他，一位教满文，一位讲经史，一位教汉文诗赋。先不提宅院有多么大，光说书房就有带廊子的六大间。书房外有一座精致的小假山，霜清老人高了兴便到山巅拿个大顶。山前有牡丹池与芍药池，每到春天便长起香蒿子与兔儿草，颇为茂盛；牡丹与芍药都早被"老人"揪出来，看看离开土还能开花与否。书房东头的粉壁前，种着一片翠竹，西头儿有一株紫荆。竹与紫荆还都活着。好几位满族大员的子弟，和两三位汉族富家子弟，都来此附学。他们有的中了秀才，有的得到差事，只有霜清

_____

① 官印：原指官府所用之印，后以敬称人的大名。

老人才学出众，能够唱整出的《当锏卖马》<sup>①</sup>，文武双全。他是有才华的。他喜欢写字，高兴便叫书童研一大海碗墨，供他写三尺大的福字与寿字，赏给他的同学们；若不高兴，他就半年也不动一次笔，所以他的字写得很有力量，只是偶然地缺少两笔，或多了一撇。他也很爱吟诗。感灵一来，他便写出一句，命令同学们补足其余。他没学会满文，也没学好汉文，可是自信只要一使劲，马上就都学会，于是暂且不忙着使劲。他也偶然地记住一二古文中的名句，如"落霞与孤鹜齐飞，秋水共长天一色"之类，随时引用，出口成章。兴之所至，他对什么学术、学说都感兴趣，对什么三教九流的人物都乐意交往。他自居为新式的旗人，既有文化，又宽宏大量。他甚至同情康、梁的维新的主张与办法。他的心地良善，只要有人肯叫"大爷"，他就肯赏银子。

他不知道他父亲比祖父更阔了一些，还是差了一些。他不知道他们给他留下多少财产。每月的收支，他只听管事的一句话。他不屑于问一切东西的价值，只要他爱，花多少钱也肯买。自幼儿，他就拿金银锞子与玛瑙翡翠作玩具，所以不知道它们是贵重物品。因此，不少和尚与道士都说他有仙根，海阔天空，悠然自得。他一看到别人为生活发愁着急，便以为必是心田狭隘，不善解脱。

他似乎记得，又似乎不大记得，他的祖辈有什么好处，有什么缺点，和怎么拾来那些元宝。他只觉得生下来便被绸缎裹着，男女仆伺候着，完全因为他的福大量大造化大。他不能不承认自己是满人，可并不过度地以此自豪，他有时候编出一些刻薄的笑话，讥诮旗人。他

① 《当锏卖马》：一出极为流行的京剧，演唱《隋唐演义》中秦叔宝的故事。

渺茫地感到自己是一种史无前例的特种人物，既记得几个满洲字，又会作一两句汉文诗，而且一使劲便可以成圣成佛。他没有能够取得功名，似乎也无意花钱去捐个什么官衔，他愿意无牵无挂，像行云流水那么闲适而又忙碌。

他与我们的关系是颇有趣的。虽然我的曾祖母在他家帮过忙，我们可并不是他的家奴①。他的祖父、父亲，与我的祖父、父亲，总是那么似断似续地有点关系，又没有多大关系。一直到他当了家，这种关系还没有断绝。我们去看他，他也许接见，也许不接见，那全凭他的高兴与否。他若是一时心血来潮呢，也许来看看我们。这次他来贺喜，后来我们才探听到，原来是因为他自己得了个女娃娃，也是腊月生的，比我早一天。他非常高兴，觉得世界上只有他们夫妇才会生个女娃娃，别人不会有此本领与福气。大概是便宜坊的老王掌柜，在给定宅送账单去，走漏了消息：在祭灶那天，那个时辰，一位文曲星或扫帚星降生在一个穷旗兵家里。

是的，老王掌柜和定宅的管事的颇有交情。每逢定大爷想吃熏鸡或烤鸭，管事的总是照顾王掌柜，而王掌柜总是送去两只或三只，便在账上记下四只或六只。到年节要账的时候，即使按照三只或四只还账，王掌柜与管事的也得些好处。老王掌柜有时候受良心的谴责，认为自己颇欠诚实，可是管事的告诉他：你想想吧，若是一节只欠你一两银子，我怎么向大爷报账呢？大爷会说：怎么，凭我的身分就欠他一两？没有的事！不还！告诉你，老掌柜，至少开十两，才像个样子！受了这点教

---

① 家奴：又称包衣，指在藩邸勋门永世为奴的人。

育之后，老掌柜才不再受良心的谴责，而安心地开花账了。

定大爷看见了我，而且记住了我。是的，当我已经满了七岁，而还没有人想起我该入学读书，就多亏他又心血来潮，忽然来到我家。哈哈了几声，啊啊了几声，他把我扯到一家改良私塾里去，叫我给孔夫子与老师磕头。他替我交了第一次的学费。第二天，他派人送来一管“文章一品①”，一块“君子之风②”，三本小书③，和一丈蓝布——摸不清是作书包用的呢，还是叫我作一身裤褂。

不管姑母和别人怎样重视定大爷的光临，我总觉得金四把叔叔来贺喜更有意义。

在北京，或者还有别处，受满族统治者压迫最深的是回民。以金四叔叔的身体来说，据我看，他应当起码作个武状元。他真有功夫：近距离摔跤，中距离拳打，远距离脚踢，真的，十个八个壮小伙子甭想靠近他的身子。他又多么体面，多么干净，多么利落！他的黄净子脸上没有多余的肉，而处处发着光；每逢阴天，我就爱多看看他的脸。他干净，不要说他的衣服，就连他切肉的案子都刷洗得露出木头的花纹来。到我会去买东西的时候，我总喜欢到他那里买羊肉或烧饼，他那里是那么清爽，以至使我相信假若北京都属他管，就不至于无风三尺土了。他利落，无论干什么都轻巧干脆；是呀，只要遇上他，我必要求他“举高高”。他双手托住我的两腋，叫声“起”，我便一步登天，升到半空中。体验过这种使我狂喜的活动以后，别人即

① 文章一品：毛笔。
② 君子之风：墨。
③ 三本小书：《三字经》、《百家姓》、《千字文》，均为儿童启蒙读物。

使津贴我几个铁蚕豆，我也不同意"举高高"！

我就不能明白：为什么皇上们那么和回民过不去！是呀，在北京的回民们只能卖卖羊肉，烙烧饼，作小买卖，至多不过是开个小清真饭馆。我问过金四叔："四叔，您干吗不去当武状元呢？"四叔的极黑极亮的眼珠转了几下，拍拍我的头，才说："也许，也许有那么一天，我会当上武状元！秃子，你看，我现在不是吃着一份钱粮吗？"

这个回答，我不大明白。跟母亲仔细研究，也久久不能得到结论。母亲说："是呀，咱们给他请安，他也还个安，不是跟咱一样吗？可为什么……"

我也跟福海二哥研究过，二哥也很佩服金四叔，并且说："恐怕是因为隔着教①吧？可是，清真古教是古教啊，跟儒、释、道一样的好啊！"

那时候，我既不懂儒、释、道都是怎么一回事，也就不懂二哥的话意。看样子，二哥反正不反对跟金四叔交朋友。

在我满月的那天，已经快到下午五点钟了，大家已经把关于定大爷的历史与特点说得没有什么可补充的了，金四叔来到。大家并没有大吃一惊，像定大爷来到时那样。假若大家觉得定大爷是自天而降，对金四把的来到却感到理当如此，非常亲切。是的，他的口中除了有时候用几个回民特有名词，几乎跟我们的话完全一样。我们特有的名词，如牛录、甲喇、格格……他不但全懂，而且运用的极为正确。一些我们已满、汉兼用的，如"牛录"也叫作"佐领"，他却偏说满语。因此，大家对他的吃上一份钱粮，都不怎么觉得奇怪。我们当然

———————————
① 隔着教：又叫"截着教"、俗称与"汉教"不同之"回教"。

不便当面提及此事，可是他倒有时候自动地说出来，觉得很可笑，而且也必爽朗地笑那么一阵。

他送了两吊钱，并祝我长命百岁。大家让座的让座，递茶的递茶。可是，他不肯喝我们的茶。他严守教规，这就使我们更尊敬他，都觉得：尽管他吃上一份钱粮，他可还是个真正的好回回。是的，当彼此不相往来的时候，不同的规矩与习惯使彼此互相歧视。及至彼此成为朋友，严守规矩反倒受到对方的称赞。我母亲甚至建议："四叔，我把那个有把儿的茶杯给你留起来，专为你用，不许别人动，你大概就会喝我们的茶了吧？"四叔也回答得好："不！赶明儿我自己拿个碗来，存在这儿！"

四叔的嗓子很好，会唱几句《三娘教子》①。虽然不能上胡琴，可是大家都替他可惜："凭这条嗓子，要是请位名师教一教，准成个大名角儿！"可是，他拜不着名师。于是只好在走在城根儿的时候，痛痛快快地喊几句。

今天，为是热闹热闹，大家恳请他消遣一段儿。

"嗐！我就会那么几句！"金四叔笑着说。可是，还没等再让，他已经唱出"小东人②"来了。

那时候，我还不会听戏，更不会评论，无法说出金四把到底唱的怎样。可是，我至今还觉得怪得意的：我的满月吉日是受过回族朋友的庆祝的。

___

① 《三娘教子》：传统戏剧，演王春娥教子的故事。
② 小东人：《三娘教子》里一句唱词儿的头三字，即小主人之意。

# 第七章

在满洲饽饽里，往往有奶油，我的先人们也许是喜欢吃牛奶、马奶，以及奶油、奶酪的。可是，到后来，在北京住过几代了，这个吃奶的习惯渐渐消失。到了我这一代，我只记得大家以杏仁茶、面茶等作早点，就连喝得起牛奶的，如大舅与大姐的公公也轻易不到牛奶铺里去。只有姑母还偶尔去喝一次，可也不过是为表示她喝得起而已。至于用牛奶喂娃娃，似乎还没听说过。

这可就苦了我。我同皇太子还是婴儿的时候大概差不多，要吃饱了才能乖乖地睡觉。我睡不安，因为吃不饱。母亲没有多少奶，而牛奶与奶粉，在那年月，又不见经传。于是，尽管我有些才华，也不能不表现在爱哭上面。我的肚子一空，就大哭起来，并没有多少眼泪。姑母管这种哭法叫作"干嚎"。她讨厌这种干嚎，并且预言我会给大家招来灾难。

为减少我的干嚎与姑母的闹气，母亲只好去买些杨村糕干，糊住我的小嘴。因此，大姐夫后来时常嘲弄我：吃浆糊长大的孩子，大概中不了武状元！而姑母呢，每在用烟锅子敲我的时节，也嫌我的头部不够坚硬。

姑母并没有超人的智慧，她的预言不过是为讨厌我啼哭而发的。

可是，稍稍留心大事的人会看出来，小孩们的饥啼是大风暴的先声。是呀，听听吧，在我干嚎的时候，天南地北有多少孩子，因为饿，因为冷，因为病，因为被卖出去，一齐在悲啼啊！

黄河不断泛滥，像从天而降，海啸山崩滚向下游，洗劫了田园，冲倒了房舍，卷走了牛羊，把千千万万老幼男女飞快地送到大海中去。在没有水患的地方，又连年干旱，农民们成片地倒下去，多少婴儿饿死在胎中。是呀，我的悲啼似乎正和黄河的狂吼，灾民的哀号，互相呼应。

同时，在北京，在天津，在各大都市，作威作福的叱喝声，胁肩谄笑的献媚声，鬻官卖爵的叫卖声，一掷千金的狂赌声，熊掌驼峰的烹调声，淫词浪语的取乐声，与监牢中的锁镣声，公堂上的鞭板夹棍声，都汇合到一处，"天堂"与地狱似乎只隔着一堵墙，狂欢与惨死相距咫尺，想象不到的荒淫和想象不到的苦痛同时并存。这时候，侵略者的炮声还隐隐在耳，瓜分中国的声浪荡漾在空中。这时候，切齿痛恨暴政与国贼的诅咒，与仇视侵略者的呼声，在农村，在乡镇，像狂潮激荡，那最纯洁善良的农民已忍无可忍，想用拳，用石头，用叉耙扫帚，杀出一条活路！

就是在我不住哭嚎的时候，我们听见了"义和拳"（后来改为义和团）这个名称。

老王掌柜的年纪越大，越爱说：得回家去看看喽！可是，最近三年，他把回家的假期都让给了年岁较轻的伙伴们。他懒得动。他越想家，也越爱留在北京。北京似乎有一种使他不知如何是好的魔力。他经常说，得把老骨头埋在家乡去。可是，若是有人问他：埋在北京不好吗？他似乎也不坚决反对。

他最爱他的小儿子。在他的口中，十成（他的小儿子的名字）仿佛不是个男孩，而是一种什么标准。提到年月，他总说：在生十成的那一年，或生十成后的第三年……。讲到东西的高度，他也是说：是呀，比十成高点，或比十成矮着一尺……。附带着说，十成本来排三，但是"三成"有歉收之意，故名十成。我们谁也没见过十成，可是认识王掌柜的人，似乎也都认识十成。在大家问他接到家信没有的时候，总是问：十成来信没有？

正是夏天农忙时节，王十成忽然来到北京！王掌柜又惊又喜。喜的是儿子不但来了，而且长得筋是筋、骨是骨，身量比爸爸高出一头，虽然他才二十岁。惊的是儿子既没带行李，又满身泥土，小褂上还破了好几块。他急忙带着儿子去买了一身现成的蓝布裤褂，一双青布双脸鞋，然后就手去拜访了两三家满汉家庭，巡回展览儿子。过了两天，不知十成说了些什么，王掌柜停止了巡回展览。可是，街坊四邻已经知道了消息，不断地来质问：怎么不带十成上我们家去？看不起我们呀？这使他受了感动，可也叫他有点为难，只好不作普遍拜访，而又不完全停止巡回。

已是下午，母亲正在西阴凉下洗衣裳；我正在屋中半醒半睡、半饥半饱，躺着咂裹自己的手指头；大黄狗正在枣树下东弹弹、西啃啃地捉狗蝇，王家父子来到。

"这就是十成！"王掌柜简单地介绍。

母亲让他们到屋里坐，他们不肯，只好在院里说话儿。在夏天，我们的院里确比屋里体面：两棵枣树不管结枣与否，反正有些绿叶。顺着墙根的几棵自生自长的草茉莉，今年特别茂盛。因为给我添购糕干，父亲今年只买了一棵五色梅，可是开花颇卖力气。天空飞着些小燕，院内还偶尔来一两只红的或黄的蜻蜓。房上有几丛兔儿草，虽然不利于屋顶，可是葱绿可喜。总起来说，我们院中颇不乏生趣。

虽然天气已相当的热，王掌柜可讲规矩，还穿着通天扯地的灰布大衫。十成的新裤褂呢，裤子太长，褂子太短，可是一致地发出热辣辣的蓝靛味儿。母亲给了王掌柜一个小板凳，他坐下，不错眼珠地看着十成。十成说"有功夫"，无论怎么让，也不肯坐下。

母亲是受过娘家与婆家的排练的，尽管不喜多嘴多舌，可是来了亲友，她总有适当的一套话语，酬应得自然而得体。是呀，放在平日，她会有用之不竭的言词，和王掌柜专讨论天气。今天，也不知怎么，她找不到话说。她看看王掌柜，王掌柜的眼总盯着十成的脸上与身上，似乎这小伙子有什么使他不放心的地方。十成呢，像棵结实的小松树似的，立在那里，生了根，只有两只大手似乎没有地方安置，一会儿抬起来，一会儿落下去。他的五官很正，眼珠与脑门都发着光，可是严严地闭着嘴，决定能不开口就不开口。母亲不知如何是好，连天气专题也忘了。愣了一会儿，十成忽然蹲下去，用手托住双腮，仿佛思索着什么极重大的问题。

正在这个时候，福海二哥来了。大黄狗马上活跃起来，蹦蹦跳跳地跑前跑后，直到母亲说了声："大黄，安顿点！"大黄才回到原位去继续捉狗蝇。

二哥坐下，十成立了起来，闭得紧紧的嘴张开，似笑不笑地叫了声"二哥"。

二哥拿着把黑面、棕竹骨的扇子，扇动了半天才说："十成，我想过了，还是算了吧！"

"算了？"十成看了看父亲，看了看二哥。"算了？"他用力咽了口唾沫。"那是你说！"

母亲不晓得什么时候十成认识了福海，也听不懂他们说的是什么，只好去给他们沏茶。

王掌柜一边思索着一边说，所以说的很慢："十成，我连洋布大衫都看不上，更甭说洋人、洋教了！可是……"

"爹！"十成在新裤子上擦了擦手心上的汗："爹！你多年不在乡下，你不知道我们受的是什么！大毛子听二毛子的撺掇，官儿又听大毛子的旨意，一个老百姓还不如这条狗！"十成指了指大黄。"我顶恨二毛子，他们忘了本！"

王掌柜和二哥都好一会儿没说出话来。

"也，也有没忘本的呀！"二哥笑着说，笑的很欠自然。

"忘了本的才是大毛子的亲人！"十成的眼对准了二哥的，二哥赶紧假装地去看枣树叶上的一个"花布手巾①"。

---

① 花布手巾：又叫"花大姐儿"，即天牛，一种色黑、长须、背有星点的鞘翅目昆虫。

王掌柜仍然很慢地说："你已经……可是没……！"

二哥赶快补上："得啦，小伙子！"

十成的眼又对准了二哥的："别叫我小伙子，我一点也不小！我练了拳，练了刀，还要练善避刀枪！什么我也不怕！不怕！"

"可是，你没打胜！"二哥冷笑了一下。"不管你怎么理直气壮，官兵总帮助毛子们打你！你已经吃了亏！"

王掌柜接过话去："对！就是这么一笔账！"

"我就不服这笔账，不认这笔账！败了，败了再打！"十成说完，把嘴闭得特别严，腮上轻动，大概是咬牙呢。

"十成！"王掌柜耐心地说："十成，听我说！先在这儿住下吧！先看一看，看明白了再走下一步棋，不好吗？我年纪这么大啦，有你在跟前……"

"对！十成！你父亲说的对！"二哥心里佩服十成，而口中不便说造反的话；他是旗兵啊。

十成又蹲下了，一声不再出。

二哥把扇子打开，又并上，并上又打开，发出轻脆的响声。他心里很乱。有意无意地他又问了句："十成，你们有多少人哪？"

"多了！多了！有骨头的……"他狠狠地看了二哥一眼。"在山东不行啊，我们到直隶来，一直地进北京！"

王掌柜猛地立起来，几乎是喊着："不许这么说！"

母亲拿来茶。可是十成没说什么，立起来，往外就走。母亲端着茶壶，愣在那里。

"您忙去吧，我来倒茶！"二哥接过茶具，把母亲支开，同时又让王掌柜坐下。刚才，他被十成的正气给压得几乎找不出话说；现在，只剩下了王掌柜，他的话又多起来："王掌柜，先喝碗！别着急！我会帮助您留下十成！"

"他，他在这儿，行吗？"王掌柜问。

"他既不是强盗，又不是杀人凶犯！山东闹义和团，我早就听说了！我也听说，上边决不许老百姓乱动！十成既跑到这儿来，就别叫他再回去。在这儿，有咱们开导他，他老老实实，别人也不会刨根问底！"二哥一气说完，又恢复了平日的诸葛亮气度。

"叫他老老实实？"王掌柜惨笑了一下。"他说的有理，咱们劝不住他！"

二哥又低下头去。的确，十成说的有理！"嘻！老王掌柜，我要光是个油漆匠，不也是旗兵啊，我也……"

王掌柜也叹了口气，慢慢地走出去。

母亲过来问二哥："老二，都是怎么一回事啊？十成惹了什么祸？"

"没有！没有！"二哥的脸上红了些，他有时候很调皮，可是不爱扯谎。"没事！您放心吧！"

"我看是有点事！你可得多帮帮王掌柜呀！"

"一定！"

这时候，姑母带着"小力笨"从西庙回来。姑母心疼钱，又不好意思白跑一趟，所以只买了一包刷牙用的胡盐。

"怎么样啊？老二！"姑母笑着问。

按照规律，二哥总会回答："听您的吧，老太太！"可是，今天他打不起精神凑凑十胡什么的。十成的样子、话语还在他的心中，使他不安、惭愧，不知如何是好。"老太太，我还有点事！"他笑着回答。然后又敷衍了几句，用扇子打了大腿一下："我还真该走啦！"便走了出去。

出了街门，他放慢了脚步。他须好好地思索思索。对世界形势，他和当日的王爷们一样，不大知道。他只知道外国很厉害。可是，不管外国怎么厉害，他却有点不服气。因此，他佩服十成。不过，他也猜得到，朝廷决不许十成得罪外国人，十成若是傻干，必定吃亏。他是旗兵，应当向着朝廷呢？还是向着十成呢？他的心好像几股麻绳绕在一块儿，撕拉不开了。他的身上出了汗，小褂贴在背上，袜子也粘住脚心，十分不好过。

胡里胡涂地，他就来到便宜坊门外。他决定不了，进去还是不进去。

恰好，十成出来了。看见二哥，十成立定，嘴又闭得紧紧的。他的神气似乎是说：你要捉拿我吗？好，动手吧！

二哥笑了笑，低声地说："别疑心我！走！谈谈去！"

十成的嘴唇动了动，而没说出什么来。

"别疑心我！"二哥又说了一遍。

"走！我敢作敢当！"十成跟着二哥往北走。

他们走得飞快，不大会儿就到了积水滩。这里很清静，苇塘边上只有两三个钓鱼的，都一声不出。两个小儿跑来，又追着一只蜻蜓跑去。二哥找了块石头坐下，擦着头上的汗，十成在一旁蹲下，呆视着微动的苇叶。

二哥要先交代明白自己，好引出十成的真心话来。"十成，我也恨欺侮咱们的洋人！可是，我是旗兵，上边怎么交派，我怎么作，我不能自主！不过，万一有那么一天，两军阵前，你我走对了面，我决不会开枪打你！我呀，十成，把差事丢了，还能挣饭吃，我是油漆匠！"

"油漆匠？"十成看了二哥一眼。"你问吧！"

"我不问教里的事。"

"什么教？"

"你们不是八卦教？教里的事不是不告诉外人吗？"二哥得意地笑了笑。"你看，我是白莲教。按说，咱们是师兄弟！"

"你是不敢打洋人的白莲教！别乱扯师兄弟！"

二哥以为这样扯关系，可以彼此更亲热一点；哪知道竟自碰了回来，他的脸红起来。"我，我在理儿！"

"在理儿就说在理儿，干吗扯上白莲教？"十成一句不让。

"算了，算了！"二哥沉住了气。"说说，你到底要怎样！"

"我走！在老家，我们全村受尽了大毛子、二毛子的欺负，我们造了反！我们叫官兵打散了，死了不少人！我得回去，找到朋友们，再干！洋人，官兵，一齐打！我们的心齐，我们有理，谁也挡不住我们！"十成立了起来，往远处看，好像一眼就要看到山东去。

"我能帮帮你吗？"二哥越看越爱这个天不怕地不怕的小伙子。

他生在北京，长在北京，没见过像十成这样淳朴、这样干净、这样豪爽的人。

"我马上就走，你去告诉我爹，叫他老人家看明白，不打不杀，谁也没有活路儿！叫他看明白，我不是为非作歹，我是要干点好事儿！你肯吗？"十成的眼直视着二哥的眼。

"行！行！十成，你知道，我的祖先也不怕打仗！可是，现在……算了，不必说了！问你，你有盘缠钱没有？"

"没有！用不着！"

"怎么用不着？谁会白给你一个烧饼？"二哥的俏皮话又来了，可是赶紧控制住。"我是说，行路总得有点钱。"

"看！"十成解开小褂，露出一条已经被汗沤得深一块浅一块的红布腰带来。"有这个，我就饿不着！"说完，他赶紧把小褂又扣好。

"可是，叫二毛子看见，叫官兵看见，不就……"

"是呀！"十成爽朗地笑了一声。"我这不是赶快系好了扣子吗？二哥，你是好人！官兵要都像你，我们就顺利多了！哼，有朝一日，我们会叫皇上也得低头！"

"十成，"二哥掏出所有的几吊钱来，"拿着吧，不准不要！"

"好！"十成接过钱去。"我数数！记上这笔账！等把洋人全赶走，我回家种地，打了粮食还给你！"他一边说，一边数钱。"四吊八！"他把钱塞在怀里。"再见啦！"他往东走去。

二哥赶上去，"你认识路吗？"

十成指了指德胜门的城楼："那不是城门？出了城再说！"

十成不见了，二哥还在那里立着。这里是比较凉爽的地方，有水，有树，有芦苇，还有座不很高的小土山。二哥可是觉得越来越热。他又坐在石头上。越想，越不对，越怕；头上又出了汗。不管怎样，一个旗兵不该支持造反的人！他觉得自己一点也不精明，作了极大的错事！假若十成被捉住，供出他来，他怎么办？不杀头，也得削除旗籍，发到新疆或云南去！

"也不至于！不至于！"他安慰自己。"出了事，花钱运动运动就能逢凶化吉！"这么一想，他又觉得他不是同情造反，而是理之当然了——什么事都可以营私舞弊，有银子就能买到官，赎出命来。这成何体统呢？他没读过经史，可是听过不少京戏和评书，哪一朝不是因为不成体统而垮了台呢？

再说，十成是要打洋人。一个有良心的人，没法不佩服他，大家伙儿受了洋人多少欺侮啊！别的他不知道，他可忘不了甲午之战，和英法联军焚烧圆明园啊。他镇定下来。十成有理，他也有理，有理的人心里就舒服。他慢慢地立起来，想找王掌柜去。已走了几步，他又站住了。不好！不能去！他答应下王掌柜，帮他留下十成啊！再说，王掌柜的嘴快，会到处去说：儿子跑了，福海知道底细！这不行！

可是，不去安慰王掌柜，叫老头子到处去找儿子，也不对！怎么办呢？

他急忙回了家，用左手写了封信："父亲大人金安：儿回家种地，怕大人不准回去，故不辞而别也。路上之事，到家再禀。儿十成顿首。"写完，封好，二哥说了声"不好！"赶紧又把信拆开。"十成会写字不会呢？不知道！"

想了好大半天，打不定主意，最后："算了，就是它！"他又把信粘好，决定在天黑之后，便宜坊上了门，从门缝塞进去。

# 第八章

　　王掌柜本来不喜欢洋人、洋东西，自从十成不辞而别，他也厌恶洋教与二毛子了。他在北京住了几十年，又是个买卖地的人，一向对谁都是一团和气，就是遇见永远不会照顾他的和尚，他也恭敬地叫声大师傅。现在，他越不放心十成，就越注意打听四面八方怎么闹教案，也就决定不便对信洋教的客客气气。每逢他路过教堂，他便站住，多看一会儿；越看，心里越别扭。那些教堂既不像佛庙，又不像道观，而且跟两旁的建筑是那么不谐调，叫他觉得它们里边必有洋枪洋炮，和什么洋秘密，洋怪物。赶上礼拜天，他更要多站一会儿，看看都是谁去作礼拜。他认识不少去作礼拜的人，其中有的是很好的好人，也有他平素不大看得起的人。这叫他心里更弄不清楚了：为什么那些好人要信洋教呢？为什么教堂收容那些不三不四的人呢？他想不明白。更叫他想不通的是：教徒里有不少旗人！他知道旗人有自己的宗教（他可是说不上来那是什么教），而且又信佛教、道教，和孔教。据他想，这也就很够了，为什么还得去信洋教呢？越想，他心里越绕得慌！

　　他决定问问多二爷。多二爷常到便宜坊来买东西，非常守规矩，是王掌柜所敬重的一个人。他的服装还是二三十年前的料子与式样，宽衣博带，古色古香。王掌柜因为讨厌那哗哗乱响的竹布，就特别喜爱多二爷的衣服鞋帽，每逢遇上他，二人就以此为题，谈论好大半天。多二爷在旗下衙门里当个小差事，收入不多。这也就是他的衣冠古朴的原因，他作不起新的。他没想到，这会得到王掌柜的夸赞，于是遇到有人说他的衣帽过了时，管他叫"老古董"，他便笑着说："哼！老王掌柜还夸我的这份儿老行头呢！"因此，他和王掌柜的关系就越来越亲密。但是，他并不因此而赊账。每逢王掌柜说："先拿去吃吧，记上账！"多二爷总是笑着摇摇头："不，老掌柜！我一辈子不拉亏空！"是，他的确是个安分守己的人。他的衣服虽然陈旧，可是老刷洗得干干净净，容易磨破的地方都事先打好补钉。

他的脸很长，眉很重，不苟言苟笑。可是，遇到他所信任的人，他也爱拉不断扯不断地闲谈，并且怪有风趣。

他和哥哥分居另过。多大爷不大要强，虽然没作过、也不敢作什么很大的伤天害理的事，可是又馋又懒，好贪小便宜。无论去作什么事，他的劈面三刀非常漂亮，叫人相信他是最勤恳，没事儿会找事作的人。吃过了几天饱饭之后，他一点也不再勤恳，睡觉的时候连灯都懒得吹灭，并且声明："没有灯亮儿，我睡不着！"

他入了基督教。全家人都反对他入教，他可是非常坚决。他的理由是："你看，财神爷，灶王爷，都不保佑我，我干吗不试试洋神仙呢？这年头儿，什么都是洋的好，睁开眼睛看看吧！"

反对他入教最力的是多二爷。多老二也摸不清基督教的信仰是什么，信它有什么好处或什么坏处。他的最重要的理由是："哥哥，难道你就不要祖先了吗？入了教不准上坟烧纸！"

"那，"多大爷的脸不像弟弟的那么长，而且一急或一笑，总把眉眼口鼻都挤到一块儿去，像个多褶儿的烧卖。此时，他的脸又皱得像个烧卖。"那，我不去上坟，你去，不是两面都不得罪吗？告诉你，老二，是天使给我托了梦！前些日子，我一点辙也没有①。可是，我梦见了天使，告诉我：'城外有生机'。我就出了城，顺着护城河慢慢地走。忽然，我听见了蛙叫，咕呱，咕呱！我一想，莫非那个梦就应验在田鸡身上吗？连钓带捉，我就捉到二十多只田鸡。你猜，我遇见了谁？"他停住口，等弟弟猜测。

多老二把脸拉得长长的，没出声。

多老大接着说："在法国府……"

多老二反倒在这里插了话："什么法国府？"

"法国使馆嘛！"

"使馆不就结了，干吗说法国府？"

"老二，你呀发不了财！你不懂洋务！"

"洋务？李鸿章懂洋务，可是大伙儿管他叫汉奸！"

"老二！"多老大的眉眼口鼻全挤到一块儿，半天没有放松。

"老二！你敢说李中堂②是……！算了，算了，我不跟你扳死杠！还说田鸡那回事儿吧！"

"大哥，说点正经的！"

---

① 一点辙也没有：一点办法也没有。辙，车辙，借指办法，此处指生计。
② 李中堂：即李鸿章。李曾官至文华殿大学士，在公私礼节上，对"大学士"敬称"中堂"。

"我说的正是最正经的！我呀，拿着二十多只肥胖的田鸡，进了城。心里想：看看那个梦灵不灵！正这么想呢，迎头来了法国府的大师傅，春山，也是咱们旗人，镶黄旗的。你应该认识他！他哥哥春海，在天津也当洋厨子。"

"不认识！"

"哼，洋面上的人你都不认识！春山一见那些田鸡，就一把抓住了我，说：'多老大，把田鸡卖给我吧！'我一看他的神气，知道其中有事，就沉住了气。我说：'我找这些田鸡，是为配药用的，不卖！'我这么一说，他更要买了。敢情啊，老二，法国人哪，吃田鸡！你看，老二，那个梦灵不灵！我越不卖，他越非买不可，一直到我看他拿出两吊钱来，我才把田鸡让给他！城外有生机，应验了！从那个好日子以后，我隔不了几天，就给他送些田鸡去。可是，到了冬天，田鸡都藏起来，我又没了办法。我还没忘了天使，天使也没忘了我，又给我托了个梦：'老牛有生机'。这可不大好办！你看，田鸡可以白捉，牛可不能随便拉走啊！有一天，下着小雪，我在街上走来走去，一点辙也没有。走着走着，一看，前面有个洋人。反正我也没事儿作，就加快了脚步，跟着他吧。你知道，洋人腿长，走的快。一边走，我一边念道：'老牛有生机'。那个洋人忽然回过头来，吓了我一跳。他用咱们的话问我：'你叫我，不叫我？'唉，他的声音，他的说法，可真别致，另有个味儿！我还没想起怎么回答，他可又说啦：'我叫牛又生。'你就说，天使有多么灵！牛有生，牛又生，差不多嘛！他敢情是牛又生，牛大牧师，真正的美国人！一听说他是牧师，我赶紧说：'牛大牧师，我有罪呀！'这是点真学问！你记住，牧师专收有罪的人，正好像买破烂的专收碎铜烂铁。牛牧师高兴极了，亲亲热热地把我拉进教堂去，管我叫迷失了的羊。我想：他是牛，我是羊，可以算差不多。他为我祷告，我也学着祷告。他叫我入查经班，白送给我一本《圣经》，还给了我两吊钱！"

"大哥！你忘了咱们是大清国的人吗？饿死，我不能去巴结洋鬼子！"多老二斩钉截铁地说。

"大清国？哈哈！"多老大冷笑着："连咱们的皇上也怕洋人！"

"说的好！"多老二真急了。"你要是真敢信洋教，大哥，别怪我不准你再进我的门！"

"你敢！我是你哥哥，亲哥哥！我高兴几时来就几时来！"多老大气哼哼地走出去。

一个比别的民族都高着一等的旗人若是失去自信，像多老大这样，他便对一切都失去信心。他觉得自己是天底下最可怜的人，因而他干什么都应当邀得原谅。他入洋教根本不是为信仰什么，而是对社会的一种挑战。他仿佛是说：谁都不管我呀，我去信洋教，给你们个苍蝇吃[①]。他也没有把信洋教看成长远之计；多咱洋教不灵了，他会退出来，改信白莲教，假若白莲教能够给他两顿饭吃。思索了两天，他去告诉牛牧师，决定领洗入教，改邪归正。

教堂里还有位中国牧师，很不高兴收多大爷这样的人作教徒。可是，他不便说什么，因为他怕被牛牧师问倒：教会不救有罪的人，可

---

① 故意招人恶心的意思。此指"旗人"信"洋教"的事。

救谁呢？况且，教会是洋人办的，经费是由外国来的，他何必主张什么呢？自从他当上牧师那天起，他就决定毫无保留地把真话都禀明上帝，而把假话告诉牛牧师。不管牛牧师说什么，他总点头，心里可是说："你犯错误，你入地狱！上帝看得清楚！"

牛牧师在国内就传过道，因为干别的都不行。他听说地球上有个中国，可是与他毫无关联，因而也就不在话下。自从他的舅舅从中国回来，他开始对中国发生了兴趣。他的舅舅在年轻的时候偷过人家的牲口，被人家削去了一只耳朵，所以逃到中国去，卖卖鸦片什么的，发了不小的财。发财还乡之后，亲友们，就是原来管他叫流氓的亲友们，不约而同地称他为中国通。在他的面前，他们一致地避免说"耳朵"这个词儿，并且都得到了启发——混到山穷水尽，便上中国去发财，不必考虑有一只还是两只耳朵。牛牧师也非例外。他的生活相当困难，到圣诞节都不一定能够吃上一顿烤火鸡。舅舅指给他一条明路："该到中国去！在这儿，你连在圣诞节都吃不上烤火鸡；到那儿，你天天可以吃肥母鸡，大鸡蛋！在这儿，你永远雇不起仆人；到那儿，你可以起码用一男一女，两个仆人！去吧！"

于是，牛牧师就决定到中国来。作了应有的准备，一来二去，他就来到了北京。舅舅果然说对了：他有了自己独住的小房子，用上一男一女两个仆人；鸡和鸡蛋是那么便宜，他差不多每三天就过一次圣诞节。他开始发胖。

对于工作，他不大热心，可又不敢太不热心。他想发财，而传教毕竟与贩卖鸦片有所不同。他没法儿全心全意地去工作。可是，他又准知道，若是一点成绩作不出来，他就会失去刚刚长出来的那一身肉。因此，在工作上，他总是忽冷忽热，有冬有夏。在多老大遇见他的那一天，他的心情恰好是夏天的，想把北京所有的罪人都领到上帝面前来，作出成绩。在这种时候，他羡慕天主教的神甫们。天主教的条件好，势力厚，神甫们可以用钱收买教徒，用势力庇护教徒，甚至修建堡垒，藏有枪炮。神甫们几乎全像些小皇帝。他，一个基督教的牧师，没有那么大的威风。想到这里，他不由地也想起舅舅的话来："对中国人，别给他一点好颜色！你越厉害，他们越听话！"好，他虽然不是天主教的神甫，可到底是牧师，代表着上帝！于是，在他讲道的时候，他就用他的一口似是而非的北京话，在讲坛上大喊大叫：地狱，魔鬼，世界末日……震得小教堂的顶棚上往下掉尘土。这样发泄一阵，他觉得痛快了一些，没有发了财，可是发了威，也是一种胜利。

对那些借着教会的力量，混上洋事，家业逐渐兴旺起来的教友，他有些反感。他们一得到好处，就不大热心作礼拜来了。可是，他也不便得罪他们，因为在圣诞节给他送来值钱的礼物的正是他们。有些教友呢，家道不怎么强，而人品很好。他们到时候就来礼拜，而不巴结牧师。牛牧师以为这种人，按照他舅舅对中国人的看法，不大合乎标准，所以在喊地狱的时候，他总看着他们——你们这些自高自大的人，下地狱！下地狱！他最喜爱的是多老大这类人。他们合乎标准：穷，没有一点架子，见了他便牧师长，牧师短，叫的震心。跟他们在一道，他觉得自己多少像个小皇帝了。

他的身量本来不算很矮，可是因为近来吃得好，睡得香，全身越发展越圆，也就显着矮了一些。他的黄头发不多，黄眼珠很小；因此，他很高兴：生活在中国，黄颜色多了，对他不利。他的笑法很突出：咔、咔地往外挤，好像嗓子上扎着一根鱼刺。每逢遇到教友们，他必先咔咔几下，像大人见着个小孩，本不想笑，又不好不逗一逗那样。

不论是在讲坛上，还是在日常生活中，他都说不出什么大道理来。他没有什么学问，也不需要学问。他觉得只凭自己来自美国，就理当受到尊敬。他是天生的应受尊敬的人，连上帝都得怕他三分。因此，他最讨厌那些正派的教友。当他们告诉他，或在神气上表示出：中国是有古老文化的国家，在古代就把最好的磁器、丝绸，和纸、茶等等送给全人类，他便赶紧提出轮船、火车，把磁器什么的都打碎，而后胜利地咔咔几声。及至他们表示中国也有过岳飞和文天祥等英雄人物，他最初只眨眨眼，因为根本不晓得他们是谁。后来，他打听明白了他们是谁，他便自动地，严肃地，提起他们来：你们的岳飞和文天祥有什么用呢？你们都是罪人，只是上帝能拯救你们！说这些话的时候，他的脸便红起来，手心里出了汗。他不晓得自己为什么那样激动，只觉得这样脸红脖子粗的才舒服，才对得起真理。

人家多老大就永远不提岳飞和文天祥。人家多老大冬夏长青地用一块破蓝布包着《圣经》，夹在腋下，而且巧妙地叫牛牧师看见。而后，他进一步，退两步地在牧师前面摆动，直到牧师咔咔了两声，他才毕恭毕敬地打开《圣经》，双手捧着，前去请教。这样一来，明知自己没有学问的牛牧师，忽然变成有学问的人了。

"牧师！"多老大恭敬而亲热地叫："牧师！牛牧师，咱们敢情都是土作的呀？"

"对！对！'创世记'①上说得明明白白：上帝用土造人，将生气吹在他鼻内，人就成了生灵。"牛牧师指着《圣经》说。

"牧师！牛牧师！那么，土怎么变成了肉呢？"多大爷装傻充愣地问。

"不是上帝将生气吹在鼻子里了吗？"

"对！牧师！对！我也是这么想，可是又怕想错了！"多大爷把《旧约》的"历代"翻开，交给牧师，而后背诵："亚当生塞特，塞特生以挪士，以挪士生该南，该南生玛勒列……"

"行啦！行啦！"牧师高兴地劝阻。"你是真用了功！一个中国人记这些名字，不容易呀！"

"真不容易！第一得记性好，第二还得舌头灵！牧师，我还有个弄不清楚的事儿，可以问吗？"

"当然可以！我是牧师！"

多老大翻开"启示录"。"牧师，我不懂，为什么'宝座中，和宝座四围有四个活物，前后遍体都长满了眼睛'？这是什么活物呢？"

"下面不是说：第一个活物像狮子，第二个活物像牛犊，第三个活物有脸像人，第四个活物像飞鹰吗？"

"是呀！是呀！可为什么遍体长满了眼睛呢？"

"那，"牛牧师抓了抓稀疏的黄头发。"那，'启示录'是最难懂的。在我们国内，光说解释'启示录'的书就有几大车，不，

———————————
① 创世记：《旧约》的第一章，讲"上帝创造天地"。

几十大车！你呀，先念'四福音书'吧，等到工夫深了再看'启示录'！"牛牧师虚晃了一刀，可是晃得非常得体。

"对！对！"多老大连连点头。在点头之际，他又福至心灵地想出警句："牧师，我可识字不多，您得帮助我！"他的确没有读过多少书，可是无论怎么说，他也比牛牧师多认识几个汉字。他佩服了自己：一到谄媚人的时候，他的脑子就会那么快，嘴会那么甜！他觉得自己是一朵刚吐蕊的鲜花，没法儿不越开越大、越香！

"一定！一定！"牛牧师没法子不拿出四吊钱来了。他马上看出来：即使自己发不了大财，可也不必愁吃愁穿了——是呀，将来回国，他可以去作教授！好嘛，连多老大都求他帮助念《圣经》，汉语的《圣经》，他不是个汉学家，还是什么呢？舅舅，曾经是偷牲口的流氓，现在不是被称为中国通么？

接过四吊钱来，多老大拐弯抹角地说出：他不仅是个旗人，而且祖辈作过大官，戴过红顶子。

"噢！有没有王爷呢？"牛牧师极严肃地问。王爷、皇帝，甚至于一个子爵，对牛牧师来说，总有那么不小的吸引力。他切盼教友中有那么一两位王爷或子爵的后裔，以便向国内打报告的时候，可以大书特书：两位小王爷或子爵在我的手里受了洗礼！

"不记得有王爷。我可是的确记得，有两位侯爷！"多老大运用想象，创造了新的家谱。是的，就连他也不肯因伸手接那四吊钱而降低了身分。他若是侯爷的后代呢，那点钱便差不多是洋人向他献礼的了。

"侯爷就够大的了，不是吗？"牛牧师更看重了多老大，而且咔咔地笑着，又给他添了五百钱。

多老大包好《圣经》，揣好四吊多钱，到离教堂至少有十里地的地方，找了个大酒缸<sup>①</sup>。一进去，多老大把天堂完全忘掉了。多么香的酒味呀！假若人真是土作的，多老大希望，和泥的不是水，而是二锅头！坐在一个酒缸的旁边，他几乎要晕过去，屋中的酒味使他全身的血管都在喊叫：拿二锅头来！镇定了一下，他要了一小碟炒麻豆腐，几个腌小螃蟹，半斤白干。

喝到他的血管全舒畅了一些，他笑了出来：遍身都是眼睛，嘻嘻嘻！他飘飘然走出来，在门外精选了一块猪头肉，一对熏鸡蛋，几个白面火烧，自由自在地，连吃带喝地，享受了一顿。用那块破蓝布擦了擦嘴，他向酒缸主人告别。

吃出点甜头来以后，多老大的野心更大了些。首先他想到：要是像旗人关钱粮似的，每月由教会发给他几两银子，够多么好呢！他打听了一下，这在基督教教会不易作到。这使他有点伤心，几乎要责备自己，为什么那样冒失，不打听明白了行市就受洗入了教。

他可是并不灰心。不！既来之则安之，他必须多动脑子，给自己打出一条活路来。是呀，能不能借着牛牧师的力量，到"美国府"去找点差事呢？刚刚想到这里，他自己赶紧打了退堂鼓：不行，规规矩矩地去当差，他受不了！他愿意在闲散之中，得到好吃好喝，像一位告老还乡的宰相似的。是的，在他的身上，历史仿佛

---

① 酒缸：指酒馆。从前的酒馆，多置有合围的大酒缸，盖以木板或石板，当作酒桌。酒缸，即作酒馆的代称。

也不是怎么走错了路。在他的血液里，似乎已经没有一点什么可以燃烧起来的东西。他的最高的理想是天上掉下馅饼来，而且恰好掉在他的嘴里。

他知道，教会里有好几家子，借着洋气儿开了大铺子，贩卖洋货，发了不小的财。他去拜访他们，希望凭教友的情谊，得点好处。可是，他们的爱心并不像他所想象的那么深厚，都对他非常冷淡。他们之中，有好几位会说洋话。他本来以为"亚当生塞特……"就是洋话；敢情并不是。他摹仿着牛牧师的官话腔调把"亚当生塞特"说成"牙当生鳝特"，人家还是摇头。他问人家那些活物为什么满身是眼睛，以便引起学术研究的兴趣，人家干脆说"不知道"！人家连一杯茶都没给他喝！多么奇怪！

多老大苦闷。他去问那些纯正的教友，他们说信教是为追求真理，不为发财。可是，真理值多少钱一斤呢？

他只好去联合吃教的苦哥儿们，想造成一种势力。他们各有各的手法与作风，不愿跟他合作。他们之中，有的借着点洋气儿，给亲友们调停官司，或介绍买房子卖地，从中取得好处；也有的买点别人不敢摸的赃货，如小古玩之类，送到外国府去；或者奉洋人之命，去到古庙里偷个小铜佛什么的，得些报酬。他们各有门道，都不传授给别人，特别是多老大。他们都看不上他的背诵"亚当生塞特"和讨论"遍身是眼睛"，并且对他得到几吊钱的赏赐也有那么点忌妒。他是新入教的，不该后来居上，压下他们去。一来二去，他们管他叫作"眼睛多"，并且有机会便在牛牧师的耳旁说他的坏话。牛牧师有

"分而治之"的策略在胸，对他并没有表示冷淡，不过赶到再讨论"启示录"的时候，他只能得到一吊钱了，尽管他暗示：他的小褂也像那些活物，遍身都是眼睛！

怎么办呢？

唉，不论怎么说，非得点好处不可！不能白入教！

先从小事儿作起吧。在他入教以前，他便常到老便宜坊赊点东西吃，可是也跟别的旗人一样，一月倒一月，钱粮下来就还上账。现在，他决定只赊不还，看便宜坊怎么办。以前，他每回不过是赊二百钱的生肉，或一百六一包的盒子菜什么的；现在，他敢赊整只的酱鸡了。

王掌柜从多二爷那里得到了底细。他不再怀疑十成所说的了。他想：眼睛多是在北京，假若是在乡下，该怎样横行霸道呢？怪不得十成那么恨他们。

"王掌柜！"多二爷含羞带愧地叫："王掌柜！他欠下几个月的了？"

"三个多月了，没还一个小钱！"

"王掌柜！我，我慢慢地替他还吧！不管怎么说，他总是我的哥哥！"多二爷含着泪说。

"怎能那么办呢？你们分居另过，你手里又不宽绰！"

"分居另过……他的祖宗也是我的祖宗！"多二爷狠狠地咽了口吐沫。

"你，你甭管！我跟他好好地讲讲理！"

"王掌柜！老大敢作那么不体面的事，是因为有洋人给他撑腰；咱们斗不过洋人！王掌柜，那点债，我还！我还！不管我怎么为难，我还！"

王掌柜考虑了半天，决定暂且不催多老大还账，省得多老大真把洋人搬出来。他也想到：洋人也许不会管这样的小事吧？可是，谁准知道呢？"还是稳当点好！"他这么告诉自己。

这时候，多老大也告诉自己："行！行！这一手儿不坏，吃得开！看，我既不知道闹出事儿来，牛牧师到底帮不帮我的忙，也还没搬出他来吓唬王掌柜，王掌柜可是已经不言不语地把酱鸡送到我手里，仿佛儿子孝顺爸爸似的，行，行，有点意思儿！"

他要求自己更进一步："是呀，赶上了风，还不拉起帆来吗？"可是，到底牛牧师支持他不呢？他心里没底。好吧，喝两盅儿壮壮胆子吧。喝了四两，烧卖脸上红扑扑的，他进了便宜坊。这回，他不但要赊一对肘子，而且向王掌柜借四吊钱。

王掌柜冒了火。已经忍了好久，他不能再忍。虽然作了一辈子买卖，他可究竟是个山东人，心直气壮。他对准了多老大的眼睛，看了两分钟。他以为多老大应当明白这是什么意思，希望他知难而退。可是，多老大没有动，而且冷笑了两声。这逼得王掌柜出了声："多大爷！肘子不赊！四吊钱不借！旧账未还，免开尊口！你先还账！"

多老大没法儿不搬出牛牧师来了。要不然，他找不着台阶儿走出去。"好！王掌柜！我可有洋朋友，你咂摸咂摸①这个滋味儿吧！你要是懂得好歹的话，顶好把肘子、钱都给我送上门去，我恭候大驾！"他走了出去。

---

① 咂摸咂摸：寻思，反复研究。

为索债而和穷旗人们吵闹，应当算是王掌柜的工作。他会喊叫、争论，可是不便真动气。是呀，他和人家在除夕闹得天翻地覆，赶到大年初一见面，彼此就都赶上前去，深施一礼，连祝发财，倒好像从来都没红过脸似的。这回，他可动了真气。多老大要用洋人的势力敲诈他，他不能受！他又想起十成，并且觉得有这么个儿子实在值得自豪！

可是，万一多老大真搬来洋人，怎么办呢？他和别人一样，不大知道到底洋人有多大力量，而越摸不着底就越可怕。他赶紧去找多老二。

多老二好大半天没说出话来，恐怕是因为既很生气，又要控制住怒气，以便想出好主意来。"王掌柜，你回去吧。我找他去！"多老二想出主意来，并且决定马上行动。

"你……"

"走吧！我找他去！请在铺子里等我吧！"多老二是老实人，可是一旦动了气，也有个硬劲。

他找到了老大。

"哟！老二！什么风儿把你吹来了？"老大故意耍俏，心里说：你不高兴我入教，睁眼看看吧，我混得比从前强了好多：炒麻豆腐、腌小螃蟹、猪头肉、二锅头，乃至于酱鸡，对不起，全先偏过了！看看我，是不是长了点肉？

"大哥！听着！"老二是那么急切、严肃，把老大的笑容都一下子赶跑。"听着！你该便宜坊的钱，我还！我去给便宜坊写个字据，一个小钱不差，慢慢地都还清！你，从此不许再到那儿赊东西去！"

眼睛多心里痒了一下。他没想到王掌柜会这么快就告诉了老二，可见王掌柜是发了慌，害了怕。他不知道牛牧师愿意帮助他不愿意，可是王掌柜既这么发慌，那就非请出牛牧师来不可了！怎么知道牛牧师不愿帮助他呢？假若牛牧师肯出头，哎呀，多老大呀，多老大，前途光明的没法儿说呀！

"老二，谢谢你的好意，我谢谢你！可是，你顶好别管我的事，你不懂洋务啊！"

"老大！"完全出于愤怒，老二跪下了，给哥哥磕了个响头。"老大！给咱们的祖宗留点脸吧，哪怕是一钉点儿呢！别再拿洋人吓唬人，那无耻！无耻！"老二的脸上一点血色也没有了，双手不住地发颤，想走出去，可又迈不开步。

老大愣了一会儿，噗哧一笑："老二！老二！"

"怎样？"老二希望哥哥回心转意。"怎样？"

"怎样？"老大又笑了一下，而后冷不防地："你滚出去！滚！"

老二极镇定地、狠狠地看了哥哥一眼，慢慢地走了出来。出了门，他已不知道东西南北。他一向是走路不愿踩死个蚂蚁，说话不得罪一条野狗的人。对于兄长，他总是能原谅就原谅，不敢招他生气。可是，谁想到哥哥竟自作出那么没骨头的事来——狗着①洋人，欺负自己人！他越想越气，出着声儿叨唠：怎么呢？怎么这种事叫我碰上了呢？怎么呢？堂堂的旗人会，会变成这么下贱呢？难道是二百多年前

---

① 狗着：溜须拍马，曲意逢迎。

南征北战的祖宗们造下的孽，叫后代都变成猪狗去赎罪吗？不知道怎样走的，他走回了家。一头扎在炕上，他哭起来。

多老大也为了难。到底该为这件事去找牛牧师不该呢？去吧，万一碰了钉子呢？不去吧，又怎么露出自己的锋芒呢？嗯——去！去！万一碰了钉子，他就退教，叫牛牧师没脸再见上帝！对！就这么办！

"牛牧师！"他叫得亲切、缠绵，使他的嗓子、舌头都那么舒服，以至没法儿不再叫一声："牛牧师！"

"有事快说，我正忙着呢！"牛牧师一忙就忘了抚摸迷失了的羊羔，而想打它两棍子。

"那，您就先忙着吧，我改天再来！"口中这么说，多老大的脸上和身上可都露出进退两难的样子，叫牧师看出他有些要紧的事儿急待报告。

"说说吧！说说吧！"牧师赏了脸。

大起大落，多老大首先提出他听到的一些有关教会的消息——有好多地方闹了教案。"我呀，可真不放心那些位神甫、牧师！真不放心！"

"到底是教友啊，你有良心！"牛牧师点头夸赞。

"是呀，我不敢说我比别人好，也不敢说比别人坏，我可是多少有点良心！"多老大非常满意自己这句话，不卑不亢，恰到好处。然后，他由全国性的问题，扯到北京："北京怎么样呢？"

牛牧师当然早已听说，并且非常注意，各地方怎么闹乱子。虽然各处教会都得到胜利，他心里可还不大安静。教会胜利固然可喜，可是把自己的脑袋要掉了，恐怕也不大上算。他给舅舅写了信，请求指示。舅舅是中国通，比上帝都更了解中国人。在信里，他暗示：虽然母鸡的确肥美，可是丢掉性命也怪别扭。舅舅的回信简而明：

"很奇怪，居然有怕老鼠的猫——我说的是你！乱子闹大了，我们会出兵，你怕什么呢？在一个野蛮国家里，越闹乱子，对我们越有利！问问你的上帝，是这样不是？告诉你句最有用的话：没有乱子，你也该制造一个两个的！你要躲开那儿吗？你算把牧师的气泄透了！祝你不平安！祝天下不太平！"

接到舅舅的信，牛牧师看到了真理。不管怎么说，舅舅发了财是真的。那么，舅舅的意见也必是真理！他坚强起来。一方面，他推测中国人一定不敢造反；另一方面，他向使馆建议，早些调兵，有备无患。

"北京怎样？告诉你，连人带地方，都又脏又臭！咔，咔，咔！"

听了这样随便、亲切，叫他完全能明白的话，多老大从心灵的最深处掏出点最地道的笑意，摆在脸上。牛牧师成为他的知己，肯对他说这么爽直，毫不客气的话。乘热打铁，他点到了题：便宜坊的王掌柜是奸商，欺诈教友，诽谤教会。

"好，告他去！告他！"牛牧师不能再叫舅舅骂他是怕老鼠的猫！再说，各处的教案多数是天主教制造的，他自己该为基督教争口气。再说，教案差不多都发生在乡间，他要是能叫北京震动那么一下，岂不名扬天下，名利双收！再说，使馆在北京，在使馆的眼皮子下面闹点事，调兵大概就不成问题了。再说……。越想越对，不管怎么说，王掌柜必须是个奸商！

多老大反倒有点发慌。他拿什么凭据去控告王掌柜呢？自己的弟弟会去作证人，可是证明自己理亏！怎么办？他请求牛牧师叫王掌柜摆一桌酒席，公开道歉；要是王掌柜不肯，再去打官司。

牛牧师也一时决定不了怎么作才好，愣了一会儿，想起主意："咱们祷告吧！"他低下头、闭上了眼。

多老大也赶紧低头闭眼，盘算着：是叫王掌柜在前门外的山东馆子摆酒呢，还是到大茶馆去吃白肉呢？各有所长，很难马上作出决定，他始终没想起对上帝说什么。

牛牧师说了声"阿们"，睁开了眼。

多老大把眼闭得更严了些，心里空空的，可挺虔诚。

"好吧，先叫他道歉吧！"牛牧师也觉得先去吃一顿更实惠一些。

# 第九章

　　眼睛多没有学问，所以看不起学问。他也没有骨头，所以也看不起骨头——他重视，极其重视，酱肉。

　　他记得几个零七八碎的，可信可不信的，小掌故。其中的一个是他最爱说道的，因为它与酱肉颇有关系。

　　他说呀：便宜坊里切熟肉的木墩子是半棵大树。为什么要这么高呢？在古时候，切肉的墩子本来很矮。后来呀，在旗的哥儿们往往喜爱伸手指指点点，挑肥拣瘦，并且有时候捡起肉丝或肉块儿往嘴里送。这样，手指和飞快的刀碰到一起，就难免流点血什么的，造成严重的纠纷，甚至于去打官司。所以，墩子一来二去就长了身量，高高在上，以免手指和快刀发生关系。

　　在他讲说这个小掌故的时候，他并没有提出自己的看法，到底应否把肉墩子加高，使手指与快刀隔离。

　　可是，由他所爱讲的第二件小事情来推测，我们或者也可以找到点那弦外之音。

　　他说呀：许多许多旗籍哥儿们爱闻鼻烟。客人进了烟铺，把烟壶儿递出去，店伙必先把一小撮鼻烟倒在柜台上，以便客人一边闻着，一边等着往壶里装烟。这叫作规矩。是呀，在北京作买卖都得有规矩，不准野调无腔。在古时候，店中的伙计并不懂先"敬"烟，后装烟这个规矩，叫客人没事可作，等得不大耐烦。于是，旗人就想出了办法：一见柜台上没有个小小的坎头儿，便把手掌找了伙计的脸去。这样，一来二去，就创造了，并且巩固下来，那条"敬"烟的规矩。

假若我们把这二者——肉墩子与"敬"烟，放在一块儿去咂摸，我们颇可以肯定地说，眼睛多对那高不可及的半棵大树是有意见的。我们可以替他说出来，假若便宜坊也懂得先"敬"点酱肉，够多么好呢！

多老大对自己是不是在旗，和是否应当保持旗人的尊严，似乎已不大有意。可是，每逢他想起那个"敬"烟的规矩，便又不能不承认旗人的优越。是呀，这一条，和类似的多少条规矩，无论怎么说，也不能不算旗人们的创造。在他信教以后，他甚至这么想过：上帝创造了北京人，北京的旗人创造了一切规矩。

对！对！还得继续创造！王掌柜不肯赊给他一对肘子，不肯借给他四吊钱，好！哈哈，叫他摆一桌酒席，公开道歉！这只是个开端，新规矩还多着哩！多老大的脸日夜不怠地笑得像个烧卖，而且是三鲜馅儿的。

可是，王掌柜拒绝了道歉！

眼睛多几乎晕了过去！

王掌柜心里也很不安。他不肯再找多老二去。多老二是老实人，不应再去叫他为难。他明知毛病都在洋人身上；可是，怎样对付洋人，他没有一点经验。他需要帮助。一想，他就想到福海二哥。不是想起一个旗人，而是想起一个肯帮忙的朋友。

自从十成走后，二哥故意地躲着王掌柜。今天，王掌柜忽然来找他，他吓了一跳，莫非十成又回来了，还是出了什么岔子？直到王掌柜说明了来意，他才放下心去。

可是，王掌柜现在所谈的更不好办。他看明白：这件事和十成所说的那些事的根子是一样的。他管不了！在外省，连知府知州知县都最怕遇上这种事，他自己不过是个旗兵，而且是在北京。

他可是不肯摇头。事在人为，得办办看，先摇头是最没出息的办法。他始终觉得自己在十成面前丢了人；现在，他不能不管王掌柜的事，王掌柜是一条好汉子的父亲。再说，眼睛多是旗人，给旗人丢人的旗人，特别可恨！是，从各方面来看，他都得管这件事。

"老掌柜，您看，咱们找找定大爷去，怎样？"

"那行吗？"王掌柜并非怀疑定大爷的势力，而是有点不好意思——每到年、节，他总给定府开点花账。

"这么办：我的身分低，又嘴上无毛，办事不牢，不如请上我父亲和正翁，一位参领，一位佐领，一同去见定大爷，或者能有门儿！对！试试看！您老人家先回吧，别急，听我的回话儿！"

云亭大舅对于一个忘了本，去信洋教的旗人，表示厌恶。"旗人信洋教，那么汉人该怎么样呢？"在日常生活里，他不愿把满、汉的界限划得太清了；是呀，谁能够因为天泰轩的掌柜的与跑堂的都是汉人，就不到那里去喝茶吃饭呢？可是，遇到大事，像满汉应否通婚，大清国的人应否信洋教，他就觉得旗人应该比汉人高明，心中有个准数儿，不会先犯错误。他看不起多老大，不管他是眼睛多，还是鼻子多。

及至听到这件事里牵涉着洋人，他赶紧摇了摇头。他告诉二哥："少管闲事！"对了，大舅很喜欢说"少管闲事"。每逢这么一说，他就觉得自己为官多年，经验富，阅历深。

二哥没再说什么。他们爷儿俩表面上是父慈子孝，可心里并不十分对劲儿。二哥去找正翁。

八月未完，九月将到，论天气，这是北京最好的时候。风不多，也不大，而且暖中透凉，使人觉得爽快。论色彩，二八月，乱穿衣，大家开始穿出颜色浓艳的衣裳，不再像夏天的那么浅淡。果子全熟了，街上的大小摊子上都展览着由各地运来的各色的果品，五光十色，打扮着北京的初秋。皇宫上面的琉璃瓦，白塔的金顶，在晴美的阳光下闪闪发光。风少，灰土少，正好油饰门面，发了财的铺户的匾额与门脸儿都添上新的色彩。好玩鸟儿的人们，一夏天都用活蚂蚱什么的加意饲养，把鸟儿喂得羽毛丰满，红是红，黄是黄，全身闪动着明润的光泽，比绸缎更美一些。

二哥的院里有不少棵枣树，树梢上还挂着些熟透了的红枣儿。他打下来一些，用包袱兜好，拿去送给正翁夫妇。那年月，旗人们较比闲在，探望亲友便成为生活中的要事一端。常来常往，大家都观察的详细，记得清楚：谁家院里有一棵歪脖的大白杏，谁家的二门外有两株爱开花而不大爱结果的"虎拉车①"。记的清楚，自然到时候就期望有些果子送上门来，亲切而实惠。大姐婆婆向来不赠送别人任何

---

① 虎拉车：即花红，俗称沙果。

果子，因为她从前种的白枣和蜜桃什么的都叫她给瞪死了，后来就起誓不再种果树。这可就叫她有时间关心别人家的桃李和苹果，到时候若不给她送来一些，差不多便是大逆不道！因此，二哥若不拿着些枣子，便根本不敢前去访问。

多甫大姐夫正在院里放鸽子。他仰着头，随着鸽阵的盘旋而轻扭脖颈，眼睛紧盯着飞动的"元宝"。他的脖子有点发酸，可是"不苦不乐"，心中的喜悦难以形容。看久了，鸽子越飞越高，明朗的青天也越来越高，在鸽翅的上下左右仿佛还飞动着一些小小的金星。天是那么深远，明洁，鸽子是那么黑白分明，使他不能不微张着嘴，嘴角上挂着笑意。人、鸽子、天，似乎通了气，都爽快，高兴，快活。

今天，他只放起二十来只鸽子，半数以上是白身子，黑凤头，黑尾巴的"黑点子"，其余的是几只"紫点子"和两只黑头黑尾黑翅边的"铁翅乌"。阵式不大，可是配合得很有考究。是呀，已到初秋，天高，小风儿凉爽，若是放起全白的或白尾的鸽儿，岂不显着轻飘，压不住秋景与凉风儿么？看，看那短短的黑尾，多么厚深有力啊。看，那几条紫尾确是稍淡了一些，可是鸽子一转身或一侧身啊，尾上就发出紫羽特有的闪光呀！由全局看来，白色似乎还是过多了一些，可是那一对铁翅乌大有作用啊：中间白，四边黑，像两朵奇丽的大花！这不就使鸽阵于素净之中又不算不花哨么？有考究！真有考究！看着自己的这一盘儿鸽子，大姐夫不能不暗笑那些阔人们——他们一放就放起一百多只，什么颜色的都有，杂乱无章，叫人看着心里闹得慌！"贵精不贵多呀"！他想起古人的这句名言来。虽然想不起到底是哪一位古人说的，他可是觉得"有诗为证"，更佩服自己了。

在愉快之中，他并没忘了警惕。玩嘛，就得全心全意，一丝不苟。虽然西风还没有吹黄了多少树叶，他已不给鸽子戴上鸽铃，怕声闻九天，招来"鸦虎子"——一种秋天来到北京的鹞子，鸽子的敌人。一点不能大意，万一鸦虎子提前几天进了京呢，可怎么办？他不错眼珠地看着鸽阵，只要鸽子露出点惊慌，不从从容容地飞旋，那必是看见了敌人。他便赶紧把它们招下来，决不冒险。今天，鸽子们并没有一点不安的神气，可是他还不敢叫它们飞得过高了。鸦虎子专会在高空袭击。他打开鸽栅，放出几只老弱残兵，飞到房上。空中的鸽子很快地都抿翅降落。他的心由天上回到胸膛里。

二哥已在院中立了一会儿。他知道，多甫一玩起来便心无二用，听不见也看不见旁的，而且讨厌有人闯进来。见鸽子都安全地落在房上，他才敢开口："多甫，不错呀！"

"哟！二哥！"多甫这才看见客人。他本想说两句道歉的话，可是一心都在鸽子上，爽兴就接着二哥的话茬儿说下去："什么？不错？光是不错吗？看您说的！这是点真学问！我叫下它们来，您细瞧瞧！每一只都值得瞧半天的！"他往栅子里撒了一把高粱，鸽子全飞了下来。"您看！您要是找紫点子和黑点子的样本儿，都在这儿呢！您看看，全是凤头的，而且是多么大，多么俊的凤头啊！美呀！飞起来，美；落下来，美；这才算地道玩艺儿！"没等二哥细细欣赏那些美丽的凤头，多甫又指着一对"紫老虎帽儿"说："二哥！二哥！看看这一对宝贝吧！帽儿一直披过了肩，多么好的尺寸，还一根杂毛儿也没有啊！告诉您，没地方找去！"他放低了声音，好像怕隔墙有耳："庆王府的！府里的秀泉，秀把式偷出来的一对蛋！到底是王府里的玩艺儿，孵出来的哪是鸽子，是凤凰哟！"

"嗯！是真体面！得送给秀把式一两八钱的吧？"

"二哥，您是怎么啦？一两八钱的，连看也不叫看一眼啊！靠着面子，我给了他三两。可是，这一对小活宝贝得值多少银子啊？二哥，不信您马上拍出十两银子来，看我肯让给您不肯！"

"那，我还留着银子婆媳妇呢！"

"那，也不尽然！"多甫把声音放得更低了些："您记得博胜之博二爷，不是用老婆换了一对蓝乌头吗？"这时候，他才看见二哥手里的包袱。"二哥，您家里的树熟儿①吧？嘿！我顶爱吃您那儿的那种'莲蓬子儿'，甜酸，核儿小，皮嫩！太好啦！我道谢啦！"他请了个安，把包袱接过去。

进了堂屋，二哥给二位长亲请了安，问了好，而后献礼："没什么孝敬您的，自家园的一点红枣儿！"

大姐进来献茶，然后似乎说了点什么，又似乎没说什么，就那么有规有矩地找到最合适的地方，垂手侍立。

多甫一心要吃枣子，手老想往包袱里伸。大姐婆婆的眼睛把他的手瞪了回去，而后下命令："媳妇，放在我的盒子里去！"大姐把包袱拿走，大姐夫心里凉了一阵。

有大姐婆婆在座，二哥不便提起王掌柜的事，怕她以子爵的女

---

① 树熟儿：指树上熟透了的果实。

儿的资格，拦头给他一杠子。她对什么事，不管懂不懂，都有她自己的见解与办法。一旦她说出"不管"，正翁就绝对不便违抗。这并不是说正翁有点怕老婆，而是他拥护一条真理——"不管"比"管"更省事。二哥有耐性儿，即使大姐婆婆在那儿坐一整天，他也会始终不动，滔滔不绝地瞎扯。

大姐不知在哪儿那么轻嗽了一下。只有大姐会这么轻嗽，叫有心听的能够听出点什么意思来，叫没心听的也觉得挺悦耳，叫似有心听又没心听的既觉得挺悦耳，还可能听出点什么意思儿来。这是她的绝技。大姐婆婆听见了，瞪了瞪眼，欠了欠身。二哥听到了那声轻嗽，也看见了这个欠身，赶紧笑着说："您有事，就请吧！"大姐婆婆十分庄严地走出去。二哥这才对二位男主人说明了来意。

多甫还没把事情完全听明白，就怒从心中起，恶向胆边生。"什么？洋人？洋人算老几呢？我斗斗他们！大清国是天朝上邦，所有的外国都该进贡称臣！"他马上想出来具体的办法："二哥，您甭管，全交给我吧！善扑营①的、当库兵的哥儿们，多了没有，约个三十口子，四十口子，还不算不现成！他眼睛多呀，就是千眼佛，我也把他揍瞎了！"

"打群架吗？"二哥笑着问。

"对！拉躺下，打！打得他叫了亲爹，拉倒！不叫，往死里打！"多甫立起来，晃着两肩，抡抡拳头，还狠狠地啐了两口。

——————

① 善扑营：善扑，摔交。清代设置的善扑营，是专门训练为演习用的摔交、射箭、骑马等技艺的军营。

"多甫，"旗人的文化已经提到这么高，正翁当着客人面前，称儿子的号而不呼名了。"多甫，你坐下！"看儿子坐下了，正翁本不想咳嗽，可是又似乎有咳嗽的必要，于是就有腔有调地咳嗽了一会儿，而后问二哥："定大爷肯管这个事吗？"

"我不知道，所以才来请您帮帮忙！"

"我看，我看，拿不准的事儿，顶好不作！"正翁作出很有思想的样子，慢慢地说。

"先打了再说嘛，有什么拿不准的？"多甫依然十分坚决。"是呀，我可以去请两位黄带子①来，打完准保没事！"

"多甫，"正翁掏出四吊钱的票子来，"给你，出去蹓蹓！看有好的小白梨，买几个来，这两天我心里老有点火。"

多甫接过钱来，扭头就走，大有子路负米的孝心与勇气。"二哥，您坐着，我给老爷子找小白梨去！什么时候打，我听您一句话，决不含糊！"他摇晃着肩膀走了出去。

"正翁，您……"二哥问。

"老二，"正翁亲切地叫，"老二！咱们顶好别去蹚浑水！"这种地方，正翁与云翁有些不同：云翁在拒绝帮忙的时候，设法叫人家看出来他的身分，理当不轻举妄动。正翁呢，到底是玩鸟儿、玩票惯了，虽然拒绝帮忙，说的可怪亲切，照顾到双方的利益。"咱们爷儿俩听听书去吧！双厚坪、恒永通，双说'西游'，可真有个听头！"

_____

① 黄带子：清代的宗室，都系着金黄色带子，俗称宗室为"黄带子"。此处是指能在宗室中请出朋友。

"我改天，改天陪您去！今儿个……"二哥心里很不高兴，虽然脸上不露出来——也许笑容反倒更明显了些，稍欠自然一些。他看不上多甫那个虚假劲儿：明知自己不行，却还爱说大话，只图嘴皮子舒服。即使他真想打群架，那也只是证明他糊涂；他难道看不出来，旗人的威风已不像从前那么大了吗？对正翁，二哥就更看不上了。他对于这件事完全漠不关心，他一心想去听《西游记》！

大姐婆婆在前，大姐在后，一同进来。大姐把包袱退还给二哥，里边包着点东西。不能叫客人拿着空包袱走，这是规矩，这也就是婆媳二人躲开了半天的原因。大姐婆婆好吃，存不下东西。婆媳二人到处搜寻，才偶然地碰到了一小盒杏仁粉，光绪十六年的出品。"就行啦！"大姐安慰着婆婆："反正有点东西压着包袱，就说得过去啦！"

二哥拿着远年的杏仁粉，请安道谢，告退。出了大门，打开包袱，看了看，顺手儿把小盒扔在垃圾堆上——那年月，什么地方都有垃圾堆，很"方便"。

# 第十章

福海二哥是有这股子劲头的：假若听说天德堂的万应锭这几天缺货，他就必须亲自去问问；眼见为实，耳听是虚。他一点不晓得定大爷肯接见他不肯。他不过是个普通的旗兵。可是，他决定去碰碰；碰巧了呢，好；碰一鼻子灰呢，再想别的办法。

他知道，他必须买通了定宅的管家，才会有见到定大爷的希望。他到便宜坊拿了一对烧鸡，并没跟王掌柜说什么。帮忙就帮到家，他不愿意叫王老头儿多操心。

提着那对鸡——打了个很体面的蒲包，上面盖着红纸黑字的门票，也鲜艳可喜——他不由地笑了笑，心里说：这算干什么玩呢！他有点讨厌这种送礼行贿的无聊，可又觉得有点好玩儿。他是旗人，有什么办法能够从蒲包、烧鸡的圈圈里冲出去呢？没办法！

见了管家，他献上了礼物，说是王掌柜求他来的。是的，王掌柜有点小小的、比针尖大不了多少的困难，希望定大爷帮帮忙。王掌柜是买卖地儿的人，不敢来见定大爷，所以才托他登门拜见。是呀，二哥转弯抹角地叫管家听明白，他的父亲是三品顶子的参领——他知道，定大爷虽然有钱有势，可是还没作过官。二哥也叫管家看清楚，他在定大爷面前，一定不会冒冒失失地说出现在一两银子能换多少铜钱，或烧鸡卖多少钱一只。他猜得出，定宅的银盘儿和物价都与众不同，完全由管家规定。假若定大爷万一问到烧鸡，二哥会说：这一程子，烧鸡贵得出奇！二哥这些话当然不是直入公堂说出来的。他也不是怎么说着说着，话就那么一拐弯儿，叫管家听出点什么意思来，而后再拐弯儿，再绕回来。这样拐弯抹角，他说了一个钟头。连这样，管家可是还没有替他通禀一声的表示。至此，二哥也就露出，即使等三天三夜，他也不嫌烦——好在有那对烧鸡在那儿摆着，管家还不至把他轰了出去。

管家倒不耐烦了，只好懒懒地立起来。"好吧，我给你回一声儿吧！"

恰好定大爷这会儿很高兴，马上传见。

定大爷是以开明的旗人自居的。他的祖父、父亲都作过外任官，到处拾来金银元宝，珍珠玛瑙。定大爷自己不急于作官，因为那些元宝还没有花完，他满可以从从容容地享些清福。在戊戌变法的时候，他甚至于相当同情维新派。他不像云翁与正翁那么顾虑到一变法就丢失了铁杆儿庄稼。他用不着顾虑，在他的宅院附近，半条街的房子都是他的，专靠房租，他也能舒舒服服地吃一辈子。他觉得自己非常清高，有时候他甚至想到，将来他会当和尚去，像贾宝玉似的。因此，他也轻看作生意。朋友们屡屡劝他拿点资本，帮助他们开个买卖，他总是摇头。对于李鸿章那伙兴办实业的人，他不愿表示意见，因为他既不明白实业是什么，又觉得"实业"二字颇为时髦，不便轻易否定。对了，定大爷就是这么样的一个阔少爷，时代潮浪动荡得那么厉害，连他也没法子听而不闻，没法子不改变点老旗人的顽固看法。可是，他的元宝与房产又遮住他的眼睛，使他没法子真能明白点什么。所以，他一阵儿明白，一阵儿胡涂，像个十岁左右、聪明而淘气的孩子。

他只有一个较比具体的主张：想叫大清国强盛起来，必须办教育。为什么要办教育呢？因为识文断字的人多起来，社会上就会变得文雅风流了。到端午、中秋、重阳，大家若是都作些诗，喝点黄酒，有多么好呢！哼，那么一来，天下准保太平无事！从实际上想，假若他捐出一所不大不小的房子作校址，再卖出一所房子购置桌椅板凳，就有了一所学堂啊！这容易作到，只要他肯牺牲那两所房子，便马上会得到毁家兴学的荣誉。

定大爷极细心地听取二哥的陈述，只在必要的地方"啊"一下或"哈"一下。二哥原来有些紧张，看到定大爷这么注意听，他脸上露出真的笑意。他心里说：哼，不亲自到药铺问问，就不会真知道有没有万应锭！心中虽然欢喜，二哥可也没敢加枝添叶，故意刺激定大爷。他心里没底——那个旗人是天之骄子，所向无敌的老底。

二哥说完，定大爷闭上眼，深思。而后，睁开眼，他用细润白胖，大指上戴着个碧绿明润的翡翠扳指的手，轻脆地拍了胖腿一下："啊！啊？我看你不错，你来给我办学堂吧！"

"啊？"二哥吓了一跳。

"你先别出声，听我说！"定大爷微微有点急切地说："大清国为什么……啊？"凡是他不愿明说的地方，他便问一声"啊"，叫客人去揣摩。"旗人，像你说的那个什么多，啊？去巴结外国人？还不都因为幼而失学,不明白大道理吗?非办学堂不可!非办不可!你就办去吧!我看你很好,你行!哈哈哈!"

"我,我去办学堂?我连学堂是什么样儿都不知道!"二哥是不怕困难的人,可是听见叫他去办学堂,真有点慌了。

定大爷又哈哈地笑了一阵。平日他所接触到的人,没有像二哥这么说话的。不管他说什么,即使是叫他们去挖祖坟,他们也嗫嗫是是地答应着。他们知道,过一会儿他就忘了说过什么,他们也就无须去挖坟了。二哥虽然很精明,可到底和定大爷这样的人不大来往,所以没能沉住了气。定大爷觉得二哥的说话法儿颇为新颖,就仿佛偶然吃一口窝窝头也怪有个意思儿似的。"我看你可靠!可靠的人办什么也行!啊?我找了不是一天啦,什么样的人都有,就是没有可靠的!你就看我那个管家吧,啊?我叫他去买一只小兔儿,他会赚一匹骆驼的钱!哈哈哈!"

"那,为什么不辞掉他呢?"这句话已到唇边,二哥可没敢说出来,省得定大爷又笑一阵。

"啊!我知道你要说什么!我五年前就想辞了他!可是,他走了,我怎么办呢?怎见得找个新人来,买只小兔,不赚三匹骆驼的钱呢?"

二哥要笑,可是没笑出来;他也不怎么觉得一阵难过。他赶紧把话拉回来:"那,那什么,定大爷,您看王掌柜的事儿怎么办呢?"

"那,他不过是个老山东儿!"

这句话伤了二哥的心。他低下头去,半天没说出话来。

"怎么啦?怎么啦?"定大爷相当急切地问。在他家里,他是个小皇帝。可也正因如此，他有时候觉得寂寞、孤独。他很愿意关心国计民生，以备将来时机一到，大展经纶，像出了茅庐的诸葛亮似的。可是，自幼儿娇生惯养，没离开过庭院与花园，他总以为老米白面，鸡鸭鱼肉，都来自厨房；鲜白藕与酸梅汤什么的都是冰箱里产出来的。他接触不到普通人所遇到的困难与问题。他有点苦闷，觉得孤独。是呀，在家里，一呼百诺；出去探望亲友，还是众星捧月；看见的老是那一些人，听到的老是那一套奉承的话。他渴望见到一些新面孔，交几个真朋友。因此，他很容易把初次见面的人当作宝贝，希望由此而找到些人与人之间的新关系，增加一些人生的新知识。是的，新来上工的花把式或金鱼把式，总是他的新宝贝。有那么三四天，他从早到晚跟着他们学习种花或养鱼。可是，他们也和那个管家一样，对他总是那么有礼貌，使他感到难过，感到冷淡。新鲜劲儿一过去，他就不再亲自参加种花和养鱼，而花把式与鱼把式也就默默地操作着，对他连看也不多看一眼，好像不同种的两只鸟儿相遇，谁也不理谁。

在这一会儿，二哥成为定大爷的新宝贝。是呀，二哥长的体面，能说会道，既是旗人，又不完全像个旗人——至少是不像管家那样的旗人。哼，那个管家，无论冬夏，老穿着护着脚面的长袍，走路没有一点声音，像个两条腿的大猫似的！

二哥这会儿很为难，怎么办呢？想来想去，嗯，反正定大爷不是他的佐领，得罪了也没太大的关系。实话实说吧："定大爷！不管他是老山东儿，还是老山西儿，他是咱们的人，不该受洋人的欺侮！您，您不恨欺压我们的洋人吗？"说罢，二哥心里痛快了一些，可也知道恐怕这是沙锅砸蒜，一锤子的买卖，不叫定大爷把他轰出去就是好事。

定大爷愣了一会儿：这小伙子，教训我呢，不能受！可是，他忍住了气；这小伙子是新宝贝呀，不该随便就扔掉。"光恨可有什么用呢？啊？咱们得自己先要强啊！"说到这里，定大爷觉得自己就是最要强的人：他不吸鸦片，晓得有个林则徐；他还没作官，所以很清廉；他虽爱花钱，但花的是祖辈留下来的，大爷高兴把钱都打了水飘儿玩，谁也管不着……

"定大爷，您大概也听说了，四外闹义和团哪！"

二哥这么一提，使定大爷有点惊异。他用翡翠扳指蹭了蹭上嘴唇上的黑而软的细毛——他每隔三天刮一次脸。关于较比重大的国事、天下事，他以为只有他自己才配去议论。是呀，事实是这样：他的亲友之中有不少贵人，即使他不去打听，一些紧要消息也会送到他的耳边来。对这些消息，他高兴呢，就想一想；不高兴呢，就由左耳进来，右耳出去。他想一想呢，是关心国家大事；不去想呢，是沉得住气，不见神见鬼。不管怎么说吧，二哥，一个小小的旗兵，不该随便谈论国事。对于各处闹教案，他久有所闻，但没有特别注意，因为闹事的地方离北京相当的远。当亲友中作大官的和他讨论这些事件的时候，在感情上，他和那些满族大员们一样，都很讨厌那些洋人；在理智上，他虽不明说，可是暗中同意那些富贵双全的老爷们的意见：忍口气，可以不伤财。是的，洋人不过是要点便宜，给他们就是了，很简单。至于义和团，谁知道他们会闹出什么饥荒来呢？他必须把二哥顶回去："听说了，不该闹！你想想，凭些个拿着棍子棒子的乡下佬儿，能打得过洋人吗？啊？啊？"他走到二哥的身前，嘴对着二哥的脑门子，又问了两声："啊？啊？"

二哥赶紧立起来。定大爷得意地哈哈了一阵。二哥不知道外国到底有多么大的力量，也不晓得大清国到底有多么大的力量。最使他难以把定大爷顶回去的是，他自己也不知道自己有多大力量。他只好改变了口风："定大爷，咱们这一带可就数您德高望重，也只有您肯帮助我们！您要是揣起手儿不管，我们这些小民可找谁去呢？"

定大爷这回是真笑了，所以没出声。"麻烦哪！麻烦！"他轻轻地摇着头。二哥看出这种摇头不过是作派，赶紧再央求："管管吧！管管吧！"

"可怎么管呢？"

二哥又愣住了。他原想定大爷一出头，就能把教会压下去。看样子，定大爷并不准备那么办。他不由地又想起十成来。是，十成作的对！官儿们不管老百姓的事，老百姓只好自己动手！就是这么一笔账！

"我看哪，"定大爷想起来了，"我看哪，把那个什么牧师约来，我给他一顿饭吃，大概事情也就可以过去了。啊？"

二哥不十分喜欢这个办法。可是，好容易得到这么个结果，他不便再说什么。"那，您就分心吧！"他给定大爷请了个安。他急于告辞。虽然这里的桌椅都是红木的，墙上挂着精裱的名人字画，而且小书童隔不会儿就进来，添水或换茶叶，用的是景德镇细磁盖碗，沏的是顶好的双熏茉莉花茶，他可是觉得身上和心里都很不舒服。首先是，他摸不清定大爷到底是怎么一个人，不知对他说什么才好。他愿意马上走出去，尽管街上是那么乱七八糟，飞起的尘土带着马尿味儿，他会感到舒服，亲切。

可是，定大爷不让他走。他刚要走，定大爷就问出来："你闲着的时候，干点什么？养花？养鱼？玩蛐蛐？"不等二哥回答，他先说下去，也许说养花，也许说养鱼，说着说着，就又岔开，说起他的一对蓝眼睛的白狮子猫来。二哥听得出来，定大爷什么都知道一点，什么可也不真在行。二哥决定只听，不挑错儿，好找机会走出去。

二哥对定大爷所用的语言，也觉得有点奇怪。他自己的话，大致可以分作两种：一种是日常生活中用的，里边有不少土话，歇后语，油漆匠的行话，和旗人惯用的而汉人也懂得的满文词儿。他最喜欢这种话，信口说来，活泼亲切。另一种是交际语言，在见长官或招待贵宾的时候才用。他没有上过朝，只能想象：皇上若是召见他，跟他商议点国家大事，他大概就须用这种话回奏。这种话大致是以云亭大舅的语言为标准，第一要多用些文雅的词儿，如"台甫"、"府上"之类，第二要多用些满文，如"贵牛录""几栅栏"等等。在说这种话的时候，吐字要十分清楚，所以顶好有个腔调，并且随时要加入"嚓嚓是是"，毕恭毕敬。二哥不大喜爱这种拿腔作势的语言，每一运用，他就觉得自己是在装蒜。它不亲切。可是，正因为不亲切，才听起来像官腔，像那么一回事儿。

定大爷不要官腔，这叫二哥高兴；定大爷没有三、四品官员的酸味儿。使二哥不大高兴的是：第一，定大爷的口里还有不少好几年前流行而现在已经不大用的土语。这叫他感到不是和一位青年谈话呢。听到那样的土语，他就赶紧看一看对方，似乎怀疑定大爷的年纪。第二，定大爷的话里有不少虽然不算村野，可也不算十分干净的字眼儿。二哥想得出来：定大爷还用着日久年深的土语，是因为不大和中、下层社会接触，或是接触的不及时。他可是想不出，为什么一个官宦之家的，受过教育的子弟，嘴里会不干不净。是不是中等旗人的语言越来越文雅，而高等旗人的嘴里反倒越来越简单，俗俚呢？二哥想不清楚。

更叫他不痛快的是：定大爷的话没头没脑，说着说着金鱼，忽然转到："你看，赶明儿个我约那个洋人吃饭，是让他进大门呢？还是走后门？"这使二哥很难马上作出妥当的回答。他正在思索，定大爷自己却提出答案："对，叫他进后门！那，头一招，他就算输给咱们了！告诉你，要讲斗心路儿，红毛儿鬼子可差多了！啊？"

有这么几次大转弯，二哥看清楚：定大爷是把正经事儿搀在闲话儿说，表示自己会于谈笑之中，指挥若定。二哥也看清楚：表面上定大爷很随便，很天真，可是心里并非没有自己的一套办法。这套办法必是从日常接触到的达官贵人那里学来的，似乎有点道理，又似乎很荒唐。二哥很不喜欢这种急转弯，对鬼子进大门还是走后门这类的问题，也不大感觉兴趣。他急于告别，一来是他心里不大舒服，二来是很怕定大爷再提起叫他去办学堂。

# 第十一章

牛牧师接到了请帖。打听明白了定大爷是何等人，他非常兴奋。来自美国，他崇拜阔人。他只尊敬财主，向来不分析财是怎么发的。因此，在他的舅舅发了财之后，若是有人暗示：那个老东西本是个流氓。他便马上反驳：你为什么没有发了财呢？可见你还不如流氓！因此，他拿着那张请帖，老大半天舍不得放下，几乎忘了定禄是个中国人，他所看不起的中国人。这时候，他心中忽然来了一阵民主的热气：黄脸的财主是可以作白脸人的朋友的！同时，他也想起：他须抓住定禄，从而多认识些达官贵人，刺探些重要消息，报告给国内或使馆，提高自己的地位。他赶紧叫仆人给他擦鞋、烫衣服，并找出一本精装的《新旧约全书》，预备送给定大爷。

他不知道定大爷为什么请他吃饭，也不愿多想。眼睛多倒猜出一点来，可是顾不得和牧师讨论。他比牛牧师还更高兴："牛牧师！牛牧师！准是翘席哟！准是！嘿！"他咂摸着滋味，大口地咽口水。

眼睛多福至心灵地建议：牛牧师去赴宴，他自己愿当跟班的，头戴红缨官帽，身骑高大而老实的白马，给牧师拿着礼物什么的。他既骑马，牧师当然须坐轿车。"对！牛牧师！我去雇一辆车，准保体面！到了定宅，我去喊：'回事'！您听，我的嗓音儿还像那么一回事吧？"平日，他不敢跟牧师这么随便说话。今天，他看出牧师十分高兴，而自己充当跟随，有可能吃点残汤腊水，或得到两吊钱的赏赐，所以就大胆一些。

"轿车？"牛牧师转了转眼珠。

"轿车！对！"眼睛多不知吉凶如何，赶紧补充："定大爷出门儿就坐轿车，别叫他小看了牧师！"

"他坐轿车，我就坐大轿！我比他高一等！"

眼睛多没有想到这一招，一时想不出怎么办才好。"那，那，轿子，不，不能随便坐呀！"

"那，你等着瞧！我会叫你们的皇上送给我一乘大轿，八个人抬着！"

"对！牧师！牧师应当是头品官！您可别忘了，您戴上红顶子，可也得给我弄个官衔！我这儿先谢谢牧师啦！"眼睛多规规矩矩地请了个安。

牧师咔咔咔地笑了一阵。

商议了许久，他们最后决定：牧师不坚持坐大轿，眼睛多也不必骑马，只雇一辆体面的骡车就行了。眼睛多见台阶就下，一来是他并没有不从马上掉下来的把握，尽管是一匹很老实的马，二来是若全不让步，惹得牧师推翻全盘计划，干脆连跟班的也不带，他便失去到定宅吃一顿或得点赏钱的机会。

宴会时间是上午十一点。牛牧师本想迟起一些，表示自己并不重视一顿好饭食。可是，他仍然起来的很早，而且加细地刮了脸。他不会去想，到定宅能够看见什么珍贵的字画，或艺术价值很高的陈设。他能够想象得到的是去看看大堆的金锭子、银锞子，和什么价值连城的夜光珠。他非常兴奋，以至把下巴刮破了两块儿。

眼睛多从看街的德二爷那里借来一顶破官帽。帽子太大，戴上以后，一个劲儿在头上打转儿。他很早就来在教堂门外，先把在那儿歇腿的几个乡下人，和几个捡煤核的孩子，都轰了走："这儿是教堂，站不住脚儿！散散！待会儿洋大人就出来，等着吃洋火腿吗？"看他们散去，他觉得自己的确有些威严，非常高兴。然后，他把牧师的男仆叫了出来："我说，门口是不是得动动条帚呢？待会儿，牧师出来一看……是吧？"平日，他对男仆非常客气，以便随时要口茶喝什么的，怪方便。现在，他戴上了官帽，要随牧师去赴宴，他觉得男仆理当归他指挥了。男仆一声没出，只对那顶风车似的帽子翻了翻白眼。

十点半，牛牧师已打扮停妥。他有点急躁。在他的小小生活圈子里，穷教友们是他天天必须接触到的。他讨厌他们，鄙视他们，可又非跟他们打交道不可。没有他们，他的饭锅也就砸了。他觉得这是上帝对他的一种惩罚！他羡慕各使馆的那些文武官员，个个扬眉吐气，的确像西洋人的样子。他自己算哪道西洋人呢？他几乎要祷告：叫定大爷成为他的朋友，叫他打入贵人、财主的圈子里去！那，可就有个混头儿了！这时候，他想起许多自幼儿读过的廉价的"文学作品"来。那些作品中所讲的冒险的故事，或一对男女仆人的罗曼司，不能都是假的。是呀，那对仆人结了婚之后才发现男的是东欧的一位公爵，而女的得到一笔极大极大的遗产！是，这不能都是假的！

这时候，眼睛多进来请示，轿车已到，可否前去赴宴？平时，牧师极看不起眼睛多，可是又不能不仗着他表现自己的大慈大悲，与上帝的无所不知，无所不能。现在，他心中正想着那些廉价的罗曼司，忽然觉得眼睛多确有可爱之处，像一条丑陋而颇通人性的狗那么可笑又可爱。他爱那顶破官帽。他不由地想到：他若有朝一日发了财，就必用许多中国仆人，都穿一种由他设计的服装，都戴红缨帽。他看着那顶破帽子咔咔了好几声。眼睛多受宠若惊，乐得连腿都有点发软，几乎立不住了。

这是秋高气爽的时候，北京的天空特别晴朗可喜。正是十一点来钟，霜气散尽，日光很暖，可是小西北风又那么爽利，使人觉得既暖和又舒服。

可惜，那时代的道路很坏：甬路很高，有的地方比便道高着三四尺。甬路下面往往就是臭泥塘。若是在甬路上翻了车，坐车的说不定是摔个半死，还是掉在臭泥里面。甬路较比平坦，可也黑土飞扬，只在过皇上的时候才清水泼街，黄土垫道，干净那么三五个钟头。

眼睛多雇来的轿车相当体面。这是他头一天到车口①上预定的，怕临时抓不着好车。

他恭恭敬敬地拿着那本精装《圣经》，请牧师上车。牛牧师不肯进车厢，愿跨车沿儿。

"体统！"眼睛多诚恳地劝说。

牧师无可如何，只好往车厢里爬，眼睛多拧身跨上车沿，轻巧飘

———————
① 车口：停放车辆以等待顾主的地方。

洒，十分得意。给洋人当跟随，满足了他的崇高愿望。

车刚一动，牧师的头与口一齐出了声，头上碰了个大包。原来昨天去定车的时候，几辆车静静地排在一处，眼睛多无从看出来骡子瘸了一条腿。腿不大方便的骡子须费很大的事，才能够迈步前进，而牧师左摇右晃，手足失措，便把头碰在坚硬的地方。

"不要紧！不要紧！"赶车的急忙笑着说："您坐稳点！上了甬路就好啦！别看它有点瘸，走几十里路可不算一回事！还是越走越快，越稳！"

牧师手捂着头，眼睛多赶紧往里边移动，都没说什么。车上了甬路。牧师的腿没法儿安置：开始，他拳着双腿，一手用力拽着车垫子，一手捂着头上；这样支持了一会儿，他试探着伸开一条腿。正在此时，瘸骡子也不怎么忽然往路边上一扭，牧师的腿不由地伸直。眼睛多正得意地用手往上推一推官帽，以便叫路上行人赏识他的面貌，忽然觉得腰眼上挨了一炮弹，或一铁锤。说时迟，那时快，他还没来得及"哎呀"一声，身子已飘然而起，直奔甬路下的泥塘。他想一拧腰，改变飞行的方向，可是恰好落在泥塘的最深处。别无办法，他只好极诚恳地高喊：救命啊！

几个过路的七手八脚地把他拉了上来。牛牧师见车沿已空，赶紧往前补缺。大家仰头一看，不约而同地又把眼睛多扔了回去。他们不高兴搭救洋奴。牛牧师催车夫快走。眼睛多独力挣扎了许久，慢慢地爬了上来，带着满身污泥，手捧官帽，骂骂咧咧地回了家。

定宅门外已经有好几辆很讲究的轿车，骡子也都很体面。定大爷原想叫牧师进后门，提高自己的身分，削减洋人的威风。可是，女眷们一致要求在暗中看看"洋老道"是什么样子。她们不大熟悉牧师这个称呼，而渺茫地知道它与宗教有关，所以创造了"洋老道"这一名词。定大爷觉得这很好玩，所以允许牛牧师进前门。这虽然给了洋人一点面子，可是暗中有人拿他当作大马猴似的看着玩，也就得失平衡，安排得当。

一个十三四岁的小童儿领着牧师往院里走。小童儿年纪虽小，却穿着件扑着脚面的长衫，显出极其老成，在老成之中又有点顽皮。牛牧师的黄眼珠东溜溜，西看看，不由地长吸了一口气。看，迎面是一座很高很长的雕砖的影壁，中间悬着个大木框，框心是朱纸黑字，好大的两个黑字。他不会欣赏那砖雕，也不认识那俩大黑字，只觉得气势非凡，的确是财主住的地方。影壁左右都有门，分明都有院落。

"请！"小童儿的声音不高也不低，毫无感情。说罢，他向左手的门走去。门坎很高，牧师只顾看门上面的雕花，忘了下面。鞋头碰到门坎上，磕去一块皮，颇为不快。

进了二门，有很长的一段甬路，墁①着方砖，边缘上镶着五色的石子，石子儿四围长着些青苔。往左右看，各有月亮门儿。左边的墙头上露着些青青的竹叶。右门里面有座小假山，遮住院内的一切，牛牧师可是听到一阵妇女的笑声。他看了看小童儿，小童儿很老练而顽皮地似乎挤了挤眼，又似乎没有挤了挤眼。

又来到一座门，不很大，而雕刻与漆饰比二门更讲究。进了这道

---

① 墁：铺。

门，左右都是长廊，包着一个宽敞的院子。听不见一点人声，只有正房的廊下悬着一个长方的鸟笼，一只画眉独自在歌唱。靠近北房，有两大株海棠树，挂满了半红的大海棠果。一只长毛的小白猫在树下玩着一根鸡毛，听见脚步声，忽然地不见了。

顺着正房的西北角，小童儿把牧师领到后院。又是一片竹子，竹林旁有个小门。牧师闻到桂花的香味。进了小门，豁然开朗，是一座不小的花园。牛牧师估计，从大门到这里，至少有一里地。迎门，一个汉白玉的座子，上边摆着一块细长而玲珑的太湖石。远处是一座小土山，这里那里安排着一些奇形怪状的石头，给土山添出些棱角。小山上长满了小树与杂花，最高的的地方有个茅亭，大概登亭远望，可以看到青青的西山与北山。山前，有个荷花池，大的荷叶都已残破，可是还有几叶刚刚出水，半卷半开。顺着池边的一条很窄，长满青苔的小路走，走到山尽头，在一棵高大的白皮松下，有三间花厅。门外，摆着四大盆桂花，二金二银，正在盛开。

"回事！"小童儿喊了一声。听到里面的一声轻嗽，他高打帘栊，请客人进去。然后，他立在大松下，抠弄树上的白皮儿，等候命令。

花厅里的木器一致是楠木色的，蓝与绿是副色。木制的对联，楠木地绿字；匾额，楠木地蓝字。所有的磁器都是青花的。只有一个小瓶里插着两朵红的秋玫瑰花。牛牧师扫了一眼，觉得很失望——没有金盘子银碗！

定大爷正和两位翰林公欣赏一块古砚。见牛牧师进来，他才转身拱手，很响亮地说："牛牧师！我是定禄！请坐！"牧师还没坐下，主人又说了话："啊，引见引见，这是林小秋翰林，这是纳雨声翰林，都坐！坐！"

两位翰林，一高一矮，一胖一瘦，一满一汉，都留着稀疏的胡子。汉翰林有点拘束，在拘束之中露出他既不敢拒绝定大爷的约请，又实在不高兴与洋牧师同席。满翰林是个矮胖子，他的祖先曾征服了全中国，而他自己又吸收了那么多的汉族文化，以至当上翰林，所以不像汉翰林那么拘束。他觉得自己是天之骄子，他的才华足以应付一切人，一切事。一切人，包括着白脸蓝眼珠的，都天生来的比他低着一等或好几等。他不知道世界列强的真情实况，可的确知道外国的枪炮很厉害，所以有点怕洋鬼子。不过，洋鬼子毕竟是洋鬼子，无论怎么厉害也是野人，只要让着他们一点，客气一点，也就可以相安无事了。不幸，非短兵相接，打交手仗不可，他也能在畏惧之中想出对策。他直看牛牧师的腿，要证实鬼子腿，像有些人说的那样，确是直的。假若他们都是直腿，一倒下就再也起不来，那便好办了——只须用长竹竿捅他们的磕膝，弄倒他们，就可以像捉仰卧的甲虫那样，从从容容地捉活的就是了。牛牧师的腿并不像两根小柱子。翰林有点失望，只好再欣赏那块古砚。

"贵国的砚台，以哪种石头为最好呢？"纳雨声翰林为表示自己不怕外国人，这样发问。

牛牧师想了想，没法儿回答，只好咔咔了两声。笑完，居然想起一句："这块值多少钱？"

"珍秀斋刚给送来，要八十两，还没给价儿。雨翁说，值多少？"定大爷一边回答牧师，一边问纳翰林。

"给五十两吧，值！"纳雨翁怕冷淡了林小秋，补上一句，"秋翁说呢？"

秋翁知道，他自己若去买，十两银子包管买到手，可是不便给旗官儿省钱，于是就只点了点头。

牛牧师的鼻子上出了些细汗珠儿。他觉得自己完全走错了路。看，这里的人竟自肯花五十两买一块破石头！他为什么不早找个门路，到这里来，而跟眼睛多那些穷光蛋们瞎混呢？他须下决心，和这群人拉拢拉拢，即使是卑躬屈膝也好！等把钱拿到手，再跟他们瞪眼，也还不迟！他决定现在就开始讨他们的喜欢！正在这么盘算，他听见一声不很大而轻脆的响声。他偷眼往里间看，一僧一道正在窗前下围棋呢。他们聚精会神地看着棋盘，似乎丝毫没理会他的光临。

那和尚有五十多岁，虽然只穿着件灰布大领僧衣，可是气度不凡：头剃得极光，脑门儿极亮，脸上没有一丝五十多岁人所应有的皱纹。那位道士的道袍道冠都很讲究，脸色黄黄的，静中透亮，好像不过五十来岁，可是一部胡须很美很长，完全白了。

牛牧师不由地生了气。他，和他的亲友一样，知道除了自己所信奉的，没有，也不应当有，任何配称为宗教的宗教。这包括着犹太教、天主教。至于佛教、道教……更根本全是邪魔外道，理当消灭！现在，定大爷竟敢约来僧道陪他吃饭，分明是戏弄他，否定他的上帝！他想牺牲那顿好饭食，马上告辞，叫他们下不来台。

一个小丫环托着个福建漆的蓝色小盘进来，盘上放着个青花磁盖碗。她低着头，轻轻把盖碗放在他身旁的小几上，轻悄地走出去。

他掀开了盖碗的盖儿，碗里边浮动着几片很绿很长的茶叶。他喝惯了加糖加奶的稠嘟嘟的红茶，不晓得这种清茶有什么好处。他觉得别扭，更想告辞了。

"回事！"小童在外边喊了一声。

两位喇嘛紧跟着走进来。他们满面红光，满身绸缎，还戴着绣花的荷包与褡裢，通体光彩照人。

牛牧师更坐不住了。他不止生气，而且有点害怕——是不是这些邪魔外道要跟他辩论教义呢？假若是那样，他怎么办呢？他的那点学问只能吓唬眼睛多，他自己知道！

一位喇嘛胖胖的，说话声音很低，嘴角上老挂着笑意，看起来颇有些修养。另一位，说话声音很高，非常活泼，进门就嚷："定大爷！我待会儿唱几句《辕门斩子》①，您听听！"

"那好哇！"定大爷眉飞色舞地说："我来焦赞，怎样？啊，好！先吃饭吧！"他向门外喊："来呀！开饭！"

小童儿在园内回答："嗻！全齐啦！"

"请！请！"定大爷对客人们说。

牛牧师听到开饭，也不怎么怒气全消，绝对不想告辞了。他决定抢先走，把僧、道、喇嘛，和翰林，都撂在后边。可是，定大爷说了话："不让啊，李方丈岁数最大，请！"

---

① 《辕门斩子》：传统戏剧，演杨六郎严正军法，欲斩其子杨宗保的故事。焦赞为该剧中的人物。

那位白胡子道士，只略露出一点点谦让的神气，便慢慢往外走，小童儿忙进来搀扶。定大爷笑着说：“老方丈已经九十八了，还这么硬朗！”

这叫牛牧师吃了一惊，可也更相信道士必定有什么妖术邪法，可以长生不老。

和尚没等让，就随着道士走。定大爷也介绍了一下：“月朗大师，学问好，修持好，琴棋书画无一不佳！”

牛牧师心里想：这顿饭大概不容易吃！他正这么想，两位翰林和两位喇嘛都走了出去。牛牧师皱了皱眉，定大爷面有得色。牛牧师刚要走，定大爷往前赶了一步：“我领路！”牛牧师真想踢他一脚，可是又舍不得那顿饭，只好作了殿军。

酒席设在离花厅不远的一个圆亭里。它原来是亭子，后来才安上玻璃窗，改成暖阁。定大爷在每次大发脾气之后，就到这里来陶真养性。假若尚有余怒，他可以顺手摔几件小东西。这里的陈设都是洋式的，洋钟、洋灯、洋磁人儿……地上铺着洋地毯。


《正红旗下》是老舍的未完遗作，手稿共十一章，一百六十四页。

一九六六年八月二十四日，老舍自沉于北京太平湖，这部作品与他的人生，戛然而止。